이효석문학상 수상작품집
2013

이효석문학상 수상작품집 2013

1판 1쇄 인쇄 2013년 9월 3일
1판 1쇄 발행 2013년 9월 6일

지은이　윤성희 외

발행처　문학의숲
발행인　고세규

신고번호　제300-2005-176호
신고일자　2005년 10월 14일

주소　(121-896) 서울특별시 마포구 동교로13길 34(서교동 474-13)
전화　02-325-5676
팩스　02-333-5980

저작권자 ⓒ 2013 윤성희 외
이 책의 저작권자는 위와 같습니다. 저작권자의 동의 없이
내용의 일부를 인용하거나 발췌하는 것을 금합니다.

값은 표지에 있습니다.
ISBN 978-89-93838-34-3　03810

이효석문학상 수상작품집 2013

윤성희 외

문학의숲

차례

수상작
이틀_윤성희 7

추천 우수작
쿠문_김성중 31
하구(河口)_김연수 57
한파특보_김이설 83
겨울의 눈빛_박솔뫼 117
굿바이_윤이형 141
현장 부재 증명_최제훈 173

기수상작가 자선작
홀린 영혼_성석제 205
상황과 비율_김중혁 235
아… 르무… 리… 오_박민규 269

수상소감 292
심사평 294
작가론_김나영 297

수상작

이틀

윤
성
희

1973년 수원에서 태어났다. 1999년 《동아일보》 신춘문예에 단편소설 〈레고로 만든 집〉
이 당선되어 등단했다. 현대문학상, 이수문학상, 올해의 예술상을 수상했다. 소설집
《레고로 만든 집》《거기, 당신?》《감기》《웃는 동안》, 장편소설 《구경꾼들》이 있다.

감기에 걸려 출근을 못 할 것 같다고 전화를 하자 김 비서가 거짓말하지 말라며 웃었다. "상무님은 원래 감기 안 걸리잖아요." 그러더니 갑자기 목소리를 낮추고는 이렇게 속삭였다. "저에게만 솔직히 말해주세요. 무슨 일 생겼죠? 비밀 지켜드릴게요." 김 비서의 말을 들으니 재미있는 거짓말이라도 하고 싶어졌다. 못질을 하다 손가락이 부러졌다고 할까? 김 비서라면 당장에 달려오고도 남을 사람이었다. "애인이 생겼어. 둘이 꽃구경 가." 당연히 김 비서는 내 말을 믿지 않았다. "그럼, 이건 어때. 아침에 눈을 떴더니 갑자기 통영에 가서 복국을 먹고 싶더라고. 그래서 그거 먹으러 가려고." 김 비서가 웃음을 억지로 참는 게 수화기 너머로 느껴졌다. "차라리 감기라고 하세요. 아무도 안 믿겠지만." 회사 사람들은 내가 한 번도 감기에 걸려본 적이 없다는 사실을 알고 있었다. 젊었을 적에 만취해 양말만 신은 채 집까지 걸어간 적이 있었다. 눈이 내리던 12월이었고, 집은 버스 정류장에서 이십 분은 걸어 올라가야 하는 골목길 끝에 있었다. 그곳까지 걸어가면서 나는 지독한 감기에 걸려 앓아눕게 되면 그 소식을 들은 첫사랑이 따뜻한 죽을 끓여 찾아올지도 모른다는 상상을 했다. 감기는 걸리지 않고 동상에 걸렸다. 물집이 생기고 진물이 터졌다. 동상이 심하면 발가락을 자를 수도 있다는 친구들의 이야기를 듣고는 병원에 갔다. 제발 자르지만 말아 주세요, 하고 의사에게 말했다. 아직 결혼도 못 했단 말이에요. 내 말에 의사가 웃었다. 옆에 서 있던 간호사도 웃었다. 아내와는 거기서 만났다. 발가락을 드레싱 해주던 간호조무사였다. 나는 회식 자리에서 종종 그 이야기를 했다. 직원들이 지루해한다는 건 알고 있었지만 술에 취하면 나도 모르게 말이 나왔다. 어쩔 수 없었다. 참아지지가 않았다. 감기 따위에 걸려 골골대는 젊은것들을 보면 이해할 수가 없어! 그렇게 호통치는 나 자신을 나도 싫어한다는 걸 직원들은 모르리라. "감기가 아니라면, 그냥 꾀병 한번 부리고 싶은 거라고 생각해 줘. 봄이잖아." 나는 말했다. 오늘 아침에 일어나보니 몸이 바닥으로 가라앉는 것만 같다고, 등에서 찬바람이 나오는 것만 같다고, 만약 이런 기분을 사람들이 감기라고 부른다면 아마도 내가 그것에 걸린 것만 같다고…… 이렇게 길게 설명하고 싶지 않았다. 김 비서가 네, 그럼요, 봄이에요, 하고 대답했다. 쌍둥이 딸 중 한 아이가 아빠와 살겠다며 가출했다는 이야기를 들은 게 지난주였는데 그게 잘 해결되었는지 궁금해졌다. 하지만 어떻게 되었는지 묻지는 않았다. 어찌되었든 김 비서 뜻대로 되지는 않을 게 분명했다. 십 대니까. 삼십일 년 전, 면접을 보러 왔을 때 김 비서는 하도 긴장을 해서 자기 이름도 제대로 말하지 못했다. 그때 사장이 이렇게 말했다. 김영숙 씨, 우리 이모랑 이름이 같네요. 나도 한마디 거들었다. 우리 사촌누이랑도 이름이 같아요. 스물여섯 살이었던 김영숙은 그 말을 듣자 웃었다. 제 친구 중에도 영숙이가 세 명이나 돼요. 말을 할 때 보니 김영숙의 이에 립스틱이 묻어 있는 게 보였다. 빨간색도 아니고 분홍색도 아닌. 사장은 웃음소리가 마음에 든다며 그녀를 뽑았다. 나는 사장에게 이에 립스틱을 묻히고 다니는 그런 칠칠맞지 못한 여자와는 한 사무실에서 일하고 싶지 않다고 말했다. 사장이 내 이름을 불렀다. 형식아, 하고. 형식아, 이 좁고 좁은 사무실에서 더 어리고 더 예쁜 여자와 같이 일한다면, 아마 그게 더 힘들 거야. 사장이 말했다. 나는 신혼이었다. 직원이 세 명이었던 회사는 해마다 조금씩 몸집을 불렸다. 그동안 그녀는 서너 번 맞선을 봤고, 은행에 다니는 남자와 결혼을 했고, 쌍둥이를 낳았고, 그 아이들이 초등학교에 들어갈 무렵 이혼을 했다. 작년 여름, 사장의 장례식을 치르고 나서야 나는 비로소 그녀가 삼십 년이 넘도록 우리를 보살펴준 유능한 동료였음을 깨달았다. 그녀가 장례식을 깔끔하게 진행하는 걸 보면서 내가 죽어도 저렇게 해줄까, 하는 생각을 잠깐 하기도 했다. "그럼 사장님께는 배탈이 났다고 전할게요. 지난주부터 속이 안 좋다며 매운 건 안 드셨잖아요." 나는 김 비서 마음대로 하라고 말했다. 새로운 사장은 아마 오후쯤 괜찮으냐는 문자를 보낼 것이다. 그러고는 이렇게 덧붙이겠지. 너무 무리하지 마세요. 신임 사장은 전 사장의 큰딸이었는데, 고등학생 때 자전거를 타다 교통사고가 나서 병원에 입원했던 거 말고는 부모 속 한 번 썩인 적이 없던 아이였다. 그 아이가 태어났을 때 나는 사장과 포장마차에서 새벽까지 술을 마셨다. 우리는 주방용품을 취급하는 무역회사에서 만났는데, 그는 나보다 삼 년 먼저 입사한 선배였다. 알고 보니 같은 중학교를 나왔고 그래서 건너 건너 아는 사람들이 겹쳤다. 내 친구의 형이 사장의 친구라거나 뭐, 그런 식으로. 우리는 술을 마시며 갓 태어난 아이의 이름을 짓기 시작했다. 미경. 미숙. 윤희. 사장은 세상에서 가장 멋진 이름을 지어주고 싶다고 했지만 생각나는 이름이라고는 탤런트들의 이름뿐이었다. 이름을 짓다가 우리는 취했고, 취하자 늘 그렇듯이 이야기가 어찌어찌 다른 곳으로 흘러가 회사 욕을 하기에 이르렀고, 그러다 결국 회사를 때려치우고 사업을 해보자며 의기투합했다. 신임 사장의 취임식에서 나는 직원들에게 그 이야기를 들려주었다. 그러니까 따지고 보면 신임 사장은 우리 회사와 나이도 같고 생일도 같다고. 전 사장이 갑자기 응급실로 실려 갔다는 소식을 들었을 때만 해도 나는 며칠 후면 퇴원하리라고 생각했다. 조금만 스트레스를 받아도 위경련을 일으켜 일 년에 서너 번은 응급실에 실려 가곤 했으니까. 전날, 전어 철이니 곧 전어 회나 실컷 먹으러 가자며 퇴근하기 전 나는 사장에게 말했다. 사장은 언제든지, 하고 대답했다. 그게 마지막 말이었다. 장례식이 끝나고 나는 아침 일곱 시에 출근하던 습관을 버렸다. 슬프긴 했지만 그렇다고 해서 극복하지 못할 정도는 아니었다. 살아서 뭐하나, 따위의 감상적인 생각에 빠져든 것도 아니었다. 누구나 이 정도 나이가 되면 그보다 더한 죽음도 겪을 것이다. 나 또한 그랬다. 그런데도 침대에 누워 멍하니 천장을 바라보는 시간이 길어졌다. 천장을 보고 있다가 십 분 지났겠지, 하고 생각한 다음 시계를 보면 정확히 십 분이 지나 있었다. 시간은 내 생각보다 더 빨리 흐르지도 않았고, 더 느리게 흐르지도 않았다. 김 비서와 통화를 끝내고 나는 다시 침대에 누웠다. 얼마 지나지 않아 문자메시지가 도착했다는 신호음이 들렸다. '회사 근처에 괜찮게 하는 복집 생겼어요. 내일 점심 예약해놓을게요.' 나는 답을 하지 않았다. 반듯하게 누워 천장을 바라보고는 십 분을 세었다. 또 십 분을 세고, 또 십 분을 세었다. 그러다 잠이 들었다.

일어나보니 점심시간이었다. 무얼 먹고 싶은 생각이 들지는 않았는데 열두 시가 되면 늘 밥을 먹던 습관 때문인지 속이 허전했다. 냉장고엔 뭐가 있지? 맥주는 이번 주 일요일에 마지막 남은 걸 마셨으니 없을 테고, 검은콩 두유가 서너 병, 그리고 달걀이 몇 개 남아 있을 것이다. 과음을 한 다음 날이면 나는 소금과 후추를 뿌린 날달걀을 먹었다. 그건 내게 술을 가르쳐준 삼촌의 숙취 해소법이기도 했다. 내가 술을 처음 마셨을 때, 그때가 몇 살이었는지는 기억나지 않지만, 안주만은 생생하게 기억이 난다. 동치미였다. 막걸리 한 잔에 동치미 국물 한 사발. 너무 배가 불러 취할 수도 없었다. 오줌이 마려워 화장실만 들락거렸다. 삼촌은 늘 두 눈이 빨갛게 충혈되어 있어서 취했는지 안 취했는지 알아차리기가 쉽지 않았다. 나는 삼촌을 즐겁게 해주려고 술에 취한 척했다. 삼촌의 얼굴에 대고 트림을 했을 때, 그때 삼촌의 표정이 사십여 년이 지난 지금까지도 또렷하게 생각난다. 삼촌은 그냥 달걀이라고 말해도 될 걸 늘 날달걀이라고 말했다. 예를 들면, 형식아 라면 끓일 때 날달걀 꼭 넣어라, 라고 말하는 식이었다. 삼촌이 날달걀 프라이 해먹자, 라고 말하면 나는 방바닥을 뒹굴면서 깔깔거리고 웃었다. 삼촌 말에 의하면 나는 갓난아기였을 때도 날달걀이란 말을 귀에 대고 속삭이면 방긋 입꼬리를 올렸다고 한다. 날달걀. 날달걀. 뭐가 웃긴지. 기억에 없는 어린 시절 이야기지만 그래도 내가 그렇게 웃었다는 게 믿기지 않았다. 나는 냉장고 문을 열고는 그 안에 얼굴을 한번 넣었다 뺐다. 재채기가 났다. 재작년, 인터넷으로 이 냉장고를 샀다. 이십만 원이 조금 넘는 소형 냉장고였다. 모텔에 가면 흔히 볼 수 있는 그런 냉장고 말이다. 소형 냉장고 옆에는 커다란 양문형 냉장고가 있지만 고장 나 전원을 빼버린 지 오래되었다. 냉장고가 고장 났을 때 나는 수리 기사를 부르지 않았다. 이 집으로 이사를 오고 난 다음 아내는 해마다 한 가지씩 가전제품을 바꾸었다. 어차피 바꿀 거라면 한 번에 바꾸자고 했더니, 아내는 열두 달씩 돈을 모아 하나씩 사는 재미가 더 쏠쏠하다고 했다. 아내가 샀던 가전제품들이 이제 서서히 고장 날 것이라고 냉장고가 말해주는 듯했다. 이사를 오자마자 가장 먼저 샀던 게 냉장고였으니까. 냉장고가 고장 나자 나는 냉동실에 얼려두었던 음식들을 모조리 버렸다. 냉장실에 있던 반찬들도 버렸다. 냉동실 안쪽에서 떡갈비가 나왔는데 유통기한을 보니 세상에, 팔 년이나 지난 거였다. 소형 냉장고는 얼음 통이 작았다. 그것 말고는 불편한 게 하나도 없었다. 맥주를 종류별로 사서 가득 채우고는 하루에 한두 개씩 꺼내 먹으니 호텔 미니바를 이용하는 것 같았다.

 옷을 갈아입으려고 보니 속옷이 땀으로 젖어 있었다. 샤워를 하려다가 말았다. 물수건으로 겨드랑이와 사타구니를 닦았다. 밖으로 나오니 바닥이 촉촉이 젖어 있었다. 아침나절에 비가 온 모양이었다. 나는 바닥에 떨어진 꽃잎과 나무에 매달린 꽃잎을 번갈아 보았다. 반반. 비를 견딘 놈과 비를 견디지 못한 놈이 반반이었다. 조금 걷다 보니 생각보다 더워 잠바를 벗었다. 조금 더 걷다 보니 한기가 느껴져 다시 잠바를 입었다. 더웠다 추웠다, 땀이 났다 오한이 났다, 그랬다. 일요일에 종종 점심을 사 먹던 백반 집에 갔더니 손님들로 꽉 차 빈자리가 없었다. 한 달에 한 번. 인근 노인정 어르신들에게 점심 대접을 하는 날이라고 주인 여자가 내게 와서 말했다. "자리 하나 만들 테니 들어오세요. 오늘은 사장님도 공짜예요." 나는 갑자기 기분이 나빠졌는데, 그 이유가 공짜라는 말 때문인지 사장님이란 말 때문인지 나조차도 명확하게 판단할 수가 없었다. 무얼 먹어야 할지 몰라 식당가를 세 번이나 왔다 갔다 했다. 김치와 돼지 목살을 넣고 바글바글 끓인 비지찌개를 먹었으면. 근처에 비지찌개를 파는 곳이 없다는 걸 알고 나자 더욱 비지찌개가 먹고 싶어졌다. 할 수 없이 순두부찌개라고 써 붙인 식당으로 들어갔는데, 고추기름을 넣은 매운 순두부찌개밖에 없었다. 양념장을 끼얹어 먹는 맑은 순두부찌개가 먹고 싶다고 했더니 종업원이 그렇게는 만들 수 없다고 했다. 나는 메뉴판을 오랫동안 들여다보았다. 종업원이 탁 소리가 나게 물컵을 내려놓았다. 제육덮밥. 나도 모르게 주문을 하고 말았다. 된장찌개를 시킬 걸 하고 후회했지만 막상 음식이 나오자 밥 한 공기를 다 먹었다. 반찬으로 나온 어묵볶음과 콩나물무침도 남김없이 먹었다. 밥을 먹는 동안 땀을 흘려 겨드랑이가 축축해졌다. 약국에 들러 증상을 이야기했더니 약사가 몸살 초기인 것 같다고 했다. 몸살이라니. 그래도 병 중에서는 가장 예쁜 이름을 가졌으니까. 그건 딸아이가 초등학생 때 쓴 동시의 한 구절이었다. 아내는 그 동시를 냉장고 문에 붙여 놓았다. 동시의 제목은 몸살. 대략 이런 내용이었다. 한여름. 이불을 덮어도 춥고, 따뜻한 밥을 먹어도 춥고, 엄마가 안아줘도 춥다고. 그렇게 추운데도 목구멍에는 뜨거운 게 들어 있어 아무리 침을 뱉어도 뱉어지지 않는다고. 그래도 난 참을 수 있어. 병 이름 중에서 가장 예쁜 이름이니까. 동시의 마지막은 그렇게 끝났다. "무리하셨나 봐요. 몸살은 약이 필요 없어요. 무조건 푹 쉬셔야 합니다." 약사는 그렇게 말하고는 알약을 네 알이나 주었다. 약이 필요 없다면서요. 말대꾸를 하려다 말았다. 알약을 한 번에 하나밖에 넘기지 못해 네 번에 나눠 먹었다.

 집으로 돌아오는 길에 커다란 목련 나무를 한 그루 발견했다. 다섯 개 동으로 이루어진 연립주택의 입구에서였다. 이사를 왔을 때 아내는 이 연립을 보면서 여기도 곧 재개발을 할지도 모르겠어요, 그럼 우리 아파트도 오를 거예요, 하고 말했다. 재개발은 되지 않았고, 아파트 값도 오르지 않았다. 그리고 연립주택은 지금까지 페인트칠도 다시 하지 않은 채 서서히 낡아갔다. 차를 타고 오고 갈 때마다 이 앞을 지나쳤지만 목련 나무가 있다는 사실은 오늘에야 알았다. 왜 한 번도 보지 못한 걸까? 나는 목련 아래에 서서 위를 올려다보았다. 꽃잎이 컸다. 근사한 생각을 하고 싶었지만 그저 목련 꽃은 참 크구나, 하는 말만 머릿속에서 맴돌았다. 교복을 입은 학생이 연립주택 단지에서 걸어나왔다. 바가지 머리를 한 아이였는데 남자인지 여자인지 짐작할 수가 없었다. 나는 그 아이에게 원래 목련 나무가 이곳에 있었는지 물어보았다. 아이가 눈을 동그랗게 떴다. "그럼 나무가 여기 있지, 움직여요?" 그렇게 말하고 아이는 정류장을 향해 뛰어갔다. 버스에 타기 전 아이가 아스팔트 바닥에 침을 뱉는 것을 나는 보았다. 왜 십 대 아이들은 침을 뱉을까? 그걸 이해하는 게 결재 서류에 사인을 하는 것보다 더 힘든 일이 되었다. 버스에서 내린 할머니 한 분이 내 쪽으로 걸어왔다. "어르신, 이 나무 얼마나 오래되었는지 아세요." 할머니가 허리를 펴고 나무를 올려다보았다.

"내가 태어났을 때도 있었어." "네?" 너무 놀라 나도 모르게 목소리가 커졌다. 요즘 시대에 쪽을 지고 다니는 할머니가 있다니. 그런 모습 때문인지, 목련 나무도 할머니도 실제로 존재하지 않는 건지도 모른다는 생각이 들었다. 손을 뻗어 할머니의 손이라도 만져보려 했는데 어느새 할머니는 나를 지나쳐 노인이라기에는 믿기지 않는 속도로 걸어가고 있었다. 등산 스틱을 지팡이 삼아서. 나는 목련 나무를 만져보았다. 나무는 단단했다. 손바닥에 힘을 주어 두어 번 때려보았지만 잔가지 하나 흔들리지 않았다.

아파트 앞에 유치원 버스가 보였다. 아이들이 유치원에서 돌아올 시간인가 보다. 나는 오늘 한 일이라곤 밥 한 끼 먹은 거밖에 없는데 저 작은 아이들은 벌써 유치원에 갔다 오는구나. 아이들을 보자 그런 생각이 들었다. 노란색 유치원 버스나 노란색 유치원 원복을 볼 때면 나는 노란색을 입을 수 있는 시기는 정해져 있다는 생각이 들었다. 노란색 옷을 입는 성인들은 왠지 믿음이 가지 않았다. 노란색 원피스를 입고 면접을 보러 온 사람에게 최하 점수를 준 적도 있었다. 말도 안 되는 편견이라는 것쯤은 나도 알았다. 유치원 가방을 내던지고 미끄럼틀로 달려가는 아이들을 보자 좀 걷고 싶어졌다. 그래서 나는 자전거 전용 도로를 따라 걸었다. 자전거 도로인데 막상 자전거를 타고 지나가는 사람은 없었다. 후문 쪽으로 걸어가자 간단한 운동기구들이 설치된 작은 공원이 나왔다. 발 지압을 하라고 만들어놓은 자갈길도 보였다. 신발을 벗으세요, 라는 푯말이 적혀 있었다. 나는 신발을 벗고, 양말을 벗고, 맨발로 자갈길을 걸어보았다. 몇 걸음 걷자마자 발바닥에 통증이 느껴졌다. 더 앞으로 갈 수도, 그렇다고 돌아갈 수도 없을 정도로 아팠다. 아무도 보는 사람이 없었기 때문에 나는 엄살을 부리고 싶었다. 그래서 아파, 아프다고, 하고 혼잣말을 했다. 뒤를 돌아 벗어놓은 신발을 보았다. 자살하는 사람들의 마지막처럼 신발이 가지런히 놓여 있었다. 그게 보기 싫었다. 신발을 대충 벗어놓을 걸 그랬다. 내 예상대로 새로운 사장에게 문자가 왔다. '몸은 어떠세요. 너무 무리하지 마시고 오늘 푹 쉬세요.' 무리라니. 힘이 부칠 정도로 일을 하던 시절은 지나간 지 오래였다. 나는 자갈길 가운데 서서 어제 무슨 일이 있었길래 몸살이 났는지를 곰곰 생각해보았다. 점심은 혼자 죽 전문점에 가서 전복죽을 먹었고, 저녁에는 영업부의 차장과 부장, 이렇게 셋이서 일식집에서 술을 한잔했다. 그게 다였다. 평소와 다를 것 없었다. 점심때 밥을 먹다 말고 나도 모르게 식당 주인에게 화를 낸 것 말고는. 반찬으로 나온 장조림이 상한 것 같다고 했더니 주인이 나보고 입맛이 이상한 것 같다고 대꾸했기 때문이다. 주인은 다른 테이블에서 밥을 먹는 사람들에게 일일이 장조림 맛이 어떤지 물어봤다. 모두 아무 문제가 없다고 했다. 나는 음식을 먹다 말고 테이블에 만 원을 올려놓고는 식당에서 나왔다. 술자리에서는 영업부 부장에게 하지 않아도 될 잔소리를 했다. 택시를 타고 집으로 돌아오는데 그렇게 말한 게 계속 마음에 걸렸다. 택시에서는 이문세의 노래가 나왔다. 나도 모르게 따라 불렀다. 내가 사랑한 그대는 안나. 내가 그렇게 부르자 택시 기사가 픽, 하고 웃었다. 손님, 안나가 아니에요. 내가 사랑한 그대는 아나, 이게 맞는 가사에요. 기사가 노래의 마지막 부분을 불러주었다. 이십 년 동안 나는 안나가 그 노래 속 여주인공 이름이라고 생각했다. 어쩐지. 내가 그 이야기를 들려주자 택시 기사가 그건 아무것도 아니라며 〈메기의 추억〉이란 노래를 불렀다. 옛날의 금잔디 동산에 메기. 택시 기사는 신호등을 무시하고 도로를 달렸다. 전 어릴 적에 금잔디가 사람 이름인 줄 알았어요. 바보 같죠. 택시 기사의 이야기는 정말로 바보 같았다. 노래 제목이 〈메기의 추억〉인데. 기사가 바보 같았지만 웃음이 나지는 않았다. 그 정도 바보 같은 이야기라면 나는 아침이 올 때까지도 할 수 있었다. 그리고 하마터면 그런 이야기들을 할 뻔했다. 나는 자갈길을 뒤로 걸었다. 뒤로 걸으니 앞으로 걸을 때보다는 발바닥이 조금 덜 아픈 것 같았다. 정체를 알 수 없는 벌레가 빠른 속도로 날아오더니 안경에 부딪쳤다. 벌도 아니고 나비도 아니었다. 얼른 집에 가고 싶어졌다. 따뜻한 물로 씻었으면. 그러면 기분이 좋아질 것 같았다. 몸을 돌려 신발을 신으려는 순간, 오른쪽 안경알에 사선으로 천천히 금이 가기 시작했다. 벌레가 안경을 깼다면 누가 믿을까. 나는 고개를 들어 하늘을 보았다. 깨진 안경을 썼다고 해서 하늘이 달라 보이지는 않았다.

반신욕을 하고 일찌감치 잠자리에 들었더니 새벽에 눈이 떠졌다. 식은땀이 나는 증상은 사라진 것 같았는데 이번에는 발가락과 손가락의 마디가 쑤셨다. 컵에 찬물을 담아 전자레인지에 돌렸다. 그리고 보리차 티백을 넣고는 물이 미지근해지길 기다렸다. 약사가 준 알약을 더 먹어야 하나. 약봉지를 살펴봐도 빈속에 먹어도 괜찮은 건지 아닌지가 적혀 있지 않았다. 나는 천장에서 즉석 죽을 하나 꺼내 전자레인지에 이 분을 돌렸다. 새벽에 먹기에는 많은 양인 것 같아 남겨야지, 생각했는데 먹다 보니 맛있어서 다 먹었다. 죽을 먹는 동안 보리차가 마시기 좋게 식어 있었다. 약사가 준 알약을 네 번에 나눠 먹었더니 배가 불렀다. 거실 블라인드를 걷고 창문을 열었는데, 생각보다 바람이 차서 심호흡을 두어 번 하고는 다시 닫았다. 소파에 앉아 건너편 아파트를 보았다. 불이 켜진 집이 있었다. 새벽 세 시 반. 이 시간에 잠을 안 자고 뭐 하는 걸까. 맞은편 저 집에서도 이쪽을 보면서 똑같이 궁금해할지도 모른다는 생각을 하자, 곧 궁금증이 사라졌다. 냉장고 소리가 요란하게 들렸다. 저 작은 놈이 저렇게 큰 소리를 내다니. 새벽에 물 마시러 나왔다가 냉장고 모터 소리에 깜짝 놀란 적이 한두 번이 아니다. 꼭 고장 난 냉장고가 다시 작동하는 것만 같았다. 불이 켜진 건너편 집에 사람이 있는 게 보였다. 실루엣을 보아 남자인 듯했다. 실루엣이 거실을 왔다 갔다 했다. 나는 소파에서 일어나 거실을 한 바퀴 걸어보았다. 오른쪽으로 한 번. 왼쪽으로 한 번. 이 집은 내가 살기에는 너무 컸다. 침실 말고 다른 방을 열어보지 않은 지 한참 되었다. 일주일에 한 번씩 오는 파출부 아주머니가 저 방들도 청소를 할까? 언제부터 집이 커 보였을까? 아내가 죽고 난 뒤? 딸이 집을 나가면서? 아니, 아니었다. 어처구니없게 들리겠지만 냉장고를 바꾸면서였다. 혼자면 혼자에 맞는 크기가 있는 법이었다. 나는 소파에 앉아 아침 해가 뜨길 기다렸다. 오늘 쉬었으니 조금 일찍 출근해야지. 출근하기 전에 백발 할머니한테 가서 김밥을 사야겠다는 생각을 했다. 노점에서 파는 거라고는 믿기지 않을 정도로 맛있는 김밥. 박 과장은 그 김밥을 먹으면 초등학생 시절의 운동회가 떠오른다고 했다. 김밥 생각만 했는데도 어디선가 고소한 참기름 냄새가 나는 것 같았다.

해가 뜨는 걸 기다리며 잠깐 눈을 감았을 뿐인데 눈을 뜨니 한 시가 지나 있었다. 어찌 된 일인지. 시계가 잘못 되었나 싶어 휴대전화를 보았다. 부재중 전화가 네 통. 문자메시지가 세 통. '많이 아프세요? 꾀병은 하루면 족해요.' '전화 주세요. 안 그러면 제가 집으로 갑니다.' '정말 아프신 거예요? 병원은요?' 모두 김 비서였다. 나는 소파에서 일어나 천천히 기지개를 켜보았다. 팔다리가 쑤시는 것 같기는 했지만 어젯밤보다는 한결 괜찮았다. 지금이라도 출근을 해야 하나 망설이는 사이, 김 비서에게 전화가 왔다. "어떻게 된 거에요?" 늦잠을 잤다고 말한다 해도 김 비서가 믿을 리 없었다. 나는 김 비서에게 어제 집 앞에서 커다란 목련 나무를 보았다는 이야기를 해주었다. "이 동네에서 십오 년을 살았는데 어제 그걸 처음으로 보았어." 김 비서가 그래서요, 하고 대꾸했다. "어쨌든 어젠 꽃구경을 했다고." "그럼 오늘은요?" "오늘이 내 생일이야. 그래서 하루쯤 더 쉬려고." 김 비서는 내 생일이 가을이라는 걸 알고 있었고, 심지어 해마다 작은 선물을 챙겨주기도 했다. 너무 비싸지도 않고 그렇다고 너무 싸지도 않은 것으로. 아내가 보면 기분 나빠 하지 않을 만한 것으로. 김 비서가 이혼했다는 걸 알았을 때 아내는 김 비서를 처남과 맺어주고 싶어 했다. 상처한 남자는 싫어요. 김 비서는 처남을 만나보지 않겠느냐는 제의를 단번에 거절했다. 그렇지만 그 후 내게 처남과 어울릴지 모른다며 세 명의 여자를 소개해주었고, 그중 한 여자와 처남은 재혼을 했다. "아, 네. 생일 축하드립니다. 오늘은 월차로 처리해드릴게요." 전화를 끊은 뒤 나는 김 비서에게 복집 예약은 취소해 달라는 문자를 보냈다. 바로 답이 왔다. '저 혼자 가서 두 그릇 먹었어요.' 재미있는 사람이었다. 새로운 사장이 김 비서의 농담을 잘 알아들어야 할 텐데.

침을 삼킬 때 목이 따끔거리는 것 같아 점심으로 콩나물 해장국을 먹었다. 점심시간이 지나서인지, 원래 손님이 없는 곳인지, 암튼 해장국집에는 손님이 없었다. 젊은 남녀가 낮술을 하고 있었는데, 테이블에 놓인 소주병이 네 병이나 되었다. 낮술치곤 과했다. 둘은 서로 언성을 높였다. 나는 밥을 먹으며 둘의 대화를 엿들었다. 싸우는 이유는 누구나 비슷했다. 돈 아니면 오해. 나는 모주를 시키려다 관두었다. 대낮부터 술 냄새를 풍기는 사람이 되고 싶지 않았다. 해장국은 먹을 만했다. 안경을 고치려고 거리를 돌아다녔으나 평소에는 그렇게 많이 보이던 안경 가게가 보이지 않았다. 부동산에 들어가 내가 사는 아파트의 시세를 물어보았다. 평수가 너무 커서 거래하기가 쉽지 않다고 중개업자가 말했다. 일 년 전에 나온 매물들도 아직 그대로라고. 부동산 옆에 커피 가게가 있었는데 입간판이 커피잔 모양이었다. 거기에 부딪칠 뻔했는데 입간판이 예뻐서 화가 나지는 않았다. 오히려 커피를 마시고 싶다는 생각이 들었다. 그런데 막상 들어가서는 생강차를 주문하고 말았다. "생강차도 저희가 직접 담근 거예요." 주문을 받은 아가씨가 수줍게 말했다. 가게에서는 페인트 냄새가 났다. 창가에 앉아 생강차를 마시며 지나가는 사람들을 구경했다. 다섯 명에 세 명꼴로 안경을 썼고, 열 명에 한 명꼴로 모자를 썼다. 칼국수 가게 앞에 트럭이 와서 멈추었다. 트럭에는 '칼국수용 해감 바지락 납품 전문'이라고 적혀 있었다. 그걸 빠른 속도로 읽어보니 무슨 근사한 암호처럼 들렸다. 저 트럭을 몰며 전국을 돌아다니면 얼마나 좋을까. 바지락 칼국수 가게는 동네마다 꼭 있으니까 어디든 갈 수 있을 것이다. 한창 일에 빠져 지낼 때 아내가 그런 투정을 부린 적이 있었다. 당신이 트럭 기사였으면 좋겠어요.

그러면 나는 그 옆자리에 앉아서 당신과 같이 드라이브를 할 수 있잖아요. 그때 아내에게 배부른 소리 좀 그만하라고 윽박을 질렀는데, 잘못했다. 그렇게 말하는 게 아니었다. 밥 먹고 차까지 마셨는데도 아직 낮이었다. 봄이라고 믿기지 않을 정도로 날이 더웠다. 어딜 가야 하나. 커피 가게에서 나와 그렇게 중얼거려보았다. 젊었을 때 보았던 흑백영화의 한 장면이 떠올랐다. 주인공이 길 한복판에 서서 어디로 가야 하나, 그렇게 중얼거리던 영화였다. 어디로 가야 하지. 무얼 해야 하지. 그래, 머리부터 잘라야지. 남자 주인공의 독백이 귓가에 맴돌았다. 아니, 실제로 그런 영화를 보았는지 확실하지 않았다. 젊은 시절 내 독백이었는지 모를 일이었다. 집으로 가야지, 하고 생각했는데 걷다 보니 집과는 정반대의 길이었다. 돌아가자고 생각하던 순간 바닥에 화살표가 그려져 있는 게 보였다. 화살표를 따라 걸어보았다. 유모차를 지팡이 삼아 끌고 가는 노인들 몇이 내 곁을 지나쳐갔다. 화살표는 어느 건물 앞에서 끝이 났는데, 건물을 아무리 살펴도 화살표를 붙인 곳으로 짐작되는 가게가 없었다. 거 참. 건물 앞에 서서 나는 머리를 긁적였다. 초등학생으로 보이는 남자아이 둘이 건물 앞에 서서 고개를 갸웃거리고 있었다. "너희도 화살표 따라왔니." 내가 묻자 아이들이 그렇다고 대답했다. "앞으론 절대 그러면 안 된다. 아무리 궁금해도." "궁금해서 그런 거 아니에요. 심심해서 와본 거죠." 아이들은 뭐가 웃긴지 서로의 얼굴을 보고는 낄낄거렸다. 자세히 보니 두 녀석 다 턱 아래에 딱지가 앉아 있었다. 장난꾸러기들. 나는 아이들의 얼굴을 가리키며 심심하면 딱지치기나 해라, 라고 말했다. 아이들은 내 농담이 별로였는지 입을 삐쭉거렸다. 그러더니 멀리 하늘에 떠 있는 애드벌룬을 가리키며 저길 가보자, 하고는 뛰어갔다. 아이들의 뒷모습을 보면서 너희는 참 재미있는 것도 많구나, 나는 어제 본 목련 나무나 한 번 더 보고 집에 가서 스포츠 중계나 보련다, 하고 중얼거렸다.

연립주택 쪽으로 걸어가다가 도로 한쪽에 세워둔 트럭들을 보았다. 이 길에는 트럭들이 상습적으로 불법 주차를 해, 아파트 부녀회에서 주차 단속을 해달라는 진정서를 낸 적도 있었다. 트럭이 인도를 가려서 해가 진 다음에는 길을 걷기가 무섭다는 게 이유였다. 진정서를 낸 뒤 '대형 트럭 불법 주차 시 단속합니다'라는 플래카드가 걸렸지만 실제 단속을 하는 것 같지는 않았다. 플래카드에 적힌 도로교통과로 전화를 걸까 하다가 참았다. 트럭은 모두 다섯 대였다. 나는 이렇게 큰 트럭들이 도로에서 유턴을 할 수 있다는 게 늘 놀라웠다. 마지막 트럭을 지나가는데 트럭 아래에 누군가 있는 게 보였다. 고개를 숙이고 보니 한 할머니가 트럭 뒷바퀴 아래에 누워 있었다. "어르신." 나는 조심스럽게 불러보았다. 잠을 자는 건지, 아니면 쓰러진 건지 알 수 없었다. 조금 더 트럭 쪽으로 다가갔다. "주무세요?" 대답이 없었다. 손을 뻗어보았지만 손이 닿지 않았다. 나는 도로 연석에 걸터앉았다. 혹시 몰라 조금만 지켜볼 생각이었다. 나는 쓰러진 사람을 모른 척할 정도로 무심한 사람은 아니었다. 드라마를 보다가 혼자 울기도 하는 사람이었다. 그런데 왜 딸은 내게 그런 말을 했을까. 얼음보다 더 차가운 사람이라고. 아직까지도 딸의 담임선생님 중 몇 명의 이름을 기억하고 있는데. 심지어 초등학교 육학년 때 5반이었다는 것도 알고 있는데. 번호는 29번이었고. "이런 데서 잠들면 큰일 나는데." 나는 일부러 목소리를 높여 말했다. 한

참 후에 할머니가 눈을 떴다. "거 참 시끄러워 죽겠네." 할머니는 잠깐 눈을 붙인 사람을 왜 깨우느냐며 내게 화를 냈다. "혹시 트럭이 움직이기라도 해봐요. 어쩌시려고요." 트럭 밑에서 낮잠을 자다 차에 치여 죽었다는 뉴스를 본 적이 있었다. 그땐 운전기사가 재수 없다고 생각했다. 누군들 자기 차 아래에서 낯선 사람이 잠을 자고 있다고 생각하겠는가. 그런데 다시 생각해보니 재수 없는 사람은 낮잠을 자던 사람이었다. 어쨌든 운전기사는 죽지 않았으니까. "죽으면 죽는 거지 뭐." 할머니가 트럭 아래에서 엉금엉금 기어나왔다. 그러더니 내 옆에 와서 앉았다. 할머니 말에 의하면 트럭 아래만큼 시원한 곳은 없다고 했다. 나무 그늘이 있지 않느냐고 내가 물었더니 거긴 개미들이 많아 낮잠을 잘 수 없다고 했다. 회사 앞에서 김밥을 파는 할머니보다 머리가 더 백발이었다. 할머니가 나를 위아래로 훑어보더니 자네도 참, 하고 중얼거렸다. 그러고는 자신을 따라오라고 말하면서 자리에서 일어났다. 나는 허리가 기역 자로 굽은 할머니가 지팡이도 없이 걷는 것을 보았다. 아니, 정확히 말하면 할머니의 엉덩이를 보았다. 걷는 모양이 우스꽝스러웠다. 할머니가 앞서 걷다 말고 갑자기 뒤를 돌아보더니 내게 소리쳤다. "왜 안 따라와."

할머니는 비닐하우스 옆에 난 길로 들어섰다. 신발에 흙을 묻히는 게 싫었지만 할 수 없이 나도 따라 걸었다. 밭두렁을 뒤뚱거리며 걷던 할머니가 어느 밭 앞에 멈추었다. 삽 한 자루가 땅에 꽂혀 있었다. "여기 밭 좀 갈아." 할머니가 내게 말했다. "네?" 내가 되물었다. 할머니가 허리를 펴고는 땅에 꽂혀 있는 삽을 뽑았다. 그리고 내게 삽을 쥐어 주었다. "밭 좀 갈아달라고. 반나절 일당 줄게." "어르신. 전 돈 필요 없어요." 내가 말했다. 그러자 할머니가 내 얼굴을 가리키며 이렇게 말했다. "그런데 왜 깨진 안경을 쓰고 다녀. 옷은 이게 뭐고. 난 백수인 줄 알았어." 그제야 할머니가 왜 나를 그런 눈빛으로 보았는지 알 것만 같았다. 고개를 숙여 옷을 보니 잠바에 김치 국물이 묻어 있었다. 여태 이렇게 입고 돌아다녔다니. 얼굴이 화끈 달아올랐다. "돈이 필요한 줄 알고 도와주려고 했지." 할머니가 삽을 도로 달라며 손을 내밀었다. 손가락 끝이 갈라져 있는 게 보였다. 할머니의 손을 보자 두어 시간 삽질을 해도 괜찮을 것 같은 생각이 들었다. "돈은 필요 없지만 그래도 밭은 갈아드릴게요." 할머니는 밭을 갈 거면 일당을 받고, 아니면 그냥 가라고 호통을 쳤다. 노인네가 목소리도 컸다. "그냥 심심해서 그래요." 나는 바짓단을 양말 안에 넣었다. "그려. 심심하면 해. 심심하면." 나는 할머니가 시키는 대로 삽질을 하며 이랑과 고랑을 만들었다. 그러다 문득 왜 평평한 땅에 심어도 될 것을 이렇게 고생스럽게 두둑을 만들어 심는 건지 궁금해졌다. 땅이 조금 더 솟아 있다고 뿌리가 더 잘 자라는 건 아닐 텐데. 그래서 나는 밭두렁에 앉아 내가 삽질하는 걸 구경하고 있는 할머니에게 물었다. "같은 흙이니 아무 데나 심어도 상관없잖아요?" 할머니는 내 질문에 대답은 하지 않고 내게 나이가 몇이냐고 물었다. 나는 내 나이를 말해주었다. 할머니가 당신의 나이를 내게 말해주었다. 나보다 열여덟 살 위였다. "우리 정도 살았다면 이제 그런 건 스스로 답을 찾아야지." 할머니가 말했다. 우리라니. 나는 할머니에게 열여덟 살이면 거의 어머니뻘이라고 대꾸했다. "전 아직 젊다고요." 내 말에 할머니가 화가 났는지 삽질을 더 힘껏 하라고 타박했다. 흙이 잘 뒤집혀야 땅이 숨을 쉰다나. 나는 보란 듯이 깊게 깊게 삽질을 했다. 안에 있는 흙이 밖으로 나오도록. 더 진하고, 더 촉촉한 흙들이었다. 삽질을 하면서 할머니와 나는 이런저런 이야기를 나누었다. 내가 질문하면 할머니는 답하고, 할머니가 질문하면 내가 답하고. "어르신, 여기 뭘 심을 거예요?" "그냥 이것저것. 그런데 백수도 아닌데 대낮에 왜 혼자 있어?" "전 콩 엄청 좋아하거든요. 콩 심어주세요. 참, 회사는 그냥 한번 땡땡이 쳐봤어요." "내 밭이야. 내 맘대로 할래. 그런데 무슨 콩 좋아해?" "전부 다요. 울타리콩, 강낭콩, 밤콩." 콩 이야기를 하자 갓 딴 콩을 잔뜩 넣은 밥 생각이 났다. "회사 안 가니까 좋아?" "네 좋아요." "뭐 하는 회산데?" "양말 공장이에요." 왜 양말이야? 사업을 시작한다고 했을 때 나를 만나는 사람마다 그렇게 물었다. 그러면 나는 사장이 내게 했던 말을 그대로 사람들에게 해주었다. 집에 가서 옷장을 열어봐. 뭐가 가장 많은지. 와이셔츠야? 팬티야? 양말이야? 그렇게 말하면 사람들이 고개를 끄덕였다. 이랑을 하나 완성했다. 나는 삽을 땅에 꽂고 거기에 기대어 내가 완성한 이랑을 내려다보았다. 폭이 점점 좁아졌다. "땡땡이 치니 부인한테 눈치 안 보여?" "십 년 전에 보냈어요. 암이요." 다시 삽을 들었다. 이번 이랑은 더 예쁘게 만들리라. "괜찮아. 난 남편, 자식 셋. 먼저 보냈어." "죄송해요." "내 남편이 죽었다는데 왜 자네가 죄송해." 할머니가 주머니에서 휴대전화를 꺼내더니 어딘가로 전화를 걸었다. 잠시 후에 커피 두 잔이 배달되었다. "이거 먹고 해." 커피 배달을 온 아가씨는 아무리 봐도 고등학생으로 보였다. 미성년자가 다방에서 아르바이트를 할 수 있나? 나는 아가씨에게 어느 다방에서 온 거냐고 물었다. 그랬더니 할머니와 아가씨가 동시에 웃었다. "내 손녀야." 할머니는 손녀에게 커피 값이라며 오천 원을 주었다. "잔은 이따 내가 가지고 들어갈게. 가서 공부해." 손녀가 내게

묵례를 하고는 떠났다. 나는 할머니 옆에 앉아 커피를 마셨다. 나도 저렇게 예쁜 손녀가 있었으면 좋겠다는 생각이 들었다. 이대로 영영 나를 안 봐도 좋으니 제발 손녀만은 낳아주었으면. 딸을 닮으면 무척 예쁠 것이다. 아이를 낳게 되면 딸도 나를 그리워하게 될까? 나도 모르겠다. "커피가 맛있네요." 할머니가 보온병의 남은 커피를 내 잔에 따라주었다. 커피를 마신 다음 나는 이랑을 두 개 더 만들었다. 할머니는 내가 커피를 마시고 난 다음부터 삽질하는 속도가 달라졌다며 손녀가 커피에 약을 탄 건지도 모른다고 농담을 했다. "정말 일당 안 받아?" 나는 괜찮다고 했다. "그럼 내가 저녁이라도 사줄까?" 내가 만든 이랑이 셋. 할머니가 오전에 만든 이랑이 셋. 밭이 아주 예뻐졌다.

할머니는 중국집에 전화를 걸어 짜장면을 배달시켰다. "식당에 가기엔 내 옷이 너무 더러워서." 할머니가 엉덩이를 보여주었다. "밭두렁에 앉아 있었더니 옷이 이렇게 되었어." 엉덩이에 젖은 흙이 묻어 털리지가 않았다. "괜찮아요. 여기서 저녁을 먹으면 정말로 회사 땡땡이친 기분이 날 것 같아요." 짜장면 두 그릇이 배달되었다. 종업원은 짜장면을 내가 만든 이랑 위에 올려놓고는 빈 그릇은 늘 두는 곳에 두세요, 하고 말했다. 중국집 상호를 보니 가끔 내가 시켜 먹는 집이었다. 할머니와 나는 짜장면을 사이에 두고 앉았다. "이런, 참, 술을 시켜줄 걸 그랬나?" 나는 괜찮다고 했다. 할머니는 다시 자리에서 일어나더니 수건을 걸쳐둔 나무 아래에서 물병 두 개와 플라스틱 컵을 가지고 왔다. 컵은 지저분했다. 할머니가 물병을 열어 차례로 냄새를 맡아보았다. "이게 술이네." 하나는 물이고 하나는 술인 모양이었다. 오래간만에 먹는 소주였다. 소주 한 잔을 마시고 양파를 춘장에 찍어 먹었다. "난 짜장면이랑 같이 먹는 소주가 제일 맛있어. 술맛 모르는 놈들이나 짬뽕이랑 먹지." 할머니가 말했다. 마주 보고 있으니 우리 엄마가 살아 있다면 꼭 이렇게 늙었을 것만 같다는 생각이 들었다. 소주 한 잔에 짜장면 한 젓가락. 먹다 보니 술이 계속 들어갔다. "안경은 왜 깨졌어? 누구랑 싸웠어?" 나는 믿기지 않겠지만 벌레와 부딪쳤다고 설명했다. 할머니는 그 벌레도 참 아팠겠다고 말했다. "내일은 출근해. 땡땡이는 딱 하루면 좋아." 나는 이틀째 땡땡이를 치는 거라고, 내일도 또 땡땡이를 치고 싶을까 봐 실은 무섭다고 말했다. "양말 만드는 게 뭐 무서워. 가서 만들면 되지." 할머니가 내 잔에 소주를 채웠다. "어르신 말이 맞네요." 할머니와 나는 지는 해를 보면서 마지막으로 건배했다. 노을을 보면서 근사한 생각을 하고 싶었는데 해가 지는구나, 라는 평범한 말만 머릿속에 맴돌았다.

   할머니는 목련 나무가 있는 연립주택에 살았다. 나는 할머니를 그곳까지 배웅해드렸다. "이렇게 큰 나무가 있다니 놀라워요." 할머니가 목련을 올려다보았다. "뭐가 놀라워. 난 작은 나무들이 더 놀라워. 그건 해마다 자라는 게 눈에 보이거든." 목련 나무 아래에서 할머니와 나는 헤어졌다. 헤어지기 전에 할머니는 내게 이런 비밀을 하나 알려주었다. 앞으로 회사 땡땡이를 치고 싶은 날이면 132동 104호로 가보라고. 그곳에서 나오는 소리를 몰래 엿들어 보라고. 오전 열 시. 아주 목소리가 아름다운 선생님이 유치원 아이들에게 동화를 읽어주는 시간이라고. 나는 일부러 길을 돌아 132동을 가보았다. '해님 놀이방'이라는 플래카드가 베란다에 걸려 있었다. 그 아래 누군가의 발자국이 보였다. 민들레꽃이 밟힌 흔적이 보였다. 해님 놀이방의 동화 구연 선생님은 누구일까? 듣기만 해도 저절로 행복해진다는데 과연 그런 게 가능할까? 132동에서 내가 사는 동으로 오려면 후문 길을 지나가야 해서 나는 어제 갔던 작은 공원을 다시 한 번 들렀다. 누군가 자갈 위에 벚꽃을 뿌려놓았다. 바람에 날려 온 것 같지는 않았다. 자갈 하나에 꽃잎 하나씩 올려 있었으니. 나는 양말을 벗어 신발 안에 넣었다. 그리고 신발을 양손에 들고는 자갈길을 걸었다. 걸으면서 〈메기의 추억〉이란 노래를 흥얼거려보았다. 금잔디를 사람 이름으로 알다니. 웃음이 났다. 자꾸 걸으니 어제보다 덜 아픈 것 같았다. 그래도 아파, 아프다고, 하고 엄살을 부려보았다.

추천 우수작

쿠문

김성중

1975년 서울에서 태어났다. 2008년 중앙신인문학상에 단편소설 〈내 의지를 돌려주세요〉가 당선되며 등단했다. 2011년 소설집 《개그맨》이 있다.

나는 밀고자들의 방파제가 좋다. 이곳에는 자기를 고발하는 사람들이 끓어 넘친다. 한 손에 술병을 들고 혼잣말을 하는 사람들, 그들은 아마 누구에게도 털어놓지 못한 죄를 지껄이고 있을 것이다. 도시의 가장자리에 아무나 걸터앉을 수 있는 방파제가 있다는 것은 근사한 일이다. 덕분에 마음껏 죄를 짓고 고해사제인 바다에 대고 털어놓을 수 있으니 말이다.

심술궂은 삶에 이제는 지쳐버렸다. 더 이상 사람들의 결점을 찾아 음미하는 일이 즐겁지가 않다. 어릴 때는 똑똑하다고 따돌림을 받았고, 커서는 음침한 성격이라며 아무도 상대해 주지 않았다. 모두가 피서지로 떠난 여름에도 혼자 도서관에 앉아 모래 대신 잉크를 묻히던 청춘의 시간들. 그때 내 목표는 일찌감치 교수가 되어 지나치게 똑똑한 나머지 마음의 온도를 잃어 차가워진, 그런 인간처럼 보이는 것이었다.

그런데 여섯 살 어린 내 동생이 먼저 그 자리를 차지했다. 아둔패기로 여겼던 애가 필즈 메달을 따왔을 때, 손쉽게 거두는 동생의 성취를 지켜보기만 할 때, 나는 내 자신의 무능이 놀라울 지경이었다. 그렇게 갑자기 툭 튀어나오는 재능이라니. 다른 사람을 바보로 만드는 재능 같은 건 왜 존재하는 것일까? 자기의 우수성을 뽐내기 위해 타인을 배경처럼 만들어버리는 재능 말이다.

더 나쁜 것은 이걸 나 혼자서만 의식한다는 점이다. 동생이 중요한 논문을 연달아 발표하는 동안 나는 꺼지지 않는 질투에 끌려 다니느라 아무것도 할 수 없었다. 태어나 처음으로 열정을 발견했는데 하필이면 하나밖에 없는 자매를 죽도록 미워하는 마음이었다. 나는 카인을 이해할 수 있다. 이 괴로운 정열을 끝내는 방법은 하나밖에 없기 때문이다.

동생은 선천적으로 평형기관에 이상이 있어 자주 넘어지곤 했다. 넘어진 동생을 일으켜 세우는 건 내 오랜 습관이었다. 이 습관에 저항하기로 마음먹은 어느 목요일에, 우리의 처지는 영원히 바뀌었다. 넘어진 동생을 외면한 순간 우리 사이로 검은 차 한 대가 지나갔다. 잠깐 동안 검은 막이 드리워졌을 뿐인데 그 애는 두 번 다시 학교로 돌아올 수 없었다.

나는 천재 동생보다 바보 동생의 언니 역할에 어울리는 사람이었다. 사고 후 꼬박 삼년을 간병에만 매달렸으니까. 동생에게는 무슨 일이 벌어졌는지도 모를 정도의 지능밖에 남아 있지 않았는데, 그 사실이 내게 도움이 됐다.

이제 그 애는 혼자 힘으로 휠체어에 앉아 식사를 할 수 있을 정도로 건강을 회복했다. 그러니 동생의 랩톱 안에 든 논문에 손을 댄 것은 내 헌신에 대한 수고비로 해두자. 병원 치료가 끝나자 나는 동생을 요양원으로 보냈고 그 후로 한 번도 만나러 가지 않았다. 매달 요양원의 계좌로 송금을 하는 것만이 나의 유일한 안부인사가 된 것이다……

해와 함께 구겨진 낮이 바다로 들어가고 밤이 내려온다. 별들이 키들거릴 때까지 술을 마시기로 한다. 지금쯤 고분고분하게 텔레비전을 보고 있을 동생을 생각하니 텅 빈 우월감이 솟았다. 뒤이어 눈물이 흘렀는데 질투가 종결되자 영혼에 곰팡이가 내려앉았기 때문이다. 목적과 생기를 잃은 나는 권태에 빠져들고 있었다.

한 청년이 내 손에 든 담배를 보고 불을 청했다. 눈물을 흘리고 있는 것이 겸연쩍어서 고개를 돌리지 않은 채 라이터를 내밀었다. 그에게서는 시큼한 냄새가 났는데 그 냄새를 맡자마자 재채기가 나왔다. 거기에는 훗날 내가 받게 될 은총의 전조가 들어 있었는데 내 신체는 거부 반응부터 일으킨 것이다.

법적으로 스무 살인 류의 생물학적 나이는 아직 십대에 머물러 있다. 또래보다 빨리 학교에 들어간 탓에 그는 내 강의실에 들어올 수 있었다. 선생과 제자로 재회했을 때 나는 그를 몰라봤고 그는 나를 알아봤다.

학기가 끝날 무렵 결석을 많이 한 학생들을 따로 불러 학점을 줄 수 없다고 통보하는 자리였다. 한 학생이 어떻게 해야 낙제를 면할 수 있느냐고 물었다. 나는 칠판에 1학년이 도저히 풀 수 없는 문제를 휘갈겼다. 모두 한숨만 쉬는 가운데 또 다른 학생이 종이를 내밀었는데, 그것은 시에 비견될 만큼 간결하고 아름다운 수식이었다. 나는 눈살을 찌푸리며 아무렇게나 종이를 접어 가방에 넣었다. 건방

진 수재들 때문에 교직이 늘 위협받는다고 생각하면서.

　가지지 못한 재능에 끌리는 기질로 인해 지금의 내가 되었다. 뛰어난 학생이 엇나가는 것을 방치할 수 없었고, 부아가 치밀어도 그들을 외면하기 어려웠다. 재능을 알아보는 안목이야말로 내가 가진 유일한 재능이었으니까. 때문에 자퇴하려는 류를 내버려둘 수 없었다. 나는 유명한 수학자이자 기호학자인 윌리엄에게 류를 데려가기로 마음먹었다. 더 큰 지성을 만나 자극을 받으면 학문에 정을 붙이리라는 판단 때문이었다. 그러나 어렵사리 잡은 약속에 나타나지 않음으로써 류는 내 얼굴에 먹칠을 했다. 천재를 지녔지만 그는 인성이나 사회성 면에서 어린애나 다름없던 것이다.

　며칠 후 경찰에서 연락이 왔다. 부랑자 중에 발작을 일으킨 사람이 있어 병원에 데려다놨는데, 소지품에서 내 명함이 나왔다는 것이다. 병원에 가서 두 가지 사실을 알게 됐다. 류가 갈 데 없는 처지의 고아라는 것과 알 수 없는 지병이 있다는 것. 퇴원한 그를 내 아파트에 데려오면서 나는 류라는 사람이 아니라 거기에 깃든 재능을 후원하는 것이라고 스스로에게 선을 그었다.

　함께 지내면서 나는 류가 수학에서 보여준 능력을 작곡과 스케치와 시에도 똑같이 지니고 있다는 사실에 넋을 잃었다. 내 동생은 한 분야의 천재였다. 그런데 류는 모든 학문과 예술의 주파수를 잡아낼 수 있는 수신기 같았다. 채널은 얼마든지 늘릴 수 있는데 놀랍게도 자기 재능에는 완전히 무관심했다. 나는 류가 가진 능력의 하나라도 내게서 발견되기를 바라며 사십오 년을 살았는데, 내 나이의 반 토막도 되지 않는 그는 황금이 들어있는 금고문을 잠가 놓은 채 걸인처럼 지내는 것이다.

이런 무책임을 꾸짖을 때마다 류는 말없이 방문을 걸고 몇 날이고 나오지 않았다. 그는 침묵으로만 자기주장을 내세우는 타입이었다. 오로지 뺄셈으로만, 즉 먹지 않고 돈 쓰지 않고 말하지 않음으로서만 의사 표현을 하기 때문에 건드리지 않는 게 상책이었다. 류에게 재능이라는 국물을 다 짜내면 뭐가 남을까? 가시가 안쪽으로 향한 고슴도치, 스스로 몸을 찌르고 피를 흘리겠다고 협박하는 약한 동물의 이미지가 떠오른다. 불편하지만 무시할 수도 없는 위엄이 그에게 있었다.

나는 왜 류를 거두어주고 있는 것일까. 꼭 닫힌 류의 방문을 바라보며 자문해보았다. 동생에 대한 죄책감 때문인가? 그러나 마음 깊은 곳에서 다른 목소리가 울려 퍼졌다. 괴로운 선망 때문이야. 이 마음이 사라지지 않는 한 뱀파이어의 인간하인 같은 내 인생은 되풀이되는 제의에 불과할 것이다.

'……기자는 신분을 밝힐 수 없는 어떤 제보자로부터 놀라운 이야기를 들었다. 우리 사회에 천재병이 확산되고 있다는 것이다. 발견자의 이름을 따서 '쿠문'이라 명명된 이 병은 현대인의 관심을 끌기에 충분하다. 이 병에 걸리면 단추 모양의 발진이 돋아난다. 발진은 눈에 띄지 않은 채 전신으로 퍼져나가 장밋빛으로 색이 짙어질 것이다.

잠복기의 환자는 행복해 보인다. 그는 갑자기 명랑하고 영리한 사람이 되어 주변의 인기를 차지한다. 지인들은 매력적인 언변에 빠져 친구가 죽음을 향한 도정을 시작했다는 것을 눈치 채지 못한다. 이런 상태로 두 달에서 반 년 정도의 시간이 흐른다.

첫 번째 발작이 시작되면 환자는 순도 높은 마약을 투여한 사람처럼 갖은 환영을 본다. 이즈음 전신을 뒤덮은 수포에서 농이 터진다. 이 고름에서는 한번 맡으면 결코 잊을 수 없는 악취가 나는데, 레몬이나 감귤같이 신 과일이 썩어가는 동안 풍기는 향과 흡사하다. 농이 흐르면 환자는 시원한 쾌감과 함께 재능이 기생충처럼 자신을 지배하다 밖으로 튀어나오는 것을 경험한다.

그때부터 그는 놀라운 집중력으로 작곡·그림·저작·무용 등 온갖 창조적인 작업에 매달릴 것이다. 자기표현을 향한 의지야말로 쿠문의 가장 큰 특징이다. 발진이 연달아 터지고 강렬한 감정으로 으르렁대는 시기에 놀라운 작품들이 탄생하기 때문에 치료를 포기하는 가족들도 적지 않다. 환자는 먹지도 자지도 않은 채 그를 호출한 환상에 매달릴 것이고, 그렇게 남긴 작품이 유가족에서 뜻하지 않은 부를 가져다주기 때문이다. 사람마다 다르지만 쿠문으로 죽음을 맞이하기까지는 약 3~5년의 정도의 시간이 소요된다.

이 병에 걸린 사람들은 재능이 자신의 삶과 인간관계를 파괴시키는 것을 방관한다. 그러나 쿠문 사망자들은 한결같이 미소를 짓고 있어 그들이 만족한 채 죽음을 맞이했다는 추측을 가능케 한다. 쿠문은 인류에게 축복일까, 저주일까? 만약 당신에게 쿠문에 걸릴 수 있다면 짧고 고통스러운 천재의 삶과 이전의 삶 중에 어떤 것을 택할 것인가?

일요판 타블로이드에서 흥미로운 기사를 읽었다. 마지막 문장을 되뇌어 보았으나 선뜻 대답이 나오지 않았다. 내 인생의 뒤틀린 지점은 동생에 비해 부족한 재능 때문이었지만 그렇다고 죽음을 불사할 용기까지는 없었다.

'맙소사, 이런 병이 있을 리 없잖아.'

골똘하게 생각에 잠겨있는 내 모습을 발견하자 실소가 나왔다. '신분을 밝힐 수 없는 제보자' 덕에 작성했다는 기사의 하단에는 시청 위에 출몰한 UFO와 다리가 네 개 달린 중국 병아리의 사진이 실려 있었다. 한마디로 신빙성이라고는 없는 가십기사인 것이다.

나는 신문을 내려놓고 류의 방에서 들려오는 소리에 귀를 기울였다. 정말로 내 신경을 건드리는 것은 류의 변화였다.

딱 한번 그가 뭔가를 사달라고 요구한 적이 있었다. 집에서 실크스크린을 찍어낼 수 있는 작은 도구였는데, 나는 그의 또 다른 재능이 폭발할 것을 기대하며 부탁을 들어주었다. 그러자 류는 끊임없이 줄을 치는 거미처럼 방안에 틀어박혀 뭔가를 찍어내는 일에 몰두했다. 나는 생산적인 데 능력을 쓰지 않는 것이 답답했고, 식탁보의 주름을 펴듯 잘못을 바로잡고 싶었다. 그러나 그에게 잔소리하는 것은 완전히 무의미하기 때문에 그저 지켜볼 도리밖에 없었다. 어둠이 내리면 류는 실크스크린으로 찍은 종이뭉치를 들고 어디론가 사라졌다.

밖에서 밤을 보내고 올 때마다 류의 옷과 신발은 먼지투성이였다. 세탁기에 빨랫감을 집어넣으면서 기대 없이 물었다.

"뭘 하고 돌아다니는 거야?"

"천문학 동호회에 가입했어요."

뜻밖에도 류가 대답해주었다. 그리고는 지나가는 말처럼 덧붙였다. "천문학자들은 비둘기의 영혼을 가지고 있대요."

"그거 흥미롭구나. 다음엔 나도 데려가줄래?"

류는 어깨를 으쓱한 다음 방으로 들어갔다. '아니오'라는 말 대신 늘 하는 행동이었지만 이만큼이라도 대답을 들은 것에 기분이 좋았다.

시간이 지나자 더 이상 이상 방관할 수 없다는 생각이 들었다. 식사량이 절반 이하로 줄어든 류가 눈에 띄게 수척해졌기 때문이었다. 허름한 체크 남방을 입은 모습은—다른 옷을 사주어도 류는 늘 두세 벌의 옷밖에 입지 않았다—허수아비에게 옷을 입혀 놓은 것처럼 볼품이 없었다. 도대체 그의 더듬이는 어디를 향해 있는 것일까?

미행까지 할 생각은 아니었다. 그러나 퇴근길에 우연히 류의 자전거와 마주쳤을 때 나도 모르게 차를 돌려 그의 뒤를 따르고 있었다. 왜 진작 이 생각을 하지 못했을까? 이렇게 쉽게 류가 찍어내는 종이의 내용물을 확인할 수 있는데 말이다. 류는 인적이 드문 버스 정류장을 골라 포스터를 붙이고 있었다. 프로파간다 스타일의 그래픽에 68혁명에서 봄직한 구호가 적혀 있었다.

다른 상상이 다른 권력을 만든다.

지하운동이라도 하는 걸까? 매사에 무관심한 그를 생각하면 어울리지 않는 행동이었다.

류의 행보는 거기에서 그치지 않았다. 손목시계를 힐끗 내려다보던 류는 남은 뭉치를 배낭에 집어넣고 밤새도록 문을 여는 카페테리아 안으로 들어갔다. 밝은 불빛의 실내에는 트렌치코트를 입은 중년 사내가 류를 기다리고 있었다.

나는 차를 세우고 라이트를 끈 채 유리 너머 두 남자의 동향을 주의 깊게 살폈다. 뭔가 호소하는 사람처럼 사내는 열성적으로 말을 했고 류는 듣고만 있었다. 그 순간 왜 몸 파는 젊은 남자들의 기사가 떠오른 것일까? 나는 내 상상의 천박함을 탓하면서도 류의 모습에서 눈을 뗄 수 없었다. 두 사람이 카페를 나와 택시를 타고 이동했기 때문에 억측을 중단하고 허둥지둥 차에 올랐다.

한참을 달린 택시는 시 외곽의 재건축지구에 멈춰 섰다. 거주민들이 전부 이주하고 텅 빈 집들만 남아있는 거대한 폐허는 얼핏 보면 유령들의 도시 같았다. 이 도시에서 재건축·재개발·신도시라는 말과 그 뒤에 붙는 문구는 적어도 류의 포스터보다 훨씬 더 일상적인 슬로건이었다. 생각에 빠져있는 사이 류와 트렌치코트의 남자는 골목으로 들어섰다. 이제부터는 차에서 내려 걸어갈 수밖에 없었다.

좁은 골목을 들어서자 개들의 오줌 냄새가 훅 끼쳐왔다. 주변의 빛이라고는 류와 사내의 손에 들린 랜턴뿐이었다. 미로처럼 보이는 골목 사이사이를 류는 여러 번 와본 사람처럼 익숙하게 걸었다. 십오 분 가량 쉬지 않고 걸어 마침내 불빛이 멈추자 겨우 한숨을 돌릴 수 있었다. 발끝으로 걸은 탓에 종아리 바깥쪽이 몹시 뻐근했다.

나는 사내와 류가 안으로 들어간 다음에도 한동안 집 주변을 서성거렸다. 이층으로 된 주택은 기둥 한쪽이 주저앉았는지 이상한 모양으로 기울어져 있었다. 녹슨 차임벨 주변까지 담쟁이 넝쿨이 에워싸고 마당의 풀들은 허리께까지 웃자라 있었다.

용기를 내어 대문을 밀치고 들어간 나는 창문에 눈을 바싹 들이대고 실내의 동향을 살폈다. 낡은 집의 마루 패널이 삐걱대는 소리가 들려오더니 쿵쿵거리는 발자국 소리가 아래쪽으로 멀어져갔다. 이 집 어딘가에 지하실이라도 있는 것일까?

오 분도 되지 않아 류가 혼자 올라왔기 때문에 재빨리 벽에 몸을 붙였다. 다행히 류는 내 존재를 눈치 채지 못한 기색이었다. 랜턴 불빛이 멀어질 때까지 나는 숨죽인 채 그대로 서 있었다.

쿠문과 류의 밤 외출을 연결하게 된 것은 그로부터 육 개월이 지난 후였다. 정신병원에서 죽음을 맞이한 쿠문 환자의 기사를 발견했기 때문이었다. 환자는 커터 칼로 손목을 그은 후 자기 피를 찍어 장시를 썼다. 담당자들이 시체를 발견했을 때 벽과 바닥에는 각운이 완벽한 붉은 시들이 빼곡했다. 그 한가운데 과다출혈로 죽어있는 남자는 이미 사후 경직이 시작되어 뻣뻣했다고 한다.

나는 고인의 생전 사진에서 쿠문 환자가 트렌치코트를 입은 바로 그 사내였다는 것을 알아보았다. 이렇게 두 조각이 맞춰지자 류의 놀라운 재능이 어디서 기인한 것인지 그제야 짐작이 갔다. 그렇다면 그는 다른 이들을 지하실로 데려가 쿠문 환자로 만들어주던 것일까? 기왕의 재능을 왜 그렇게 사용하는 것이며, 류에게 간 사람들은 어떤 이들이기에 목숨까지 내놓고 쿠문을 얻으려는 것일까?

여름이 시작되었는데 류는 여전히 긴 소매 남방을 벗지 않았다. 내가 준 반팔 셔츠는 보란 듯이 개켜져 있는데 나는 이 이유를 알고 있다. 류의 팔에는 별자리처럼 발진이 돋아있기 때문이었다.

나는 아무것도 묻지 않았다. 아무것도 묻지 않는 방식으로만 류에게 말을 걸 수 있으니까. 내가 쿠문에 대해 짐작하고 있다는 것, 류의 일을 방해하지 않을 것이라는 메시지를 침묵으로 전달하는 것이다. 슬프게도 내가 가장 알고 싶은 것은 그가 답해 줄 수 없었다. 류의 남의 생이 얼마나 되는지 말이다. 수명은 천재도 헤아릴 수 없는 시간이었으니까.

바람에 얼음 알갱이가 박힌 것처럼 날씨가 쌀쌀해지자 류의 외출은 뜸해졌다.

　쿠문 후보자들이 줄었을 뿐 아니라 더 이상 밖으로 다닐 수 없을 만큼 병세가 악화되었기 때문이었다. 류는 붉은 띠를 이룬 발진에 뒤덮여 열병을 앓았다. 이미 한쪽 눈은 실명에 이르렀고 두어 번 마비를 견뎌낸 사지도 이상한 모양으로 뒤틀려 있었다. 끝없이 무너지고 녹아내리는 류의 육체를 보고 있으면 고통스러우면서도 경이로웠다.

　소용없는 일이겠지만 나는 류를 병원에 데려가고 싶었다. 제발 깨끗한 드레싱이라도 하자고 애원했지만 도무지 내 말을 들으려 하지 않았다. 내가 화를 내며 고집을 부리자 류는 앉으라는 시늉을 했다. 들려줄 말이 있으니 병원에 전화하지 말고 기다려달라는 것이다.

　잠시 눈을 감고 생각에 잠겨 있던 그가 이윽고 한 번도 들어본 적 없는 긴 문장으로 말문을 열었다. 그것은 어떤 기원에 대한 이야기, 해충과 쥐를 쫓아 삼십 년을 살아온 남자의 이야기였다.

　"우리 아버지는 프로메테우스였어요."

　……남자는 많은 건물에서 작업을 했지만 그처럼 벌레가 들끓는 집은 처음 보았다. 보통 개미가 있는 곳에 바퀴벌레가 없고, 반대의 경우도 마찬가지다. 그러나 그 건물에는 다양한 곤충이 각자의 제국을 꾸려가고 있었다. 남자는 침착하게 벌레들을 추적했다. '벌레들의 자궁'의 중요성을 그는 잘 알고 있었다. 진원지를 찾아내지 않는 한 다른 곳에 아무리 약을 뿌려도 일시적인 효과밖에 얻을 수 없다. 지하실로 향한 남자는 문 앞에서 난생처음 보는 벌레를 발견하고 걸음을 멈췄다.

'독이 있을지 몰라.'

첫 소감은 이랬다. 얼핏 보면 지네와 비슷했지만 몸 전체에 자주색 털이 도톰하게 나 있어 야생버섯처럼 화사했기 때문이다. 남자는 문에 붙어 있는 자주색 벌레를 떼어내 손바닥 위에 올려보았다. 벨벳 같은 몸을 눌러보니 꽁무니 끝에 발광체처럼 빛이 깜박거렸다.

한 번 더 장비를 점검한 남자는 지하실 문을 발로 차서 열었다.

남자는 자기도 모르게 탄성을 질렀다. 청색과 은색, 보라색 빛이 감도는 지하실 내부는 자수정으로 된 천연 동굴이었다. 안으로 들어서자 벽에 붙어 있던 벌레들이 일제히 날갯짓을 하더니 남자의 방역복을 뒤덮었다. 순간 미세한 전기가 흐르는 것처럼 몸이 저릿했는데 그때부터 자주색 벌레의 메시지를 깨달을 수 있었다. 이 벌레들은 해롭지 않을뿐더러 남자에게 호의를 가지고 있었고 뭔가를 베풀고 싶어 했다. 자기도 모르게 방역복의 지퍼를 내린 남자는 벌레들이 마음껏 몸을 물어뜯도록 내버려 두었다.

추위에 떨며 깨어났을 때는 만 하루가 지나 있었다. 지독하게 방탕한 밤을 보낸 것처럼 머리가 지끈거리고 몸이 으스스했다. 지하실에서 기어 나온 남자는 집으로 돌아가 사흘을 앓아누웠다.

한동안 아무 일도 일어나지 않았다…… 그러나 몇 달 후 전두엽 한쪽이 몹시 근지러운 느낌이 남자를 사로잡았다. 자르지 않은 케이크처럼 달콤한 무언가가 머릿속에 들어 있었다. 내보내달라고 아우성치는 목소리에 복종한 그는 거리로 뛰쳐나가 오선지를 샀다.

그날부터 남자는 자기 전에 티브이를 보는 대신 악보를 보는 사람으로 변했다. 죽기 전까지 열다섯 편의 교향곡이 그의 손끝에서 완성되었다.

이야기의 끝부분은 멜로디로 변해 류의 입술에 걸려 있었다. 허밍으로 아버지의 음악을 들려주었던 것이다. 류는 무릎 담요를 들추고 노트 한 권을 꺼냈다. 마분지로 된 겉장을 펼치자 해독할 수 없는 글자가 나왔다.

"아버지가 만들어주신 언어예요. 우리 둘만 읽을 수 있는 책이죠."

"뭐라고 쓴 건데?"

류가 노트를 덮었기 때문에 나는 답을 듣는 것을 포기했다. 대신 정말로 궁금한 것을 물어보았다.

"쿠문을 퍼트리는 목적이 뭐야? 기왕에 천재가 됐는데 왜 남은 시간을 그 일에만 쓰는 거지?"

기침이 그를 덮쳤고 격하게 출렁거리는 몸이 가라앉을 때까지 기다려야 했다. 나는 질문을 고쳐 물었다.

"재능을 대량화하면 더 이상 재능이 아니지 않아?"

이 무렵 이빨이 다 빠져서 노인처럼 보이는 류가 희미하게 웃었다. 나도 내 질문이 바보 같다는 것을 알고 있었다. 쿠문 환자가 되려는 사람은 이제 거의 없었다. 이 크고 진부한 도시에서, 자기 목숨을 내놓은 대가로 천재가 되고 싶어 하는 사람은 오십 명이 채 되지 않았던 것이다. 드디어 미디어의 주목을 끌었을 무렵 아이러니하게도 쿠문은 저절로 수그러들고 있었다.

류는 예술기계들을 풀어놓음으로써 대중으로 응고되어버린 도시민의 의식에 균열을 가할 수 있으리라 생각했다고 한다. '모두 한 덩이 치즈 같아요.' 그는 자주 이런 말을 했다. 타인과 다른 존재가 될지도 모른다고 예감하는 즉시 느끼는 공포, 이 공포야말로 류가 가장 미워한 혁명의 걸림돌이었다. 응고된 대중에서 각각의 인간으로 풀려나려면 우선 이 공포부터 몰아내어야 했다. 천재들에게 경탄한 군중이 언젠가 스스로의 표현 방식을 원하게 되는 것이 류가 시도한 혁명의 임계점이었다. 어차피 그 후의 세상에는 그가 없을 테니까.

중년인 내 눈에 류의 이상주의는 데카당한 종말론에 가까웠다. 이런 견해를 말했더니 류는 선선하게 인정하며 쿠션에 뒷목을 기댔다.
"……맞아요. 이십 대에 죽어갈 아이가 꿀 만한 꿈이죠."

가진 재능을 다 쓰고 죽으려는 사람처럼 류는 생의 마지막 시간에 글을 쓰고 그림을 그리고 노래를 만들고 도시를 설계했다. 재능은 끝없이 폭발했으나 육신이라는 그릇은 이미 깨진 후였다. 소용이 없는 줄 알면서도 나는 대체요법을 동원해 류의 죽음을 늦추려고 애를 썼다. 흐르는 고름을 장미수로 닦아내고 양고추냉이 덩어리를 면포에 싸서 귀에 집어넣기도 했다.

또다시 어느 목요일에 류는 하얀 꽃밭 한가운데에서 눈을 감는 사람처럼 전신에 흐르는 농에 뒤덮여 피곤한 눈꺼풀을 영원히 감았다. 병의 천사가 어루만져 통증을 멎게 만들었는지 희미한 웃음을 띠고 있었다. 방금 좋은 음악을 듣고 빙그레 웃는 것처럼. 처참한 육체와 대조되어 더욱 기이하기만 한 미소였다.

류의 공책을 태우기 전에 마지막으로 펼쳐보았다. 아무도 읽을 수 없는 글은 백사십 장에서 끝나 있었다. 이 기록이 어떤 꿈을 담고 있는지 알 수 없지만 한 가지는 분명했다. 어른의 글씨 다음에 적힌 아이의 글씨, 류의 글씨로 추측되는 글씨는 매우 즐거운 듯이 보였다. 선 위에 절반쯤 얹힌 글자들이 새처럼 재재거리고 있었는데 읽을 수 없어도 상상할 수는 있었다. 류가 이 공책을 적어나갔을 때 그는 분명히 즐거웠을 것이다.

행복한 류를 떠올리는 일이 나를 행복하게 만들었다. 나는 눈물을 닦고 풋내기 혁명가의 장례식을 준비하기 위해 일어섰다.

생활에 집착하는 내 습관을 평생 경멸했지만 나는 그 습관의 힘으로 모든 것을 지켜보는 사람이 됐다. 장례를 치르고 한 달쯤 지났을 때 해지하지 않은 류의 휴대폰이 울렸다.

"내게도 쿠문을 주시오."

목소리는 단호했다. 나는 말없이 듣고만 있었다. 내 입으로 류가 죽었다는 말을 꺼낼 수 있을 만큼 상처를 극복하지 못했기 때문이었다.

"그곳이 어디인지 알죠?"

침묵이 길어지자 남자는 조바심을 담아 재차 물었다. 나는 일단 그렇다고 대답했다. 가끔씩 류의 뒤를 밟았기 때문에 시 외곽의 재건축지구, 그 안에 있는 이층집의 위치를 대강 알고 있기 때문이었다. 나는 류가 쿠문 후보자를 만나곤 하던 카페테리아의 위치를 알려주고 약속을 잡았다.

전화를 끊고 나서 왜 그랬는지 생각해보았다. 나는 종종 이럴 때가 있다. 무의식적으로 일을 저질러 놓은 후 뒤늦게 곡절을 헤아려보는 것이다. 그러면 무의식으로 보였던 행동이 사실은 정교하게 계산된 방기임을 깨닫게 된다. 나는 보고 싶었던 것이다. 도대체 쿠문에 걸리고 싶어 하는 사람들은 어떤 이들인지를.

그들이 나와 어떻게 다른지를.

갈색 재킷, 숱 적은 검은 직모, 테 없는 안경, 뒷굽이 심하게 닳은 구두. 나와 비슷한 연배의 남자는 남루하지도 두드러지지도 않는 수수한 인상이었다. 첸은 나보다 먼저 도착해 기다리고 있었다.

그런데 어디선가 마주친 듯한 얼굴이다. 커피를 주문한 후 왠지 친숙한 이미지라고 말하자 그의 둥근 얼굴이 이내 시무룩해졌다.

"신문에서겠죠."

좋지 않은 평판을 들은 사람처럼 그는 고개를 돌렸다. 그 모습을 보자 몇 년 전의 뉴스가 문득 떠올랐다.

"랜프로에, 닉 랜프로에 맞죠?"

그제야 첸이 전화를 건 동기를 짐작할 수 있었다.

그가 세계적인 그래피티 예술가 레티스를 만난 것은 우연이 아니었다. 벽과 거리 예술가들에 대해서라면 훤히 꿰고 있지만, 정작 그 벽에 그림을 그릴 재주는 없는 사람이었으니까. 신분을 숨긴 채 게릴라처럼 작업을 하던 레티스는 그를 길잡이 삼아 프로젝트에 착수했다. 이 과정에서 레티스는 한 가지 제안을 했다. 원치 않은 명성에 불안감을 느끼고 있으니 자신의 대역이 되어 달라는 것이었다.

첸은 '랜프로에'라는 가상의 그래피티 예술가가 되었고, 레티스는 자신의 그림마다 'N.랜프로에'라는 서명을 남겨 두었다. 랜프로에는 성대한 전시회까지 열었고 단숨에 미디어의 주목을 받았다. 무명의 예술가가 이렇게 주목을 끈 데에는 랜프로에의 정체가 레티스라는 소문이 돌았기 때문이었다.

하지만 모든 사실이 밝혀졌을 때—그 또한 프로젝트의 일부였으므로—'랜프로에'라는 이름은 스타 만들기에 혈안이 된 미술계를 조롱하는 상징이 되고 말았다. 첸은 레티스가 커트 코베인 같은 순교자가 되지 않도록 일종의 방부제 노릇을 했다. 그 결과 레티스는 은자로서의 후광이 더해진 반면, 그리지도 않은 그림을 가지고 행세하던 랜프로에, 즉 첸에게는 경멸과 조소만 쏟아졌다.

"그래서 진짜 천재가 되고 싶은 건가요?"

그때의 피해의식과 보상심리 때문인가 싶어 물었다. 그렇다 한들 내게는 첸을 비웃을 자격이 없다. 나 역시 동생의 논문을 훔친 전적이 있지 않은가. 궁금한 건 이 사람의 마음이었다. 나와 흡사한 면이 있는 첸이 깨닫지 못한 내 욕망을 대신 말해줄지도 모른다는 생각이 들었다.

"아녜요. 난 그냥 재능 자체를 원해요. 난 레티스가 작업하는 것을 오랫동안 지켜보았어요. 그의 손이 닿으면 거리의 벽들은 농담을 하고, 화를 내고, 위트가 넘치는 전혀 다른 생명체가 되었죠. 굉장했어요! 그의 메시지가 골목마다 메아리치는 것을 난 들을 수 있었죠. 사물이 생명을 얻고 살아나는 순간은 정말 근사해요…… 단 한 번만이라도 레티스가 했던 작업을 내 손으로 해 보고 싶어요. 그럴 수 있다면 하찮은 실수로 이루어진 제 인생을 내줄 수도 있어요. 물론 이 결심을 내리기까지는 많은 시간이 걸렸지만요……"

첸은 늦게 온 것에 사과라도 하는 듯 마지막 말을 웅얼거렸다. 나는 그에게서 시선을 떼고 하늘을 바라보았다.

저녁 새들이 하늘에 길을 내며 지나가고 있었다. 빠르게 흘러가는 구름 사이로 흐르지 않는 구름이 보였다. 이 사내가 나와 다른 점이 있다면 질투 대신 재능을 위해 목숨을 내놓을 용기를 가졌다는 것이다. 그는 재능이 가져다줄 미래가 아니라, 재능 그 자체를 바라는 사람이었다. 나는 첸이라는 거울에 내 욕망을 비춰보았다.

"당신도 쿠문 환자인가요?"

나는 고개를 저었다. 잠시 후 수차례 내가 스스로에게 던진 바로 그 질문이 날아왔다.

"쿠문을 원하나요?"

긍정도 부정도 하지 않았다. 왜냐하면, 정말로 대답할 수 없기 때문이었다. 원한 것이 필즈 메달인지 수학의 아름다움인지 알 수 없던 것처럼. 내가 정말 질투한 것은 무엇이었을까?

마지막으로 이곳을 다녀간 것은 넉 달 전의 일이었다. 그런데 넉 달 사이에 재건축지구의 모습은 완전히 바뀌어 버렸다. 공사가 시작됐는지 집들이 모조리 헐려나가고 그 자리에는 거대한 구덩이가 있었다. 치솟은 대형 크레인 몇 대가 팔을 벌리고 우리를 맞았다. 서둘러 갓길에 차를 세우고 공사장으로 걸어갔다. 옆 좌석의 첸도 심상찮은 낌새를 느꼈는지 말없이 나를 따라왔다.

어둠 속에 잠겨 있던 빈집들은 어디로 갔는가? 웃자란 풀들과 쓰레기의 골목은? 수백 채의 크고 작은 집들이 있던 골목을 집어삼킨 구덩이마다 철근이 깊이 박혀 있었다. 기초 공사가 시작된 것이다.

"그러니까, 여기에 류의 지하실이 있었는데, 쿠문 환자가 될 수 있는 구덩이가 있었는데, 전부 사라져 버렸네요. 이래서야 어디가 어디인지······"

두서없이 설명하자 첸은 어리둥절한 표정을 지었다. 그러더니 필사적인 목소리로 말했다.

"그래도······ 찾을 수 있겠죠? 당신은 여러 번 왔다면서요. 류도 죽고 이제 지하실을 찾아줄 사람은 당신밖에 없어요."

나는 랜턴을 들어 아래를 비춰보았다. 비교적 완만한 내리막길을 발견한 우리는 조심조심 아래로 내려갔다.

친숙한 폐허의 흔적을 찾아내기 위해 필사적으로 노력했다. 그러나 이 거대한 구덩이에서 작은 구덩이를, 류의 지하실을 찾아낼 수 있을까? 신도시의 흉근과 늑골처럼 삐쭉삐쭉 뻗은 철근들이 또 다른 벌레처럼 보였다. 강철과 콘크리트로 된 거대한 벌레는 천재라는 은총을 줄 동굴을 삼킨 다음 고치를 틀고 태어나는 중이었다.

천공기와 파이프 사이를 경중거리며 다니다 보니 금세 피로가 몰려왔다. 두 시간째 굳지 않은 흙바닥을 헤매면서 내가 왜 한 발짝만 잘못 디뎌도 상처가 나는 공사장을 돌아다니는지, 과연 저 순진한 남자의 원을 들어주기 위해 이 고생을 하는 건지 의아해지기 시작했다.

"도저히 못 찾을 것 같아요."

콘크리트파이프 위에 걸터앉아 신발을 벗으면서 나는 한숨을 내쉬었다.

그렇게 말하지 않았다면 첸은 살아 있었을까?

재건축 지구에서 돌아온 다음 날 첸은 스스로 목숨을 끊었다.

나는 발인 날짜에서야 그 사실을 알았다. 부고에는 첸의 죽음이 내가 아는 사실과 전혀 다르게 묘사되었다. 랜프로에의 이벤트 이후 첸은 오랫동안 우울증을 앓았고 모욕을 견디지 못해 목을 매었다는 식으로 말이다. 기사에는 죄책감이 묻어났는데, 사람을 멋대로 공중에 띄워놓았다가 추락을 맞자 이제야 미안해하는 듯한 미디어의 뻔뻔함 때문에 나는 신문을 던져버렸다.

부고문에 명시된 장소에 가보니 예상과 달리 성대한 규모의 장례식이 진행되고 있었다. 첸은 아내도 있고, 아이들도 있고, 진심으로 슬퍼하는 이웃과 친구들도 있었다. 적어도 '하찮은 실수로 이루어진 삶'이라고 자평한 이의 마지막 모습으로 보기에는 무리가 있었다.

다시 한 번 나와 내 동생에게, 류와 첸에게 벌어진 일들에 대해 생각해보았다. 그러자 재능에 대한 오랜 증오가 되살아났다. 내가 바라는 유토피아는 질투하는 영혼을 만드는 천재들이 없는 곳이다. 류가 꿈꾸는 세상과 정반대인 그곳은 자잘한 인간들이 시시한 행복만 누리는 곳이다. 시시한 행복이야말로 내가 누려보지 못한 것이기에. 마음의 평화를 얻을 수 있다면 무슨 짓이든 할 수 있을 것 같았다.

장례식장을 빠져나온 내 차는 어느덧 재건축 지구 쪽으로 향하고 있었다.

공사장에는 전날과 달리 인부들의 모습이 보였다. 일에 몰두하는 사람에게 말을 붙이기는 어려웠지만 용기를 내서 현장 소장처럼 보이는 이에게 다가갔다. 무엇을 물어야 할지 몰라 무난해 보이는 질문부터 던졌다.

"저…… 이 자리에 뭐가 들어서나요?"

남자는 자랑스럽게 말했다.

"다 들어올 거요. 쇼핑몰, 영화관, 백화점, 대형 서점, 아파트는 물론. 모두 다요."

나는 우두커니 공사장 아래를 바라보았다. 내가 말없이 아래만 쳐다보자 현장 소장을 눈치를 살피더니 조심스럽게 물었다.

"혹시 예서 살았소?"

뜻밖의 추측에 나는 또 멀건 표정을 지었다. 그러자 소장은 수몰

된 고향을 바라보는 사람처럼 안쓰럽게 쳐다보더니 나 같은 사람이 더러 있다며 혀를 끌끌 찼다.

"다 부수진 않았어요. 유난히 벌레가 끓는 구역이 있어서 방역 처리를 한 다음에 철거하려고 내버려뒀거든요."

그는 레미콘이 여러 대 서 있는 곳을 가리키며 이렇게 말해주었다. 그곳으로 발길을 돌리자 뒤에서 "낼모레 마저 철거할 거요"라는 말이 들려왔다. 이틀 후면 사라질 테니 서둘러 둘러보라는 말처럼 들렸다.

눈으로 볼 때는 가까운 거리였는데 걸어보니 한참이었다. 레미콘을 지나 서쪽 방향으로 조금 더 내려가 보니 과연 펜스에 둘러쳐진 이십여 채의 집들이 남아있었다. 그 사이에서 녹슨 차임벨과 기우뚱한 이 층 건물을 보자 기쁨인지 공포인지 모를 탄성이 절로 나왔다. 내가 이 집을 어떻게 잊겠는가? 나는 두근거리는 심장을 억누르며 대문을 통과했다.

실내로 들어서자 마룻바닥이 삐걱이는 소리를 냈다. 이 층으로 통하는 계단을 지나쳐 주방 쪽으로 걸어갔다. 거기에서 몸을 돌려 좌우의 복도를 차례로 훑고 나서 마침내 찾으려던 것을 발견했다. 지하실로 내려가는 계단이 입을 벌리고 있었다.

좁고 가파른 계단을 내려가자 죽은 자들의 세계에 내려가는 산 사람처럼 두려움이 일었다. 얼른 휴대폰의 불빛을 켰다. 문에는 류의 포스터가 붙어 있었다.

금색과 초록색으로 된 굵은 글씨들. 다른 상상이 다른 권력을 만든다 나는 사람보다 그 사람이 만든 사물이 더 오래간다는 사실에 기이한 분노를 느꼈다.

이틀 후면 이곳은 사라질 것이다. 내가 열지 않으면 쿠문은 완전히 세상에서 파묻힐 것이다. 그러나 이 문고리를 돌리면……

나는 뒤도 돌아보지 않고 달아났다.

손이 떨려서 자꾸 열쇠가 미끄러졌다. 차에 오르자마자 전속력으로 공사장을 빠져나왔다.

나는 아직도 모르고 있었다. 쿠문을 손에 넣을 것인가, 포기한 채 살아갈 것인가? 선택은 내 앞에 있었다. 그러나 둘 다 내가 원한 답이 아닌 듯했고 알 수가 없어 미칠 것 같았다.

정신을 차렸을 때 뜻밖의 장소에 서 있었다. 그러나 무의식이 항상 정직한 선택을 한다는 것을 알고 있는 나는 요양원 안으로 들어갔다.

직원들은 몇 년 만에 찾아온 환자의 언니를 반갑게 맞아주었다. 동생은 일찍 잠들어 있었다. 평화로운 백치가 된 동생의 얼굴을 들여다보고 있으려니 긴장이 스르르 풀렸다. 나는 침대로 올라가 동생 옆에 누웠다. 이렇게 함께 누워보는 것이 몇 년 만의 일인지 생각나지 않았다.

……꿈속에 우리 자매가 유년을 보낸 골목이 나왔다. 거리 한복판에 서 있던 내가 갑자기 무럭무럭 자라나 거인이 됐다. 내가 자라는 만큼 길은 줄어들어 있었다. 어떻게 길은 줄어들고 나는 거인이 되었을까? 고개를 갸우뚱하는 순간 뒤에서 동생의 목소리가 들려왔다. "언니!" 돌아보니 동생이 넘어져서 울고 있었다. 나는 몸을 굽혀 동생을 일으켜 세웠다. 그 애는 작디작은 다섯 살배기여서 조그만 손을 내 커다란 손 위에 포갰다.

그 순간 눈물을 흘린 채 깨어났고 단숨에 잠에서 빠져나왔다. 기척을 느낀 동생이 몸을 돌렸다. 껍질 벗긴 포도알처럼 불투명한 눈동자. 감정 없이 물컹한 눈동자가 내 눈을 들여다보고 있었다. 백치가 된 다음부터 그 애의 얼굴은 시간이 비껴간 것처럼 늙지 않았다. 동생의 눈을 보자 불현듯 깨달았다. 내 인생에 걸린 저주를.
"나는 알아야겠어."
천재가 되는 게 중요한 게 아니었다. 내가 왜 질투하는 인간이 되었는지, 결코 선택한 적 없고 되고 싶지 않던 모습의 노예로 살아야 했는지, 내가 왜 카인이 되어버렸는지를 알고 싶었다. 편파적인 신의 애정이 닿지 않는 곳이 있다면 카인은 아벨을 되찾을 수 있을 것이다.
동생의 이마에 입을 맞추고 요양원을 빠져나와 차에 시동을 걸었다.

이번에는 두려움이 일지 않았다. 다시 지하실 문 앞에 선 나는 류의 초록색 포스터를 일별한 후 손잡이를 돌렸다.
마침내 자수정 동굴 속으로 한 발짝 들어갔다.
빛나는 벽으로 다가가 벌레 중 하나를 떼어내 만져 보았다. 그동안 인간 공물이 끊겨서 그런지 배가 푹 꺼지고 꼬리의 빛도 희미해져 있었다. 내 손 위에서 꿈틀거리던 벌레는 부르르 몸을 떨면서 털을 곤두세웠다. 이 보드랍고 징그러운 마디마디에 선험적인 힘을 깨워줄 무엇가가 있다면 마음껏 나를 유린하기를. 나는 진심으로 바라고 있었다.
숨을 깊게 들이마신 후 걸친 옷을 모두 벗었다.
차가운 수정 바닥에 눕자 곤충의 날갯짓 소리가 사방에서 들려왔다. 발끝에서부터 벌레들이 올라오는 감각이 느껴지더니, 마침내 따끔한 최초의 은총이 나를 찔렀다. 그러자 눈앞에 자주색 거품이 부글거리고 파인애플 돌기처럼 일정한 모양을 지닌 회오리들이 전신을 에워쌌다. 수천 마리의 벌레들이 벗은 내 몸을 벨벳 담요처럼 덮어 주고 있었다. 나는 고통과 환희를 견디기 위해 등을 구부리고 눈을 감았다.

   빛이, 거기 있었다……

---

* 닉 랜프로에와 레티스에 관한 부분은 그래피티 예술가 뱅크시가 연출한 다큐멘터리 필름 〈선물 가게를 지나야 출구〉에서 영감을 얻었음을 밝혀둔다.

추천 우수작

하구(河口)

김언수

2003년 《동아일보》 신춘문예에 중편 〈프라이데이와 결별하다〉가 당선되어 등단했다. 제12회 문학동네소설상을 수상했다. 소설집 《잽》, 장편소설 《캐비닛》 《설계자들》이 있다.

부동산 중개업자가 소개해준 사내는 강둑에 있었다. 낚싯대 하나가 강물 위로 찌를 드리우고 있었다. 사내 옆에는 낡은 낚시 가방과 다 비운 소주병이 있었다. 안주도 없이 비워낸 소주병 때문에 사내에게 괜한 친근감이 들었다. 아직 물고기를 못 잡은 것인지 망 속에는 한 마리의 물고기도 없었다. 하지만 사내는 그것에 별 개의치 않는 얼굴이었다.
　부동산 중개업자가 사내에게 뭐라고 간단하게 내 사정을 설명했다. 그러니까 보증금이 없다는 것, 서울에서 내려왔다는 것, 얼마나 있을지 기약이 없다는 것, 뭐 그런 정도였을 것이다. 어쩌면 행색을 보니 뭔 사고를 치고 도망다니는 사람 같다는 이야기를, 또 어쩌면 뭐 그렇긴 해도 나쁜 사람 같아 보이지는 않는다는 이야기를 했을지도 모른다. 부동산 중개업자가 말을 하고 있는 동안 사내는 한 번씩 고개를 돌려 나를 쳐다봤다. 둘 사이의 대화가 끝나자 사내가 나에게 걸어왔다.

"보증금이 없다고요?" 사내가 물었다.

"대신 월세를 좀더 내겠습니다." 내가 말했다.

"월세를 더 낼 건 없어요. 보증금이야 어차피 내 돈도 아니니까."

사내가 잠시 말을 끊고 강 아래를 쳐다봤다. 사내가 드리운 실속 없는 찌가 수면 위에서 가볍게 출렁거리고 있었다.

"밥은 어떻게 먹을 거요?" 사내가 다시 물었다.

사내의 말이 무슨 뜻인지 몰라 나는 어리둥절한 느낌이었다. 남이야 밥을 어떻게 먹건 무슨 상관이란 말인가? 내가 머뭇거리고 있자 사내가 다시 입을 열었다.

"보증금 없이 매달 50만 원만 내쇼. 밥은 우리집에서 같이 먹고. 마누라가 식당을 하는데 이냥저냥 먹을 만해요."

사내의 말투는 사내의 얼굴과 닮았다. 사내는 하회탈처럼 늘 웃고 있는 인상이었는데, 그게 좋아서 그런 건지 싫은 걸 숨기려고 그런 건지 도무지 속을 알 수 없었다. 부동산 중개업자가 이만한 조건은 없다는 듯 옆에서 고개를 끄덕였다. 실제로 좋은 조건이었다. 밥값만 해도 한 달에 50만 원은 훌쩍 넘어갈 터였다. 게다가 이 시골에는 단기로 방을 빌려주는 곳도, 보증금 없이 구할 수 있는 방도 흔치 않았다.

"방을 좀 볼 수 있을까요?" 내가 물었다.

"방은 나중에 봐요. 지금 들어가면 마누라한테 붙잡혀서 못 나와." 사내가 손사래를 치며 말했다.

"그래도 일단 방을 봐야지……" 내가 말끝을 흐렸다.

"좋은 방이오." 방에 대해선 더 말할 것도 없다는 듯 사내가 내 말을 잘랐다. "넓고, 조용하고, 한쪽 창으로는 낙동강 하구가 보이고 다른 창으로는 남해 바다가 보이니 머리 식히기엔 제격일 거요."

사내의 단호한 말투가 어쩐지 신뢰감을 주었다. 사실 내가 찬밥 더운밥 가릴 처지도 아니었다. 나는 가방을 열어 돈봉투를 꺼냈다. 봉투 속엔 300만 원 남짓한 돈이 있었다. 그게 내가 가진 전 재산이었다. 봉투에서 지폐를 세며 나는 '이 돈이 다 떨어지면 뭘 할 건가? 너는 죽을 생각인가?' 하고 나에게 물었다. 내 속에 있는 또 다른 내가 아무런 말도 하지 않은 채 묵묵히 지폐를 셌다. 나는 봉투에서 돈을 꺼내 사내에게 건넸다. 사내가 돈을 세지도 않고 외투 주머니 속에 쑥 집어넣었다.

"한집에서 같이 밥 먹으면 이제 식구나 다름없는데 술이나 한잔 합시다." 사내가 말했다.

내가 우물쭈물 고개를 끄떡였다.

"너도 일 없으면 같이 가자." 사내가 부동산 중개업자 쪽으로 고개를 돌리며 말했다.

"희락 갈 거요, 스펀지 갈 거요?" 부동산 중개업자가 기다렸다는 듯 물었다.

"스펀지에 아가씨가 새로 왔다는데 아직 구경을 못 했어." 사내가 환하게 웃으며 말했다.

"스펀지에서 스멀스멀 기어나오다가 들키면 형수님이 우리 잡아 먹으려고 할 텐데?" 부동산 중개업자가 말했다.

사내가 피식 웃더니 별말 없이 낚시 도구를 챙겼다. 그리고 강둑을 따라 터벅터벅 걷기 시작했다. 강의 끝으로 해가 떨어지고 있었다. 마치 거대한 입이라도 있는 듯 강이 끝나고 바다가 시작되는 곳이 온통 붉었다.

사내가 나를 데려간 곳은 말발굽 모양의 바가 있는 80년대식 가라오케와 룸살롱을 섞어놓은 듯한 묘한 분위기의 술집이었다. 말발굽 바 안에는 드럼과 기타가 있었고 중간에는 노래방 기계가 있었다. 드럼 연주자는 보이지 않았고 기타 연주자처럼 보이는 늙은 사내가 땅콩 안주에 소주를 마시며 기타를 튜닝하고 있었다. 사내는 이곳에 자주 오는 모양으로 사내가 들어서자 술집 한구석에 앉아 있던 여자들이 환호성을 지르며 다가왔다. 영업을 시작하기에 아직 이른 시간인지 여자들은 화장을 덜 끝낸 얼굴들이었다. 이런 술집에서 접대부 노릇을 하기에는 모두들 지나치게 나이가 많아 보였다. 주문도 하지 않았는데 마담이 양주 한 병과 맥주 열 병, 그리고 처음 보는 생선포를 들고 와서 테이블에 놓았다. 내가 생선포를 유심히 보고 있자 사내는 "아! 나막스 처음 보시나?" 하고 물었다. 내가 고개를 끄덕였다.

"정확한 명칭은 붉은 메기야. 붉은 메기를 기름에 튀긴 거지. 예전에는 흔했는데 요즘엔 말린 오징어에 밀렸어. 하지만 오징어와 나막스는 품격이 다르지. 암."

오징어와 나막스가 품격이 다르다는 게 왜 사내에게 자랑거리가 되는지는 알 수 없었지만 사내는 양껏 으스대는 표정을 지었다. 사내가 양주병 뚜껑을 따더니 온더록스 잔에 술을 조금씩 따르고 얼음을 두 개씩 집어넣었다. 그리고 나에게 한 잔, 부동산 중개업자에게 한 잔을 내밀었다. 나는 잠시 내 술잔 속에서 위험하게 출렁거리고 있는 술을 바라봤다. 알코올중독 치료 때문에 병원을 나온 이후로 아직 술을 한 방울도 마시지 않았다. 세번째 입원이었고 내가 술에 엉망으로 취해 있을 때 경찰과 가족들이 억지로 집어넣은 비자발

적 강제 치료였다. 병원에 입원했을 때 아내는 이혼서류를 들고 왔다. 아내는 아무 말도 하지 않았지만 내가 이혼서류를 무심히 읽고 있는 내내 눈물을 흘렸다. 7년 동안 연애를 했고 8년 동안 결혼생활을 했다. 생각해보면 긴 세월이다. 늘 저 여자와 같이 밥을 먹고 텔레비전을 보고 섹스를 하고 차를 마셨다. 다시 누군가와 15년을 같이 살 수 있을까? 밑도 끝도 없이 그런 생각을 하다가 나는 피식 웃었다. 누가 너 따위 알코올중독자와 15년을 살아준단 말인가? 아마 한 달도 버티기 힘들 것이다. 이혼서류는 끝도 없이 길었고 자필로 써야 할 칸들은 너무나 많았다. 서류를 한 장 넘기면 이름을 쓰고 주민등록번호를 쓰고 주소를 쓰고 이혼사유나 재산분할이나 뭐 그딴 것들을 체크해야 했다. 그리고 다시 서류를 넘기면 또다시 이름을 쓰고 이혼사유를 체크하는 바보 같은 짓을 반복해야 했다. 금단증세 때문에 펜을 잡고 있는 손이 몹시 떨렸다. 하지만 나는 떨리는 손으로 그 많은 빈칸들을 채워나갔다. 더 이상 변명할 것도 사정할 명분도 없었다. 솔직하게 말하면 나는 그 무엇을 설명하거나 변명할 만한 힘이 전혀 없었다. 모든 빈칸을 채우고 나는 이혼서류에 도장을 찍었다.

"술 잘 못하시나?" 술잔을 비우지 못하고 그저 멍하니 있는 내 모습이 의외라는 듯 사내가 고개를 갸웃하며 물었다. "잘 못하면 억지로 마실 건 없고. 우린 또 술 못하는 사람한테 억지로 술 안 권하거든. 술이 아까우니까."

"그럼, 마시고 싶어도 술이 없어 못 마시는 안타까운 사연을 가진 사람들이 얼마나 많은데, 이토록 귀한 술을 그렇게 낭비하면 벌받지." 부동산 중개업자가 눈을 찡끗하며 익살을 떨었다.

사내들의 권유에도 내가 술잔을 잡지 않고 가만히 있자 사내와 부동산 중개업자가 자기들끼리 건배를 하고 술잔을 비웠다. 사내가 다시 자기 잔에 술을 따랐다. 잔에 술을 채우며 사내는 콧노래를 흥얼거렸다. 술이 앞에 있어서 사내는 기분이 좋은 모양이었다. 나도 그랬다. 눈앞에서 삶이 망가져가고 있는데도 술잔 앞에 있으면 마냥 설레고 기분이 좋았다. 사내가 건배를 청하듯 내게 다시 술잔을 내밀었다. 사내는 능글능글 웃고 있었는데 그 웃음에서 속을 읽을 수가 없었다. 나를 비웃고 있는 건지, 아니라면 그저 내 대답을 기다리고 있는 건지.

"술 못하면 콜라라도 마시든가. 그냥 멍하니 있으니까 앞에서 술 마시는 사람이 민망하잖아." 기다리다 지친 사내가 약간 실망스럽다는 투로 말했다.

나는 사내를 향해 빙그레 웃고는 손가락을 집어넣어 잔 속에 있는 얼음 두 개를 바닥에 버렸다. 그리고 사내 앞에 있는 양주병을 들어 내 온더록스 잔에 술이 가득 차도록 부었다. 재미있다는 듯 사내와 부동산 중개업자가 내 동작을 유심히 바라보고 있었다. 나는 사내의 잔에 술잔을 가볍게 부딪치고 온더록스 잔에 가득 들어 있던 술을 단숨에 마셨다. 독한 술기운이 식도를 타고 거칠게 내려가는 느낌이 좋았다. 살아 있는 느낌. 잠자던 세포들이 한꺼번에 깨어나는 느낌이었다. 병원으로 면회를 온 형은 어쩌다 이렇게까지 망가졌느냐며 내 손을 잡고 울었다. "엄마가 너 때문에 잠을 못 주무신다. 이제라도 늦지 않았다. 다시 시작하면 된다. 그러니 또 술 마시면, 형 너 두 번 다신 안 본다. 알겠지?" 형은 눈에 눈물이 그렁그렁한 채로 말했다. 하지만 술이 목구멍을 타고 넘어가는 순간에 아무런 자책감도 죄책감도 없었다. 이제 다 잃었는데 무엇 때문에 술을 끊는단 말인가. 내가 양주를 단숨에 다 비우자 사내는 약간 놀란 표정을 짓더니 부동산 중개업자 쪽으로 고개를 돌렸다.

"히야, 이 친구 멋진데? 술 좀 마셔본 친구야." 사내가 한껏 고무된 목소리로 말했다.

"그러게요. 모처럼 제대로 된 식구가 들어왔어요." 부동산 중개업자가 맞장구를 쳤다. "너도 봤지? 이 독한 술을 단번에 넘기는 거. 저 부드러운 목넘김, 저게 그냥 객기로 마시는 게 아니거든. 히야, 나 놀랐어. 이 친구 겉보기와는 아주 다르네."

"아따 형님, 제가 아까 그랬잖아요. 사람은 좋아 보인다고. 자고로 술 좋아하는 사람치고 나쁜 사람이 없거든요." 부동산 중개업자가 말했다.

"그럼, 그걸 말이라고." 사내가 환한 얼굴로 말했다.

어이없는 일이었다. 내가 술을 잘 마시는 것이 왜 사내들에게 저토록 기쁨이 되는 걸까? 두 사람의 수작도, 이 이상한 술집도, 그리고 술집으로 걸어오면서 내내 봤던 강 하구에 펼쳐진 넓고 넓은 이 평야도, 어제까지 서울에 있던 내가 여기까지 내려와 있다는 것도 모두 낯설고 비현실적으로 느껴졌다. 어떤 비현실이 내 머릿속을 가득 채운 후 다시 흘러나와 이 싸구려 지하 술집과 저 사내들의 머리까지 가득 채운 기분이었다. 빈속이었고 오랜만에 마신 술이라 그런지 몽롱하고 뜨거운 술기운이 금세 얼굴까지 올라왔다. 하지만 잔뜩 신이 난 사내는 다시 내 잔에 술을 가득 채우고 자신의 잔에 술을 따랐다. 사내가 술을 따르자 그새 양주 한 병은 다 비워지고 없었다. 사내가 마담을 불러 양주를 한 병 더 시켰다. 마담이 술을 가져오면서 오늘은 왜 이리 급하게 마시냐고 걱정 아닌 걱정을 했다. "오늘은 기분이 아주 좋아. 내 집에 멋진 사람이 왔거든" 하고 사내는 의기양양하게 말했다. 그러더니 새 양주병을 따서 부동산 중개업자의 잔에 술을 가득 채우고 잔을 들어올렸다. "자! 마시자고. 멋진 새 식구를 위하여!"

우리는 무언지 모르는 흥에 겨워 모두 잔을 단번에 비웠다. 사내가 "어이, 기분 좋다. 이런 날 노래가 빠지면 안 되지" 하고 자리에서 일어나 홀 쪽으로 걸어가더니 마이크를 잡았다. 바 끝에서 땅콩을 안주로 소주를 비우던 늙은 사내가 기타를 들고 말발굽 바 안으로 느릿느릿 들어왔다. 늙은 기타 연주자가 연주를 시작하자 사내가 노래를 불렀다. 늙은 기타 연주자의 연주 솜씨에는 연륜과 품격이 있었고, 사내는 가수처럼 노래를 잘 불렀다. 느리고 구슬픈 노래가 사내의 낮고 성량이 풍부한 슬픈 음색과 잘 어울렸다. 아가씨 둘이 사내 곁으로 가서 사내의 허리를 부드럽게 감싸안았다.

"자넨 좋은 사람이군." 부동산 중개업자가 말했다.

"제가요? 에이, 설마요. 뭔가 단단히 잘못 보신 겁니다." 내가 웃으며 말했다.

"형님이 자넬 좋아하잖아. 우리 형님은 나쁜 사람은 못 알아봐도 좋은 사람은 단박에 알아보거든" 하고는 부동산 중개업자는 마이크를 잡고 노래를 부르는 사내를 향해 고개를 돌린 후 마치 연민처럼 보이는 슬픈 웃음을 지었다. 잠시 후 노래를 부르고 돌아온 사내가 목이 마른지 맥주를 벌컥벌컥 마셨다. 화장을 끝낸 아가씨들이 우리가 앉은 테이블로 우르르 몰려와서 시끄럽게 떠들기 시작했다. 늙은 술집 아가씨들은 유쾌했고 힘이 넘쳤다. 우리는 노래를 부르고, 술을 마시고, 아가씨들의 볼을 만지거나 엉덩이를 두들겼고, 성적이고 지저분한 농담을 하며 마구 웃었다. 사내가 오늘 기분은 최고라며 술을 더 시켰다. 사내는 기분이 좋았고 마담은 덩달아 기분이 좋았고 늙은 술집 아가씨들도 기분이 좋았다. 그래서 우리는 다시 폭탄주를 만들어서 원샷을 하고, 또 노래를 부르고, 또 아가씨들의 엉덩이를 두들기며 지저분한 농담을 하고 허리가 끊어질 듯 웃었다.

술집에서 나올 때 우리 셋은 모두 취해 있었다. 카운터에 앉은 마담은 술값이 78만 8천 원이라고 말했다. 내가 술값을 보태려고 가방을 열자 사내가 내 손등을 세게 때렸다.

"이거 왜 이러시나. 좋은 술 마시고 기분 잡치게. 자넨 내 집에 온 손님이니 당연히 술값은 내가 내는 거야. 그게 이 허대가 사는 명지 앞바다의 법칙이야. 알았어?" 사내가 말했다.

농담 같은 그 말이 너무나 준엄하게 들려서 나는 가만히 있었다. 사내가 외투 주머니에서 내가 건넨 월세 50만 원을 꺼내고 자기 지갑에서 20만 원을 더 꺼냈다. 그래도 돈이 부족하자 부동산 중개업자가 자기 지갑에서 10만 원을 꺼내 술값을 맞췄다.

술집을 나와서 우리는 방파제 끝에 있는 포장마차로 가서 술을 더 마셨다. 사내가 소주와 낙지와 몇 가지 조개구이를 시켰다. 포장마차에서야 우리는 비로소 통성명을 했다. 그래서 나는 사내의 이름이 허대라는 것을, 부동산 중개업자의 이름이 허삼식이라는 것을, 둘은 사촌 간이며 불과 30년 전만 해도 낙동강 하구에 여의도 면적의 서너 배가 넘는 땅을 가지고 있었다는 것을 알게 되었다.

"이 앞에 보이는 명지 앞 갈대밭이 다 우리 할아버지 땅이었어."

부동산 중개업자 허삼식이 말했다.

"그 넓은 땅은 다 어쨌어요?" 내가 호기심에 가득 차서 물었다.

"술 퍼마신다고 다 팔아먹었지." 허삼식이 말했다.

"여의도 서너 배만 한 땅을 전부 다요?" 내가 깜짝 놀라서 물었다.

"자네 옆에 계신 위대한 형님이 영화를 찍네 어쩌네 하면서 한 3분의 1 말아드시고, 내가 그거 복구하느라 사업한답시고 또 한 3분의 1 말아먹고, 에라이 좆같은 세상 술이나 퍼마시자 뭐 그런다고 나머지 땅 말아먹었지. 형님, 우리가 그 땅 얼마에 팔았지?" 허삼식이 물었다.

"시발, 평당 150원인가 200원인가?" 허대가 피식 웃으며 말했다.

"지금은 얼마나 하는데요?" 내가 허대에게 물었다.

"몰라, 이 새끼한테 물어봐. 이놈은 지가 판 땅에서 부동산 중개업 해서 먹고사는 놈이니까." 허대가 말했다.

"요즘엔 못해도 평당 한 300만 원은 하지. 온통 국제신도시니 재개발이니 하면서 뭐든 지어대니까."

"배알도 참 좋아. 150원에 판 땅이 300만 원을 하는데, 그 땅 위에서 부동산 중개업을 하고 싶으냐?" 허대가 웃으며 말했다.

"우리 형님 아직도 철 안 들었네. 형님, 삶이란 게 그렇게 잔인한 거예요. 잔인해서 재미있는 거고." 허삼식이 웃으며 말했다.

"좋기도 하겠다. 재미도 있고 잔인도 해서." 허대가 너털웃음을 터뜨리며 말했다.

"아! 좋지. 얼마나 좋아. 잔인도 하고 재미도 있고." 허삼식이 덩달아 너털웃음을 터뜨렸다. "하긴 형님이야 무슨 걱정이 있겠소. 코끼리 같은 마누라가 돈도 잘 벌어다주고, 늑대 같은 자식들은 자기 알아서 자기 먹을 것을 챙겨먹으니, 우리 형님이야 맨날 놀고 자빠져도 먹고살 걱정이 없는데. 형님이야 무슨 걱정이야. 내 인생이 걱정이지. 나야 코끼리 같은 마누라가 있나. 자식 놈들이라곤 다 하이에나 같아서 맨날 뼈밖에 안 남은 아버지 쭉쭉 빨아먹을 궁리만 해대니."

허삼식이 너스레를 떨고 소주를 입안에 털어넣었다.

"자네 코끼리 본 적 있나?" 허대가 갑자기 뚱딴지같은 질문을 던졌다.

"네?"

"코끼리 실제로 본 적이 있느냐고. 사람들이 전부 우리 마누라가 코끼리 닮았다, 코끼리 닮았다 하는데 난 코끼리를 실제로 본 적이 없어서 말이야. 나도 우리 마누라 닮은 동물이라 한 번 보고 싶은데." 허대가 술에 취해 말했다.

"코끼리야 웬만한 동물원에 가면 다 있는 거 아닙니까?"

"우린 원체 동물원 같은 데를 싫어하니까. 그래도 명색이 우리 마누라 닮은 사랑스러운 동물인데 동물원에서 첫 대면을 할 수는 없지." 허대가 말했다.

"아! 코끼리지. 우리 형수님이야 진짜 코끼리지. 남편이라는 작자가 돈을 벌어오나 그렇다고 일을 도와주나, 맨날 낚시질에 술이나 퍼마시는데도 그 지극정성을 봐. 우리 형님은 복을 타고났어. 시팔, 전생에 나라라도 구했나 봐. 나는 전생에 나라를 팔아먹었고." 허삼식이 투덜거렸다.

"다 같이 살 만하니까 같이 사는 거야. 내가 아무것도 안 하고 사는 것 같나?" 허대가 쏘아붙였다.

"형님은 실로 아무것도 안 하잖아요."

"이 사람이, 일이 어떻게 돌아가는지 아무것도 모르는구먼. 나는 사랑을 하잖아, 사랑을. 내가 얼마나 지극정성으로 사랑을 하는데. 모두들 내가 마누라 등이나 처먹고 사는 줄 아는데 그게 다 뭘 모르고 하는 소리라니깐. 내가 그 사람 버리면 그 사람 불쌍해서 안 돼요." 허대가 말도 안 되는 소리를 했다.

허삼식이 웃음을 터뜨렸다. 나도 웃음을 터뜨렸다. 허삼식이 잔을 들어올렸다.

"그래요. 한잔합시다. 형님은 열심히 사랑을 하고, 나는 내가 판땅에서 부동산 중개업해서 입에 풀칠을 하고, 인생 멋지네."

우리는 잔을 부딪치고 술을 마셨다. 방파제 건너편에서 새들의 울음소리가 들려왔다. 문득 늘 웃고 있는 허대의 저 하회탈 같은 얼굴은 무엇을 숨기기 위해서가 아닐지도 모른다는 생각이 들었다.

"그래서 여의도 서너 배만 한 갈대밭을 다 날리고 영화는 찍으셨습니까?" 내가 허대에게 물었다.

"못 찍었지. 찍었으면 지금 할리우드에 가 있지 여기서 이러고 있겠나?"

"미련이 많으시겠습니다."

"없어. 인생이란 게 되는 것도 있고 안 되는 것도 있는 거지. 좋은 시절도 있고 나쁜 시절도 있는 거고."

"지금은 어떤 시절입니까?"

"보면 모르겠나?"

내가 잘 모르겠다는 듯 고개를 갸웃거렸다.

"당연히 내 인생 최고의 시절이지."

허대가 이를 드러내며 큰 소리로 웃었다.

포장마차에서 소주 세 병을 비웠을 때 사내들은 자리에서 일어났다. 마치 오늘 마실 술의 정량을 다 채웠다는 듯 사내들이 자리에서 일어나 술자리를 정리하는 모습은 단호하고 익숙해 보였다. 나는 술에 몹시 취해서 허대를 붙잡고 내가 살 테니 술을 더 마시자고 사정하다시피 말했다. 허대가 내 어깨를 다독거리며 "히야, 이 친구 정말 강적이네. 우리 같은 늙은이들은 도저히 못 당하겠어" 하고 말했다. 허삼식이 오늘만 날이냐며 쇠털같이 많은 날들이 남았으니 오늘의 아쉬움을 가슴에 깊이 아로새겨 내일도 마시고 모레도 마시자고 웃으며 말했다. 그리고 부동산 중개업자 허삼식은 손을 흔들며 자기 집으로 걸어갔다.

허대는 나를 데리고 술집에서 50미터도 채 되지 않는 건물로 들어갔다. 1층은 식당이었고 2층과 3층은 살림집인 낡은 건물이었다. 허대가 들어서자 식당 주방에서 웬 여자가 허대에게 욕설이 섞인 소리를 질렀다. 어찌나 큰지 내가 깜짝 놀라서 그 자리에 멈춰 섰다. 하지만 허대는 들은 척도 하지 않고 괜찮다는 듯 내 어깨를 툭툭 치더니 묵묵히 2층으로 올라갔다. 허대가 방문을 열며 "이 방이야. 괜찮지?" 하고 물었다. 허대의 말처럼 방은 아주 넓었고 정돈이 잘되어 있었다. 큰 창문으로 밤바다도 보였다. 게다가 방 중앙에는 마치 나를 기다려온 것처럼 푹신한 요와 이불이 펼쳐져 있었다. 하지만 나는 허대의 팔을 잡고 술꾼들에게 지금 이 시간이면 초저녁이나 다름없는데 한잔 더 하자고 간절하게 말했다. 허대가 "이 사람아, 술은 내일 또 마시면 되지 뭘 그리 걱정인가. 내일 이 세상에서 술이 사라질까 봐 걱정인가? 먼 길 와서 피곤할 테니 오늘은 이쯤 하고 그냥 자게나" 하고 말했다. 그리고 허대는 비틀거리며 자기 방의 문을 열고 들어갔다.

허대가 돌아가고 나는 방에 혼자 남겨졌다. 나는 담배를 피우며 창문 밖으로 보이는 밤바다와 밤바다에 떠 있는 어선들을 한참이나 바라보았다. 술이 더 마시고 싶어서 견딜 수가 없었다. 밖으로 나가서 혼자서 술을 마실까 내내 그 생각뿐이었다. 하지만 아는 이도 없는 이 낯선 곳에서 술을 마시다 사고라도 치면 이제 어디로 갈 수 있을까, 걱정도 들었다. 할 수 없이 나는 밤바다를 보며 담배를 한 대 더 피운 다음 옷도 벗지 않고 이불 속에 들어가 누웠다. 깨끗하게 빨아놓은 이불 속에서 따뜻하고 좋은 냄새가 났다. 그래서인지 나는 금세 잠이 들었다.

눈을 떴을 땐 새벽이었다. 어스름이 여행자의 낯선 방에 깔려 있었다. 밤새 조업을 하고 항구로 들어오는 어선들의 엔진 소리가 새벽 공기를 울리며 들려왔다. 일찍 눈을 뜬 것은 낯선 잠자리 때문도, 갈증 때문도 아니었다. 소변이 마려워서도 아니었다. 나는 술을 더 마시고 싶었다. 격렬한 불안과 공포가 내 속의 문을 밀치고 들어와 있었다. 몸에서 격한 한기가 일어났고 손이 몹시 떨렸다. 나는 슬리퍼를 신고 아래층 식당으로 내려왔다. 불이 꺼진 식당 홀 끝에 두 개의 냉장고가 있었다. 그 안에는 마치 천국처럼 술병들이 가지런하게 채워져 있었다. 나는 염치도 없이 냉장고 문을 열고 거기서 소주 한 병을 꺼냈다. 그리고 그 자리에서 병마개를 따고 반병 정도를 벌컥벌컥 마셨다.

알코올이 흡수되고 몸이 다소 진정이 되자 나는 식당 테이블 의자에 털썩 주저앉았다. 냉장고 유리문에 망가진 한 사내의 모습이 보였다. 헝클어진 머리와 초점을 잃은 동공. 너는, 술 때문에 인생을 망쳤다고, 모든 게 다 술 때문이라고, 사람들은 나에게 수도 없이 말했다. 아마 그럴 것이다. 나는 인생을 망쳤다. 그럴 필요가 없었는데, 잘할 수 있는 생이었는데, 나는 굳이, 애써, 인생을 망쳤다.

생각해보면 아주 이상한 일이었다. 어느 날 문득, 아무 이유도 없이, 나는 미친 듯이 술을 마시기 시작했다. 물론 그전에도 술을 좋아했고 술자리도 좋아했다. 술자리의 은은하고 유쾌한 분위기도 좋았고, 일을 마치고 사람들과 이런저런 이야기를 나누는 것도 좋았다. 하지만 그렇다고 남들보다 많이 마시거나 폭음을 하는 타입은 아니었다. 주사도 별로 없었다. 나는 그냥 남들과 똑같았다. 일을 마치고 동료들과 가볍게 맥주를 마시고 집으로 돌아가는 정도였다. 적당히 마시면 자리에서 일어설 줄 알았고 중요한 일이 있으면 술자리를 정중히 사양하고 집으로 돌아가서 밤늦게까지 일을 했었다. 그런데 어느 날 갑자기 술이 내 삶을 지배하기 시작했다. 시도 때도 없이 술 생각이 났고 한번 술을 마시고 싶다는 생각이 들면 그 유혹을 뿌리칠 수가 없었다. 그리고 일단 술이 들어가기 시작하면 도저히 멈출 수가 없었다. 술 때문에 걷잡을 수 없이 삶이 무너져가는 동안 나는 종종 무엇 때문이냐고, 도대체 왜 그러냐고 나에게 수천 번도 넘게 물었다. 하지만 나는 정말이지 그 이유를 찾아낼 수가 없었다.

그 무렵 나는 10년도 넘는 시간강사 시절을 끝내고 대학에서 전임 자리를 얻었다. 아파트도 장만했다. 서울 변두리의 작은 아파트였고 아직 갚아야 할 대출금이 7년이나 남아 있었지만, 어쨌든 난생

처음 가져보는 내 소유의 집이었다. 철마다 전셋집을 구하러 돌아다니지 않아도 되었고, 그 지긋지긋한 이사도 안녕이었다. 더불어 교통비도 안 나오는 지방대학 강의를 하고 꾸벅꾸벅 졸면서 밤기차를 타고 돌아오는 생활도, 주말에 학원에 나가 입시 강의를 해서 모자라는 생활비를 버는 삶도 끝이 났다. 우리 소유의 첫 집에 들어선 날 밤 아내와 나는 작은 파티를 열었다. 아내는 앞으론 모든 게 잘될 것 같다며 울었다. 어려운 시절은 끝이 났고 이제는 그냥 살아가기만 하면 된다고, 그냥 살아가기만 하면 된다고 아내는 말했다. 정말로 그랬을지도 모른다. 그냥 살아가기만 하면 어려운 시절 없이 그저 좋은 날만 하염없이 이어졌을지도 모른다.

그런데 나는 술을 마시기 시작했다. 처음에는 일과를 마치고 매일 저녁마다 마시는 정도였는데 점점 마시는 양이 늘어났다. 그리고 점점 더 술을 참기가 어려워졌다. 아침에 일어나서 커피에 위스키를 타기 시작했고 얼마 지나지 않아 커피 같은 건 마시지도 않게 되었다. 빈 강의 시간에 학교 앞 카페에서 술을 마시거나 가방 속에 작은 위스키 병을 넣고 다니며 도서관 앞 벤치에서, 빈 강의실에서 홀짝홀짝 술을 마셔댔다. 술에 취해 강의 시간에 아이들 앞에서 횡설수설을 했고 동료 교수와 회의 시간에 멱살을 잡고 싸움을 벌이기도 했다.

수도 없이 많은 사람들이 내게 물었다. 멀쩡하던 사람이 왜 갑자기 알코올중독자가 되었느냐고, 그들은 걱정했고, 충고했고, 협박했고, 부탁했고, 사정했다. 하지만 나는 점점 더 많은 술을 마셨다. 도무지 멈출 수가 없었다. 대체 왜 그러냐고, 사람들도 묻고 나도 물었다. 하지만 아무리 물어도 나 역시 내가 왜 그러는지 알 수가 없었다. 나는 그저 술이 좋았다. 술을 마시고 갑자기 바뀌는 공기의 냄새가 좋았다. 몸이 풀리는 느낌, 갑자기 혈관 속에서 팽창하는 자신감, 뭐 어떻게든 되겠지 싶은 낙천성이 마구 생기는 것도 좋았다. 무엇보다 이 지상의 삶으로부터 살짝 벗어난 것 같은 느낌, 잠시나마 내 영혼이 지상의 중력으로부터 자유로워져 흐느적거리고 부유하는 그 느낌이 좋았다.

그리고 어떤 시간이 되자 이제 술을 마시는 일은 나의 의지와 아무 상관도 없는 일이 되어버렸다. 나는 눈을 뜨자마자 술을 들이붓기 시작했고, 한번 마시기 시작하면 정신을 잃을 때까지 마셔야 했다. 깨어 있는 대부분의 시간 동안 늘 술에 취해 있었으므로 나는 아무 일도 할 수 없었다. 대학에서 사실상 사직서를 제출하라는 의미의 휴직 권고를 받았고 알코올 때문에 두 번이나 강제 입원을 했다. 수없이 많은 후회와 결심이 있었다. 하지만 그 무엇도 내가 술을 마시는 일을 멈추게 할 수 없었다. 내 삶은 내 혈관에 차오르는 알코올 농도보다 더 빨리 망가져갔다.

"누구세요?" 식당 부엌 쪽에서 여자가 물었다.

경쾌하고 높은 여자의 목소리를 듣자마자 어젯밤 부엌에서 큰 소리로 욕을 하던 허대의 아내임을 알 수 있었다. 낯선 사람이 자기 식당에 앉아서 새벽부터 술을 마시고 있는데도 전혀 겁먹은 목소리가 아니었다. 여자에게는 시장 상인 특유의 강단이 있어 보였다. 게다가 여자는 허대와 부부라고 하기에는 지나치게 젊어 보였다. 허대는 오십대 후반인데 여자는 삼십대 후반이나 사십대 초반처럼 보였다.

"어, 어제부터 윗방에서 세를 들기로 한 사람입니다." 내가 말을 더듬거리며 말했다.

여자가 "아!" 하고 짧은 탄성을 지르고 고개를 끄덕였다. 그리고 내 손에 있는 소주병을 무표정하게 쳐다봤다.

"허락도 없이 술을 꺼내 마셔서 죄송합니다. 술값은 나중에 제가 꼭……" 내가 작은 목소리로 우물쭈물 말했다.

여자가 아무 말도 없이 식당 부엌으로 들어가더니 몇 분 후 삶은 백합을 들고 나와 테이블 위에 올렸다.

"술 마시는 것 가지고는 뭐라 안 할 테니 내 집에서 깡술은 먹지 말아요. 당신은 몸 상하고 나는 자존심 상하니까." 여자가 말했다.

방금 삶았는지 여자가 들고 온 백합에서 모락모락 김이 올라왔다. 새벽부터 몰래 숨어 술을 마시고 있는 이 한심한 술꾼에게 여자가 베푸는 환대가 의아했다. 아니, 자기 집에서 '깡술'을 마시면 자존심이 상한다는 이 여자에게 갑자기 존경스러운 마음이 들었다. 어서 먹으라는 듯 여자가 나를 지켜보고 있었다. 나는 여자를 향해 가볍게 고개를 숙이고 백합 하나를 까서 입속에 집어넣었다. 두툼한 조개의 속살이 따뜻하고 부드러웠다.

"천지가 술잔인데 왜 병나발을 불어요?" 여자가 나무라듯 말했다.

여자가 식기건조기에서 글라스 두 개를 꺼내오더니 내 잔에 소주를 따르고 또 자기 잔에 조금 따랐다. 여자가 자기 잔에 있는 술을 단번에 마셨다. 그리고 백합을 하나 까서 입속에 집어넣었다. 잘 삶아졌다는 듯 여자가 연신 고개를 끄덕였다.

"트럭 운전할 줄 알아요?" 여자가 난데없이 물었다.

"네?"

"오토 말고 스틱 차량 몰 줄 아냐고요."

"예전에 아르바이트로 배달 일을 조금 했었습니다."

"잘됐네. 그럼 저 좀 도와주시겠어요?"

"지금요? 지금은 술을 마셨는데요?"

"이 시골에서 어떤 미친 경찰이 새벽 5시에 음주 단속을 하겠어요?" 음주운전이 뭐 대수냐는 듯 여자가 무덤덤한 표정으로 말했다.

운전을 할 수 있을까? 고개를 갸웃거리고 있는 동안 여자는 이미 밖으로 나가 식당 앞에 주차해놓은 1톤 트럭에 올라타서 시동을 걸고 있었다.

"빨리 타요. 시간 없어요." 운전석에서 여자가 소리쳤다.

마시던 술잔을 식탁 위에 올려놓고 나는 허겁지겁 트럭 조수석에 올라탔다. 내가 문을 채 닫기도 전에 여자는 기어를 넣고 트럭을 출발시켰다. 여자는 운전을 잘했다. 길 양옆으로 차들이 빼곡히 주차되어 있는 좁은 골목을 능숙하게 빠져나가더니 금세 강둑길 위로 차를 올려놓았다. 이렇게 운전을 잘하는데 술까지 마신 나를 굳이 왜 데려가는지 이해할 수 없었다.

"운전 잘하시네요." 내가 물었다.

"그 술주정뱅이 새가슴보다는 내가 좀 낫죠." 여자가 피식 웃으며 말했다.

술주정뱅이 새가슴은 남편인 허대를 말하는 모양이었다.

"저는 뭘 하면 됩니까?" 내가 물었다.

"아 참! 어시장에 가면 트럭 댈 데가 마땅치 않거든요. 주차 아저씨들이 거 무슨 대단한 벼슬이라고 유세가 장난이 아니에요. 그렇다고 트럭을 너무 멀리 대놓으면 나중에 물건 들고 올 때 힘들어요. 그러니까 주차 아저씨들 피해서 적당한 데서 눈치 보며 기다리다가 제가 시장에서 나올 때 픽업만 해주면 돼요. 그 정도는 할 수 있죠?"

"네."

"초면에 이런 부탁해서 죄송해요." 여자가 전혀 죄송하지 않은 얼굴로 쾌활하게 말했다.

"별말씀을요."

"그나저나 어제 그 인간들이랑 같이 술 마셨죠?"

"네?"

"우리 남편이랑 부동산 중개업 하는 허삼식이랑."

"네."

"어디서 마셨어요?"

"그냥, 거기, 그러니까 그 근처에서." 내가 우물거렸다.

"뭐라 안 할 테니 솔직하게 말해봐요."

"그냥, 그 근처에서 간단하게 마셨습니다. 가게 이름은 잘 모르겠고요. 아! 방파제 옆 포장마차에서 마셨어요."

"희락이냐고 스펀지냐고." 여자가 갑자기 큰 소리로 윽박을 질렀다. "스펀지요." 여자 소리에 깜짝 놀라서 나도 모르게 대답이 튀어나왔다.

"스펀지 이 시발년, 내가 그 인간한테 한 번만 더 술 팔면 죽여버린다고 분명히 경고했는데. 내 말을 귓등으로 듣고 기어이 술을 팔아? 이 잡년을 오늘 내가 가만 놔두나봐라."

여자가 흥분해서 마구 욕을 하며 운전대를 이리저리 돌렸다. 강둑을 달리던 트럭이 덩달아 흥분해서 지그재그로 요동을 쳤다. 나는 트럭 모서리에 있는 손잡이를 꼭 잡고 무슨 죄인이라도 된 것처럼 가만히 앉아 있었다. 잠시 후 여자가 다소 진정이 된 목소리로 말했다.

"다음달에도 우리집에 있을 거면 월세는 반드시 저한테 주세요. 그 미친 인간한테 주지 말고."

"알겠습니다." 내가 공손하게 대답했다.

시장에 도착하자 여자는 나에게 트럭을 맡기고는 손수레를 끌며 어판장으로 들어갔다. 해도 뜨지 않은 새벽인데도 어시장은 수많은 트럭으로 붐볐다. 모자와 가슴에 번호표를 단 경매인들이 밤새 어부들이 잡아온 싱싱한 생선들을 놓고 큰 소리로 흥정을 하고 있었다. 그리고 그녀 말대로 주차단속원들이 무슨 대단한 벼슬이라도 하듯 거드름을 피우며 시장 입구에 정차한 차들을 향해 소리를 지르고 있었다. 하지만 주차단속원들은 내가 있는 트럭까지는 오지 않았다. 나는 담배를 한 대 물고 시장을 오가는 무수한 사람들과 트럭들 그리고 얼음을 가득 채운 나무상자 위에서 어시장 불빛을 받아 유독 빛나고 있는 생선들을 바라봤다.

여자는 채 20분도 되지 않아서 시장 입구로 나왔다. 여자가 끌고 간 손수레에 각종 조개들과 말린 생선들, 그리고 아귀와 대구와 갈치와 고등어와 가자미 같은 생물들이 가득 들어 있었다. 20분 만에 샀다고는 믿기지 않을 만큼 어마어마한 양이었다. 나를 찾는지 여자가 고개를 이리저리 돌리며 두리번거렸다. 내가 재빨리 트럭을 몰아 시장 입구에 차를 댔다. 주차단속원이 호각을 불며 거기에 트럭을 대면 어쩌냐고, 빨리 차를 빼라고 고래고래 소리를 질렀다. 하지만 나는 주차단속원의 말에 아랑곳하지 않고 꿋꿋하게 트럭을 박아둔 채 여자를 향해 소리를 질렀다. 시장이 워낙 시끄러워서 여자는 내 목소리를 못 듣는 것 같았다. 나는 트럭에서 내려 여자에게 달려갔다. 그리고 여자와 함께 손수레를 끌고 와서 생선들을 트럭 짐칸에 올렸다. 주차단속원이 욕설을 해대며 연신 호각을 불어대고 있었다. "아, 그놈들 더럽게 삑삑거려쌓네." 여자가 웃으며 말했다. 짐을 다 올리고 여자는 아주 재빠른 동작으로 다시 운전석에 올라탔다. 그리고 트럭을 출발시켰다.

트럭이 복잡한 어시장 골목을 빠져나와 다시 강둑길로 올라서자 여자는 콧노래를 부르며 어깨를 살짝 들썩거렸다. 그리고 옆에 있는 나를 힐끔 바라봤다.

"오늘 시장은 아주 좋아요. 물건도 좋고 값도 싸고." 여자가 좋은 생선을 싸게 사서 기분이 좋은지 함박웃음을 지었다. "생선도 좋고 조개도 좋고 옆에 잘생긴 남자도 있고, 오늘은 기분 아주 최고네." 여자가 그 특유의 높고 쾌활한 톤으로 말했다.

문득 여자의 말하는 투가 허대와 닮았다는 생각이 들었다. 허대도 말끝마다 "오늘 기분은 아주 최고"라는 말을 했었다. 부부는 닮는다. 아내와 살면서 나도 종종 그런 걸 느꼈다. 그러니까 부부는 서로를 미워하며 기묘하게 닮아간다.

"보기보다 강단 있으시네요?" 여자가 말했다.

"네?" 무슨 뜻인지 몰라 고개를 갸웃하며 내가 물었다.

"주차 아저씨들이 그렇게 욕을 하고 삑삑거리는데 버틸 줄도 알고. 우리 남편 허대는 새가슴이라 조금만 삑삑거리면 저 멀리로 차를 빼버리거든요."

"아! 네. 뭐 그 정도 가지고. 예전엔 다른 건 몰라도 버티는 재주 하나는 있었는데, 요즘은 그것도 신통치 않네요."

말하고 나니 자랑도 아니고 푸념도 아닌 이상한 말이 되어버렸다.

하지만 내 말이 쓸쓸하게 들렸는지 여자가 나를 보고 슬픈 표정을 지었다.

"여기 얼마나 계실 건데요?"

"아직 잘 모르겠어요."

"그럼 우리집에 있는 동안만 나 좀 도와주면 안 돼요? 오늘처럼 새벽에 픽업만 해주면 돼요. 그럼 월세 안 받을게. 밥도 공짜, 술도 공짜, 월세도 공짜. 아저씨 완전 봉 잡은 거야." 여자가 쾌활하게 말했다.

여자가 그렇게 말해주자 아무 한 일도 없는데 괜히 뿌듯한 마음이 들었다. 나는 선뜻 대답을 못 하고 차창 밖으로 고개를 돌렸다. 강 끝에 갈대들이 아침 햇살을 받아 반짝거렸다. 갈대들이 강의 끝에 서 있는 건지 바다의 입구에 서 있는 건지 갑자기 궁금해졌다. 저기 보이는 끝까지, 그리고 그 너머까지 다 우리 할아버지 땅이었지, 하고 허대는 말했다. 오래전에 자기들의 땅이었던 곳을, 술값으로 다 날려버려서 지금은 남의 소유가 되어버린 땅 위를, 별일도 아니라는 듯 씩씩하게 1톤 트럭을 몰고 가는 여자의 얼굴이 아름다워 보였다. 문득 왜 사내들이 여자를 두고 코끼리를 닮았다고 하는지 이해가 되었다. 확실히 그녀는 코끼리를 닮았다. 아니면 코끼리가 그녀를 닮았거나.

"혹시 코끼리 닮았다는 말 들어보셨어요?" 내가 물었다.

"누가 그래요? 허대 그 인간이 그랬죠? 이게 내가 불쌍해서 같이 살아주는 줄도 모르고 어디 이쁜 마누라를 댈 게 없어서 코끼리에 갖다대. 기린도 아니고 코끼리가 뭐야, 코끼리가." 여자가 흥분해서 소리를 질렀다.

"에이, 기린보다야 코끼리가 훨씬 낫죠."

"코끼리가 낫긴 개뿔이 나아요? 기린이 훨씬 낫지. 기린이 얼마나 예쁜데. 목도 길고. 다리도 날씬하고. 게다가 기린은 피부도 얼마나 좋은데."

강둑을 달리며 여자는 내내 투덜거렸다. 코끼리도 예쁘고, 기린도 예쁘다고, 나는 창밖을 바라보며 혼잣말처럼 중얼거렸다. 차창으로 아침 햇살이 쏟아져들어와 내 얼굴을 비췄다. 눈부시고, 따뜻하고, 포근한 햇살 때문에 금세 졸음이 쏟아지기 시작했다.

추천 우수작

한파특보

김이설

1975년 충남 예산에서 태어났다. 2006년 《서울신문》 신춘문예로 등단했다. 소설집 《아무도 말하지 않는 것들》, 장편소설 《나쁜 피》《환영》이 있다.

네 할머니가 얼마나 모진 인간이었냐면 말이다. 한번은 고봉에 밥을 수북이 담은 걸 보여주는 거다. 이렇게 밥 많이 있으니, 꼴 베고 와서 먹으라고 말이지. 그럼 어린 것들은 좋다고 나갔다. 점심은 배부르게 먹겠구나 싶었지. 다들 먹고 살기 어려울 때였다. 쌀밥이 뭐냐, 죽 한 그릇도 못 먹던 시절이다. 그런데 밥이 수북하게 담겨 있으니 얼마나 신이 났겠냐. 꼴 잔뜩 베어 와서 밥상 앞에 앉아 숟가락을 푹 집어넣는데, 딱 소리가 나더라. 밥그릇에 종지를 엎어놓고 그 위에 밥을 깔아놨던 거지.

또 그 얘기였다. 나는 이제 어떤 대꾸도 하지 않았다. 집 안에서 떠드는 사람은 아버지와 텔레비전 속의 사람들뿐이었다. 아버지가 리모컨 버튼을 차례대로 누르기 시작했다. 홈쇼핑, 드라마, 홈쇼핑, 예능 재방송, 다큐, 중화방송, 홈쇼핑을 지나 애니메이션 화면을 건너 다큐멘터리 채널에서 멈췄다. 아버지는 눈 뜨는 순간부터 잠이 들 때까지 손에서 리모컨을 놓지 않았다. 황제펭귄이 나오는 다큐멘터리였다.

"봐라. 저 추운 데서 아비가 알을 품는다. 알 낳은 어미는 자식 먹일 먹이를 구하러 사백 리가 넘는 길을 떠났다."

화면에 눈보라 치는 황량한 남극 풍광이 펼쳐졌다. 등허리에 허연 눈이 쌓인 수만 마리의 수컷 황제펭귄들이 허들링을 하며 알을 품었다. 영하 50도 밑으로 내려가는 혹한 속에서 오로지 자기 체온만으로 알을 품는다는 내레이션이 들렸다.

"눈 있으면 봐라. 부모가 저런 거다. 나도 늬들 저렇게 키웠다고. 알아?"

알고 있다. 요령 없는 사람이 평생 한 회사를 다니면서 자식들 등록금 한 번 밀려본 적 없었다. 외삼촌 보증 때문에 전세를 월세로 옮기고, 차를 팔아 두세 번씩 버스를 타며 출퇴근을 하던 때에도, 오빠와 나의 학원비를 줄이거나 그만 다니게 하지 않았다. 돌이켜 생각해보면 아버지 스스로는 안 입고 안 썼지만, 공부에 관한 한은 아끼지 않았다. 그러고도 결혼하는 오빠에게 이십 평대의 아파트를 사준 아버지였으니, 성실하고 근면한 사람이었다. 밖에서 보기에는 그랬다.

세 번쯤, 아니 네 번쯤, 아니 그보다 훨씬 더 많이 봤을 화면이었다. 그런데도 마치 처음 보는 사람처럼 굴었다. 매번 같은 장면에서 매번 무릎을 치며 감탄했다.

"저, 봐라. 알 깨고 새끼 나온다."

다음 장면은 수컷의 실수로 얼어 죽는 새끼가 나올 것이었다. 저런 병신 같은 것들. 죽어라 품어놓고 죽인다.

"병신들! 죽어라 품고 죽이는 것 좀 봐라."

땅에 떨어진 알은 몇 분도 안 되어 꽝꽝 얼어붙는다. 무리 주변에 얼어버린 알들이 굴러다녔다. 알을 잃은 수컷들은 알 대신 얼음덩어리를 제 몸에 품었다. 저게 부모다.

"저게 부모다."

유전자에 각인된 행동이었다. 아비의 도리여서가 아니라, 알처럼 생긴 얼음덩어리라도 품어야만 하는 본능뿐인 본능일 터였다. 밥을 다 먹은 아버지가 수저를 탁, 소리 내 내려놨다. 다 먹었다는 뜻이었다. 상을 물리기도 전에 아버지가 담배를 물었다. 커피 줘라. 나는 믹스 커피를 미리 담아둔 컵에 뜨거운 물을 부었다. 이제 아버지는 화장실에서 틀니를 헹구고 나올 것이었다. 커피를 마시고, 담배를 하나 더 피운 다음, 식전에 읽다 만 신문을 들고 다시 화장실로 간다. 그리고 나올 생각을 안 할 것이었다. 나는 아버지가 신문을 들고 일어서기 전에 서둘러 화장실로 들어갔다. 설거지는 그 다음의 일이었다.

"세상에 할 일 없는 놈들 참 많다."

씻고 나오는데 아버지가 중얼거렸다. 화면을 쳐다봤다. 처음에는 닮은 사람인 줄 알았다. 얼핏 본 남자의 실루엣은 내가 기억하던 규원과 달랐다. 별, 미친 새끼 다 보겠네. 저런다고 뭐가 달라져? 화면 속에는 피켓을 든 남자가 대형마트 앞에 서 있었다. 피켓에는 붉은색으로, 함께 사는 사회 동참하라, 고 써 있었다. 대형마트 의무휴업을 이행하라는 일인시위자였다. 사람들은 남자를 지나쳐 대형마트로 들어갔다. 장을 봐오는 사람들도 남자를 무심히 지나쳤다. 남자는 규원이었다.

나는 화면을 힐끔거리며 설거지를 시작했다. 젖은 머리에서 물이 뚝뚝 떨어졌다. 마이크가 규원의 앞으로 다가갔다. 규원이 입을 뗐다. 순간, 그릇이 미끄러졌고, 손 쓸 새도 없이 바닥에 떨어졌다. 와장창. 아버지가 고개를 홱 돌렸다.

"너도 나한테 시위하는 거냐? 잘난 네가 아버지 밥 차린다고 생색내는 거야, 지금? 그래봤자 네 까짓 걸 누가 거둬주기나 할 줄 알아? 시집 못 간 쉬어터진 노처녀 주제에 아비 밥이라도 차리며 살 수 있는 걸 고마워해라."

아버지의 목소리에 묻혀 규원이 하는 말이 하나도 들리지 않았다. 아니라는데도 아버지는 기다렸다는 듯이 계속 떠들어댔다.

"너도 나가! 네 어미처럼 꺼져버려!"

아침나절 내내 똑같은 소리를 듣게 될 것이었다. 아버지의 심사를 건드리는 일은 도처에 널려 있었다. 밥이 너무 뜨거워도, 국이 너무 미지근해도, 재떨이를 제때 비워놓지 않아도, 현관문을 조금만 늦게 열어도, 화장실에 화장지가 떨어지고, 집전화가 오래 통화 중이었어도 아버지를 무시하는 몹쓸 행동이라 여겼다. 온 식구들이 아버지의 눈치를 보고, 비위를 맞추기 위해 동동거려도, 어디서 터질지 몰랐다. 아버지가 작정을 하고 덤비면 답이 없었다. 누구 때문에 이만큼 살게 됐는데! 종내 듣게 되는 이야기는 언제나 같았다.

무조건 고개를 숙여야 했다. 이유가 필요치 않았다. 대안도 없었다. 아버지의 말에 논리적으로 접근하거나, 반대 의사만 비춰도 천하의 버르장머리 없는 연놈이 되었다. 몇 날 며칠을 후레자식이 되어, 고개를 조아리며 잘못했다고 빌고 빌어야 간신히 조용해졌다. 그것이 아버지를 가라앉히는 유일한 방식이었다. 나는 깨진 그릇을 치우며 몇 번이나 아니라고, 실수로 떨어트렸다고, 다음부터 조심하겠다는 말을 되풀이했다. 그래도 아버지는 씩씩대며 담배를 물었다. 거실 벽지는 누렇게 변한 지 오래였고, 아버지 주변은 온종일 담뱃재가 날렸다.

　평생을 바쳤던 건설회사에서 현장 소장 한 번 못하고 명퇴를 한 아버지는 컴퓨터는 고사하고 핸드폰 문자 전송 방법도 배우려 하지 않았다. 무엇을 새로 익히거나 적응하는 것에 서툴렀다. 자신이 불필요하다고 생각하면 그뿐이었다. 거둬 키운 동생들의 형편이 좋아지면 모두 자기 덕이라며 그들의 부지런한 삶을 함부로 깎아내리곤 했다. 어느 해였던가, 막내 작은아버지가 제수를 줄이는 건 어떻겠냐고 조심스럽게 운을 뗐다가 술상이 엎어졌다. 인간의 도리를 모르는 짐승만도 못한 놈은 필요 없다고 나가라고 소리쳤다. 그런 아버지였으니 곁에 사람이 없었다. 친구는 물론이고, 형제나 자식들도 도움을 청할 때가 아니면 먼저 아버지에게 말을 걸지 않았다. 무슨 말이든 자기가 옳았기 때문이었다. 오로지 자신의 경험, 그리고 품 안의 사람만 중요했다. 퇴직 이후를 취미생활로 보낸다는 자기 연배들을 보면 돈지랄하는 인간들이라고 혀를 찼다. 타인을 무시하는 것으로 자기의 권위를 세우고, 목소리를 키우는 것으로 자신의 건재를 과시했다. 나이가 들수록 폭언의 강도가 정도를 넘는 걸 보면, 아버지는 누구보다도 자기의 성정을 잘 아는 사람이었다. 아무도 자신을 진심으로 좋아하지 않는다는 걸, 모두가 자신을 끔찍해 한다는 걸 인정하기 싫어 아등바등하는 꼴이기 때문이었다. 그렇다고 해서 아버지가 애처롭거나 측은하지 않았다. 자업자득, 모두 자기가 만든 결과였다. 그걸 알려준다고 해서 바뀔 사람이 못 되었다. 그러니 아버지 앞에서는 무조건 당신이 옳다고 인정했다. 마치 어린애가 생떼를 쓰면 그 순간을 모면하기 위해 그렇다고, 네가 다 옳다고 거짓말을 하는 것과 같은 이치였다.
나는 거품 묻은 손으로 깨진 그릇을 치웠다. 혼자 시부렁대던 아버지가 어느새 입을 다물었다. 다시 채널을 바꾸는 모양이었다. 화면의 누군가가 말을 끝내자, 아버지는 그렇지, 그렇지! 추임새를 넣었다. 반대 의견이 나오면, 가차 없이 욕설을 퍼부었다. 미친놈, 그걸 말이라고 하냐! 저런 빨갱이 새끼들을 왜 저런 자리에 앉혀 놓는 거야? 아버지 혼자 개탄을 하고, 분개를 하고, 다시 고개를 끄덕이며 수긍을 했다. 아버지도 저 자리에 같이 앉아 있는 사람처럼 굴었다. 그리고는 꼭 끝에, 안 그러냐?라고 되물었다. 집 안에는 나와 아버지뿐이었다.
동의하지 못하는 의견이나, 반박할 수 없는 논리로 이야기가 흐르면 여지없이 채널이 돌아갔다. 나 참, 비위에 안 맞아서. 아버지의 이유는 간단하고 명확했다. 나는 물을 졸졸 흐르게 하고 그릇을 헹궜다. 물소리라도 컸다가는 볼륨을 높일 게 뻔했다. 그럼 아버지의 목소리도 커질 것이었다. 넌더리가 났다. 어떻게든 소리가 커지지 않게 조심하면서 설거지를 마쳤다.
저 새끼는 왜 자꾸 나와. 보니, 일인시위를 하던 규원이었다. 한 바퀴 돌아 다시 그 채널로 돌아온 모양이었다. 규원은, 그동안 달라진 것 같고, 하나도 안 변한 것 같기도 했다.

"돈이라면 치가 떨린다, 아주."
술에 취한 규원은 처음부터 잘못이었다고 중얼거렸다. 빚을 진 것부터가 잘못이지. 아니, 못사는 집에서 너무 많이 배운 게 잘못이지.

아니야, 한평생 리어카나 끌 엄마 팔자에 무슨 영광을 보겠다고 자식을 가르쳐. 무슨 억척을 그렇게 부렸냐고, 우리 엄마는! 규원은 말릴 새도 없이 연거푸 소주를 들이켰다. 나는 규원 앞으로 뚝배기를 밀었다. 식은 계란찜은 더 이상 줄지 않았고, 규원은 그 자리에 푹 고꾸라졌다. 규원이 엎드린 테이블 구석에 즉석복권 몇 장과 로또용지가 구겨져 있었다.

아버지는 규원을 허락하지 않았다. 홀어미 밑에서 자라서, 그 어미가 배울 거 없는 시장에서 장사를 해서, 심지어 교회에 다니는 것도 반대의 이유였다. 무엇보다도 직업이 없다는 것을 용납하지 않았다.

"그 나이 되도록 학교나 겨다니는 게 무슨 훈장이라도 돼? 요즘 세상에 대학 안 나온 놈이 어딨어? 그래서 앞으로 어떻게 식솔들을 먹여 살릴 거냐고!"

대학이 아니라 대학원이라고 말하자, 아버지가 더 날뛰었다.

"박사 되면, 뭐? 돈 없고 빽 없는 놈한테 강사자리라도 내어준대? 세상이 어디 그렇게 호락호락한 줄 알아? 하여간 젊은 것들 생각이라는 게 겉멋만 들어서 그 따위지. 기껏해야 학원에서 애들이나 가르치다 말 놈이구만!"

엄마가 내 옆구리를 찔렀다. 나를 향해 간절한 눈빛으로 고개를 흔들었다. 그만 하라는 뜻이었다. 더 이야기를 했다가는 엄마를 족칠 것이 뻔했다. 엄마가 나를 방으로 데려갔다. 나는 나가려는 엄마의 팔을 잡았다.

"논문 끝나면 도와주던 교수님 연구소로 들어간대. 연구원이 되면……"

아버지가 소리쳤다.

"걔 전공이 뭔데! 통일연구라며? 그게 빨갱이 짓이지! 뉴스에 맨날 나오는 것들 아니야 내가 모를 줄 알아! 연구 좋아하네. 따까리한테 누가 돈을 줘? 그 따위 푼돈으로 처자식 굶겨죽이기 딱 좋지! 식구 배 곯게 할 놈이 무슨 가장이 되겠다고!"

엄마가 다시 한 번 고개를 저었다. 나는 엄마를 문 밖으로 밀어내고 방문을 닫았다. 엄마에게 얘기해봤자 소용이 없다는 걸 알면서도, 엄마를 붙잡은 내가 구차했다. 엄마는 밤새 아버지에게 시달릴 것이 뻔했다.

아버지의 폭언은 언제나 엄마 앞에서 극에 다다랐다. 자식새끼 하나 잡지를 못해서 내가 이 꼴을 보게 만들어? 남편을 위할 줄 모르니까 새끼들이 제 아비를 다 허수아비로 알잖아! 이 버러지 같은 년아. 어미란 년이 그저 새끼만 감싸 도니까 애들 인생도 저 모양이잖아. 어쩔 거야, 응? 네가 책임져야 할 거 아냐, 이 년아. 평생 바람 한 번 안 피우고 데리고 살아준 은혜도 모르고, 친정으로 야금야금 빼돌려! 그런 거지같은 것들 배 채우느라 내 새끼들은 모자란 어버리 만들고! 그래도 밥이 목구멍으로 넘어 가냐? 이런 오사를 년아!

아버지의 어떤 말도 엄마는 참아냈다. 외할머니의 요양병원비를 대고 있어서, 몇 해 전까지는 이혼하고 돌아온 이모를 반 년간 데리고 있어서, 그 전에는 외삼촌의 신용보증을 섰다가 빚을 진 적이 있어서. 처음에는 가진 거 없는 엄마를 데리고 살아줬다는 것이 이유가 됐겠지. 엄마는 아버지가 하는 말이 모두 옳다고 했다. 네 아버지 말이 틀린 게 없다. 아버지 덕분에 네 외가도 먹고 살만해진 것도, 맞아. 다 내 잘못이지. 내가 잘 한 게 하나도 없다. 엄마 말도 틀리지 않았다. 모두 아버지와 결혼을 한 엄마의 잘못이었다.
"평생 뒷바라지 한 아들새끼한테도 이 꼴을 당하고 살잖아! 아들 뿐이야? 형제들이 뒤돌린 것도 다 네가 중간에서 병신같이 굴어서잖아! 친정 거둬 먹이느라 내 식구들은 안중에도 없었지! 내가 이 나이에 왜 이렇게 살아야 하느냐고? 다 너 때문이잖아!"

방문 밖의 아버지 목소리가 쩌렁쩌렁 울렸다. 결국 오빠 이야기였다. 오빠는 아버지가 원하는 대학에 들어가고, 아버지가 원하던 전공을 했다. 아버지가 만족할 만한 회사에 입사하고, 아버지가 반대하지 않는 여자와 결혼을 했다. 식을 치른 오빠가 신행 인사를 다녀간 이후로 발길을 끊었다. 단칼에 무 자르듯이. 마치 그 순간을 위해 묵묵히 참아왔다는 선언 같았다. 모든 연락처를 바꾸고, 회사를 옮기고, 이사를 해 어디서 뭐하고 사는지조차 몰랐다. 나에게만 전화번호를 알려준 게 다였다.

아버지는 오빠를 자기와 다른 사람으로 키우고 싶어 했다. 학벌이 좋고, 뒷받침 해주는 부모가 있고, 타인에게 휘말리는 상황에 놓이지 않는 사람이길 바랐다. 그렇게 키운 결과였다. 그렇다 해도 남은 식구들이 아버지에게 어떻게 시달릴지 뻔히 알면서도 제 실속을 다 차린 오빠의 복수는 치졸했다. 오빠가 결혼을 하고 몇 해가 지나도록, 아버지는 지치지도 않고 엄마를 들볶았다. 자식 교육 운운에서 시작해, 며느리 하나도 못 구슬려서 집에 발길을 끊게 한 것이 엄마라고, 집안 말아먹은 여편네라고 고함을 쳤다. 정작 오빠는 아버지를 견디지 못해 연을 끊었고, 그 사실을 아버지만 인정하지 않을 뿐이었다.

차례 상 앞에서도, 음복을 하면서도 아버지는 오빠의 부재를 엄마 탓으로 돌렸다. 그 무렵부터 아버지 형제들조차 발길이 뜸해졌다. 명절이나 제사 때마다 장손이 얼굴도 안 들이미는데 우리가 뭐하러. 전을 부치고, 탕국을 끓이며 작은엄마들끼리 쑥덕이던 소리가 부엌 밖을 넘었다. 아버지가 가만히 있을 리 없었다. 형제들 앞에 차려진 술상이 엎어지고, 서로 언성을 높이다, 결국 작은아버지들이 자리를 박차고 떠나버렸다. 제 아내에게 욕지거리를 해대는 형을, 형이라고 편들 사람은 없었다. 그들이 가버리고 혼자 남은 아버지는 집안을 뱅뱅 돌며 분을 삭이지 못했다.

"내가 저희들을 어떻게 건사했는데! 지집년들 치마폭에 싸여서 위아래도 모르는 짐승 같은 것들. 개새끼들!"

그러나 그런 말은 엄마가 해야 할 소리였다. 아버지는 형의 도리라고 유세를 떨었지만, 그저 자기가 할 일을 엄마에게 전가했을 뿐이었다. 그러니 따지면 아버지의 한이 아니라 엄마의 한일 것인데, 길길이 날뛰는 건 아버지였다.

아버지는 땅 뙈기 하나 없이 자자손손 남의 땅에 소작을 부치던, 원체 없는 집안의 장손이었다. 그 고리를 끊겠다고 무작정 도시로 올라온 것이 아버지였다. 검정고시를 치르고, 야간대학을 나와 토목기사 자격증을 딴 것이 집안의 첫 관직이었다. 함바집 딸이었던 엄마와 결혼을 한 뒤, 시골에서 빈둥거리던 동생들을 불러들였다. 일자리를 구해주고, 결혼을 시켰다. 물론, 아버지가 벌었기 때문이지만, 아버지가 한 일은 그뿐이었다.

형이 무시하고 홀대하는 형수를 시동생들이라고 떠받들 리 없었다. 우는 조카 한 번 업어준 적 없고, 부른 배로 밥상을 차려도 상 한 번 들어준 적 없는 인간들이었다고 엄마는 회상했다. 저들이 자고 난 이불 한 번 자기들 손으로 갠 적 없고, 따박따박 해주는 밥 받아먹으면서도 생활비 한 푼을 내놓지 않는 그들이었다. 빠듯한 벌이에 장정 대여섯과 두 아이를 건사했던 엄마는 숨이 턱턱 막혔을 것이다. 그 와중에 남편은 마누라라면 발톱의 때만큼도 안 되는 것으로 여겼다. 기술자에게 시집갔다고 좋아했던 친정이었으므로, 식모나 다를 바 없는 자기 사정을 엄마는 밝힐 수 없었다. 그래서 엄마는 친정 식구들이 더 애틋해졌고, 도움을 바라는 눈빛을 거절하지 못했을 것이다. 그러고는 아버지가 말한 대로 외가를 살 만큼 해주었으니, 엄마는 참아내는 것이 마땅하다고 여겼다.

아버지와 헤어지라는 말을 했던 건 결혼을 앞둔 오빠였다.

"내가 엄마는 모실 수 있어요. 갈라서세요. 이제라도 사람처럼 사시라고요."

엄마는 나직이 대답했다.

"네 아버지 밥은 누가 차리냐."

"그놈의 밥! 평생 밥이나 차리다 돌아가셔요, 그림!"

오빠가 벌떡 일어났다. 그놈의 밥을 차리는 일은 이제 내 일이 되었다.

설거지를 마치고 출근을 하기 전, 나는 잠깐 컴퓨터 앞에 앉았다. 어렵지 않게 규원의 정보를 찾을 수 있었다. 뜻밖에, 규원은 소비자 운동에 관련된 시민연대의 간사라는 직책으로 소개되었다. 학위를 받았던 분야가 아니었다. 재래시장 상권을 보호하라, 대형 할인 매장의 영업권을 제한하라, 등의 문구를 든 규원은 배경만 달리해 같은 자세, 같은 표정으로 서 있었다. 최근 사진에는 우리도 같이 살자라는 문구가 적혀 있었다. 사랑을 구걸하는 구애자처럼 보였다. 그 말은 내게도 했던 말이었다. 그러나 지금은 나를 향한 문장이 아니었다. 규원은 아직도 같이 살아야 나아진다고 믿는 건가. 나는 진심으로 묻고 싶었다.

아버지는 화장실에 앉아 있었다. 나는 점심상을 차려두고, 서둘러 집을 나섰다. 아버지는 얼마 전부터 주유소에서 야간 주유를 했다. 저녁상은 안 차려도 되었다. 2시부터 수업이었지만 어떻게든 빨리 집을 벗어나고 싶었다. 아파트 상가 슈퍼에서 두유를 샀다. 엄마를 오빠네로 보내고, 아버지와 단둘이 살게 된 이후로, 나는 집에서 밥을 먹지 않았다. 아파트 단지에는 트로트를 개사한 노래가 크게 울렸다. 선거철이었고, 이른 추위가 시작된 겨울이었다.

공부방 현관문을 막 열려는 참이었다. 엄마에게 전화가 걸려왔다.

— 얘, 나 집에 갈란다.

— 미쳤어. 여길 왜 와.

— 아, 가야지. 마냥 여기서 어떻게…….

— 이참에 갈라서라니까.

— 말이 되는 소리를 해. 이제 들어가야지. 아버지도 걱정이고.

— 이 상황에 아버지 생각이 나?

— 그러지 마. 너희야 시집 장가가서 떠나면 그만이지만, 난 안 그래. 내가 조심하고, 내가 더 잘 하면 돼.

— 됐어.

— 너도, 아버지 수발들기 힘들잖아.

더 이상 대꾸하지 않고 전화를 끊었다. 엄마에게서 하루가 멀다 하고 전화가 걸려왔다. 돌아오겠다는 것이었다. 그럴 때마다 억장이 무너지는 것 같았다. 그러나 사실은, 그럴 수만 있다면, 엄마와 내

자리를, 당장이라도 바꾸고 싶었다. 나는 현관문을 열지 못하고 한참 서 있었다.

"안 들어가고 뭐해요?"

수학이 엘리베이터에서 내리며 나에게 물었다. 수학을 따라 공부방으로 들어섰다. 춥지? 네, 정말 춥네요. 다들 때 이른 추위에 대한 이야기로 인사를 나눴다.

12월부터 유난히 폭설이 잦았다. 때 이른 한파도 예사롭게 닥쳤다. 아파트 두어 동을 걸었을 뿐인데도 코끝이 시리고 발가락이 얼얼했다. 공부방은 영어선생의 집이었다. 방 두 개, 거실에서 각 과목을 수업했다. 영, 수를 제외한 나머지 전 과목을 맡은 나는 영어선생의 아들 방에서 수업을 했다. 벽에는 여자아이돌의 사진이 군데군데 붙어 있었다.

공부방에 다니는 아이들도, 선생 셋도 모두 같은 아파트 단지에서 살았다. 공부방 수입이나 지출 또한 빤한 사정이어서 누가 더 벌고 말 것도 없었다. 같이 저녁을 먹고, 같이 학부모 상담 전화를 돌리고, 같이 퇴근하는 사람들이었다. 밉상 학부모에 대한 뒷담화나 동네 미용실, 상가에 들어선 옷가게 이야기며, 길 건너 분식집 떡볶이 맛이 변했다는 등의 이야기를 무람없이 나누곤 했다. 그런데 올 겨울은 조금 달랐다. 아이들의 기말고사보다는 선거 이야기를 더 많이 했다. 날이 추워지면서 텔레비전 앞에서 열을 올리는 아버지처럼 선생들도 모이기만 하면 같은 이야기였다. 그들의 대화에 적극적으로 동참하지 않는 나에게, 혹시 프락치? 우리 말 조심해야 하는 거 아냐? 라는 농담에 나도 맥없이 따라 웃곤 했다.

극성스럽게 틀어대는 선거로고송 때문에 수업이 자꾸 끊겼다. 뭣도 모르는 아이들은 나에게 몇 번을 찍을 거냐고 자꾸 물었다. 나는 비밀선거라고 대답했다. 아이들이 유난히 더 소란스러운 하루였다. 수업에 집중하지 못한 건 나였다. 그치지 않는 선거로고송 때문인지, 규원 때문인지 알 수 없었다. 우리도 같이 살자. 사진 속의 규원이 들고 있던 문구가 무시로 떠올랐다.

수업을 끝내고 나가는 아이들로 부산했다. 아이들의 인사를 건성으로 받으며 시험지를 채점했다. 삼십 분 가량 비워 둔 저녁 시간이었지만, 뭘 먹기보다는 그저 아무 말도 하지 않는 것으로 족한 시간이었다. 아이들이 다 빠지자, 영어선생이 다가와 내 옆에 앉았다.

"생각해봤어?"

화장실에서 나오던 수학이 얼굴을 빼꼼 들이밀었다.

"아, 네."

영어선생이 자기 시동생과 한번 만나보겠냐는 운을 뗀 건 보름 전쯤이었다. 나와 동갑이라고 했다. 이름을 들으면 알만한 회사의 정규직이라고 했다. 다만, 영어선생이 조심스럽게 말을 이었다. 돌싱이야. 다행이라는 투로 아이는 없다고 했다.

"기분 나빠? 나쁘게만 생각하지 마. 괜한 말했나 걱정도 했는데, 못 할 말도 아니잖아? 자기 나이도 있고, 영영 혼자 살 생각 아니면……, 우리 시동생, 괜찮아. 정말 괜찮은 사람이야. 여자 쪽에 문제가 있었던 거지, 우리 시동생은……."

"아뇨. 그런 건 아니고요. 제 상황이라는 게…….."

"그렇게 살뜰히 어른 모시는 자기 정도면, 믿고 소개할 수 있겠더라고. 자기 같은 사람이 동서로 들어오면 내가 걱정이 없을 거 같아,

그래. 우리 시동생, 원래도 우리 애들한테 자상했는데, 애 아빠 저 세상 보낸 뒤로는 더 잘해. 사람이 서글서글하니 괜찮아. 우리 시부모 정도면 무난하고. 그러니까 생각 좀 해봐."

수학이 끼어들었다.

"대답을 안 하면 안 만나겠다는 뜻이잖아요. 뭘 자꾸 물어요."

"아, 언제까지 아버지 모시고 살 거야? 요즘 세상에 그런 자식이 어딨니. 자기가 그러고 있을수록 아버지 욕 먹이는 거야. 자기도 아버지 떠나야지. 그럼 결혼 밖에 더 있어? 톡 까놓고 말해서, 여자 나이 마흔이면 결혼 안 쉽다. 서로 허물 보듬어주면서 사는 거야."

"나이 먹은 게 왜 허물이에요?"

옆에 있던 수학이 발끈했지만 나는 그냥 비죽 웃었다. 나이가 왜 허물이 아닌가. 그보다 더 큰 허물이 어디 있다고. 사실, 내가 만나겠다는 말을 선뜻 못 한 건, 이혼남이어서가 아니었다. 결국 아버지 때문이었다. 퇴직금을 다 날리고, 빚까지 진 이후로 내 벌이로 살고 있었다. 공과금과 식비만으로도 빠듯했다. 아버지를 모시지 않는 이상, 내가 집을 나간다는 건 아버지에게 죽으라는 말이나 마찬가지였다.

엄마가 쓰러졌던 건 한 달쯤 전이었다. 집에 들어서니 아버지가 엄마와 함께 드라마를 보고 있었다. 일을 또 그만둔 모양이었다. 그런 날에는 밥 대신 술상을 봐오라 했다. 텔레비전 화면에 화려한 결혼식 장면이 나오고 있었다. 다녀왔어요. 인사를 마치고 곧바로 방으로 들어가는데, 등 뒤로 엄마가 중얼거렸다.

"우리도 그때 그냥 보낼 것 그랬어요. 쟤 나이 생각하면······."

"뭐!"

엄마가 무심코 한 말일 텐데, 아버지가 고함을 질렀다.

"지금 저 년 시집 못 간 게 내 탓이라는 거야!"

"아니, 그게 아니라."

"아직도 정신 못 차리고 또 그 얘길 꺼내!"

술까지 마신 아버지였다. 불안한 나는 아버지 앞에 얼른 무릎을 꿇었다.

"다 지난 얘기잖아요. 그만 진정하세요."

"내가 뭘 어쨌다고 너까지 난리야? 지금 네 엄마 지껄이는 소리 들어봐라. 너 시집 못 간 게 내 탓이라잖아."

"왜 또 애한테 그래요. 애, 들어가. 어서 들어가."

"네가 뭔데 들어가라 마라야. 내가 잡아먹어? 왜 맨날 들어가라 해! 자식만 감싸드는 그 버릇 도대체 언제 고칠래!"

"내가 잘못했어요. 다 내 잘못이에요."

"네가 언제 잘한 적 있어? 너, 그때 그랬지? 저 살고 싶은 사람이랑 살게 하자고? 생각 없는 년. 그게 부모가 할 소리야! 제 앞길 못 찾는 자식한테 그딴 소리를 한 게 넌데 왜 내 탓이야!"

"아버지, 제가 아버지 뜻 따랐잖아요."

아버지가 나를 향해 두 눈을 부릅뜨며 돌아봤다. 술기운인지 화 때문인지 얼굴이 벌겋게 달아오르고 있었다.

"잘됐다. 말 나온 김에 너 한 번 말해봐라. 그 새끼 그때 뭐한다고 했어, 통일연구? 그거 하면 쌀이 나와 옷이 나와. 그런 놈을 허락하는 부모가 더 정신 나간 거 아냐? 멀쩡한 새끼 만나라고! 어디서 그딴 빨갱이 새끼나 만나서 말야! 통일을 뭐 하러 해! 거지 같은 새끼들을 왜 우리가 먹여 살리냐고! 어떻게 이뤄놓은 건데 공짜로 달라고? 웃기지 말라고 해. 내 밥통 넘겨보는 것들, 도둑새끼들을 왜 내 집에 들여! 그 새끼도 똑같은 놈이잖아. 어디 직업도 없으면서 처가 덕을 보려고! 통일하자고 하는 그 새끼도 똑같은 놈일 거 아냐! 거지 같은 네 외가 인간들이나 내 아랫것들한테 당한 걸 생각하면 치가 떨려, 아주! 내가 호구냐고!"

"그만해요. 이제껏 일하고 들어온 애잖아요."

엄마가 한숨을 쉬며 나를 일으켜 세웠다.

"아직 말 안 끝났어! 어디서 네 마음대로 말을 끊어! 이런 빌어먹을!"

아버지가 술상을 집어던졌다. 아이구, 소리를 내며 엄마가 주저앉았다. 그 와중에 엄마는 나에게 들어가라는 손짓을 했다.

"평생 내 발목을 잡아, 버러지 같은 년!"

아버지가 엄마의 머리채를 잡아챘다. 그리고 마구 흔들어대기 시작했다. 신음조차 못내는 엄마는 이리저리 흔들렸다. 아버지, 그만요! 내가 소리를 지르자 아버지가 엄마를 내동댕이쳤다. 튕기듯 던져진 엄마의 머리가 텔레비전 모서리에 찍혔다. 엄마가 푹 고꾸라졌다. 아버지는 그런 엄마를 향해 쇼하지 말라고 소리쳤다. 엄마가 정신을 차리지 못했다.

나는 엄마를 들쳐 업고 집을 나섰다. 나는 오빠에게 연락을 했다.

"올 것이 왔구나."

오빠는 덤덤했다. 엄마를 모셔가겠다고 했다. 차마, 나는 어떡하느냐 묻지 못했다. 오빠의 차에 오른 엄마가 내 손을 잡으며 눈물을 흘렸다.

"너만 들여보내서 어떡하니……."

엄마가 같이 들어간다 했어도 내가 말렸을 것이었다. 엄마를 다시 집 안에 들였다가는 아버지에게 죽을 것 같았다. 결혼하겠다고 했던 오래 전 일 때문에, 이미 끝난 일 때문에, 결국 나 때문에 엄마가 이렇게 된 것이었다. 엄마 몸부터 추슬러. 나는 겨우 들릴 만한 목소리로 말하고 차 문을 닫았다. 오빠는 무슨 일이 생기면 전화하라고 했지만, 같이 가자는 말은 끝까지 하지 않았다. 그 뒤로 나는 엄마 대신 아버지의 밥상을 차렸다.

한국에서 월드컵이 열렸던 그 해, 대선이 끝난 겨울의 규원은 마치 다른 사람처럼 상기된 얼굴이었다. 퇴직 전이었던 아버지는 뉴스를 볼 때마다 개탄을 했다. 혹여 그 불똥이 튈까봐 엄마는 아버지로부터 멀찍이 떨어져 있곤 했다. 아버지는 앞으로 오 년간 그 꼴을 또 어떻게 보느냐 했다. 규원은 앞으로 오 년간 많은 것이 달라질 것이라고 했다. 변한 건 규원이 먼저였다. 친분이 있던 선후배들과 뜻을 모았다고 했다.

"교수님 밑으로 들어간다며."

"트렌드를 따라야지. 새로운 패러다임이 필요한 때라고!"

하지만 규원은 그 일을 시작하지도 못했다. 병원에 입원하고 경찰서에 들락거렸다. 도시의 하천복원공사를 앞두던 때였다. 많은 사람들이 반대 시위를 벌였고, 규원도 그들 중 한 명이었다. 텔레비전에 그들을 비추기만 해도 아버지가 떠들어댔다.

"저, 저, 배부른 인간들 좀 봐라. 보상금 더 타먹으려고 저 지랄들이잖아. 가만히 있다가 떼돈 벌게 되었으면 고맙다고 조용히 받아처먹으면 되지, 왜 지랄발광이야. 저런 무식한 것 부추기는 빨갱이 새끼들이 더 문제야, 문제."

자기의 생각과 다르면 모조리 틀린 것이었다. 그게 무엇이든지 받아들이지 않았다. 아버지가 하는 말은 규원이 했던 말과 달랐다. 무엇이 사실인지, 무엇이 진짜인지 관심 없었다. 다만 나는 왜 서로 자기 이야기만 하는지 의아했다.

규원 어머니의 노점상이 하천복구공사 정책에 따라 축구장터로 이주를 했다. 그러나 이미 상권이 죽은 곳이었다. 하천의 상인들에게는 대규모 상가시설을 건설해 반값 수준으로 특별 분양을 해주겠다고 발표했다. 그러나 시간이 흐를수록 특수 조건이 증가되었다. 그나마 억대의 분양가라도 내고 입점한 상인들은 결국 반의 반도 되지 않았다. 나와 전혀 상관 없던 사람들의 이야기를 기억할 수 있는 건 모두 규원 때문이었다. 시민기자라면서 시위를 따라다녔고, 그곳에서 벌어지는 일들을 인터넷에 올렸다. 돈 안 되는 일을 하는 사내는 사내도 아니라는 아버지의 말이 옳은지도 몰랐다. 규원은 늘 바빴으나 항상 가난했다. 규원과 함께 꾸려가야 할 미래는 늘 불확실하고 불안정했다.

규원이 시민기자라는 말을 꺼낼 때마다 나는 규원의 어머니를 떠올렸다. 규원이 입원해 있던 육인실에서였다.

"불쌍한 사람들을 세상에 알리는 일이 얼마나 중요한지 아가씨도 잘 알지요? 나는 우리 아들이 하는 일이니까 뭐든지 믿을 수 있어요. 나는 우리 아들이 세상을 바꿀 거라고 믿고 키웠어요. 대통령감이라고 믿고 키웠지. 그러니 우리 규원이가 큰일 할 수 있게 옆에서 많이 도와줘요."

병실 사람들이 모두 규원의 어머니를 쳐다봤다. 검은 얼굴에 키가 작았는데 목소리가 우렁찼다. 어머니가 말 한, 그 큰일이 무엇인지도 모르면서 나는 고개를 끄덕였다. 규원의 어머니가 내 손을 덥석 잡았다. 두껍고 거친 손이었다.

"우리 규원이 믿죠? 내가 잘 부탁해요."

나에게 존대를 했던 것도, 커다란 목소리도, 그 투박한 손도 믿음직스럽게 여겨졌다. 아들을 믿는다는 그 말이 오래 맴돌았다. 내 부모에게 단 한 번도 못 들어본 말이었다. 처음으로 나는 규원이 부러웠다. 그리고 규원과 같이 살고 싶어졌다. 어머니 같은 사람 옆에서라면 각박한 일상도 힘들지 않을 것 같았다.

축구장터로 옮긴 규원의 어머니는 결국 버티질 못했다. 어디서든 발붙일 곳이 필요하다며, 빚을 또 내고, 도시 북쪽 주택가에 작은 점포를 차렸다. 어머니의 만류에도 규원이 결정한 일이었다. 마을버스 정류장이 인접해 있고, 근처에 중·고등학교도 있었다. 규원은 목이 좋아서 금세 권리금을 뺄 수 있을 거라고 자신했다. 벽면에 붙은 기다란 테이블과 등받이가 없는 의자 세 개가 놓인 점포였다. 규원 어머니가 초등학생 둘에게 컵에 담은 닭강정을 내밀었다. 받아든 천 원짜리 두 장을 주머니에 넣는 규원의 어머니가 나에게 힘없이 웃어 보였다. 몇 해 전 병원에서 봤을 때보다 살이 많이 내려, 노파가 다 되어 있었다. 규원은 어머니 옆에서 노트북을 켜고 모니터만 바라봤다.

술집에 들어선 규원이 한숨을 내뱉었다. 근처에 대형 마트가 들어선다는 발표가 났다는 것이었다. 점포를 차린 지 일 년도 안 되어서였다.

"아직 들어선 것도 아니잖아."

"내내 마이너스였다고. 빚지고 들어앉아 빚만 지고 있었다고. 답이 없다, 답이!"

 소주잔을 드는 규원의 손이 부들부들 떨렸다. 새카맣게 때 탄 규원의 잠바 소매 끝이 나달나달했다. 이발할 때도 놓쳐 구레나룻과 뒷머리도 수북했다. 술에 취한 규원이 주머니에서 부스럭거리면서 복권을 꺼냈다. 오백 원 당첨이라는 글씨가 보이자, 규원이 술잔 너머로 냅다 집어던졌다.

 그것이 규원과의 마지막이었다. 더 이상, 새로운 패러다임이 무엇인지, 정의로운 목소리가 왜 필요한지 힘주어 말할 때의 규원이 아니었다. 강단 있던 어머니도 병색이 완연했다. 대선이 끝났던 그해 겨울, 모임을 시작하겠다던 규원이 떠올랐다. 걱정스런 눈빛의 나를 바라보더니 내 어깨를 감싸 안았다. 규원은 힘주어 말했다.

"걱정 마, 넌 안 굶겨."

"굶기면 내가 벌면 돼."

 내가 벌어도 안 되는 것이 현실이었다. 무참했다. 아버지가 퇴직금을 몽땅 의료기기 다단계에 투자했고 반년도 안 되어 빈털터리가 됐다. 아버지를 제외한 모두가 예상했던 수순이었다. 남은 것이라고는 30년 된 복도식 아파트 한 채, 경차 한 대, 그리고 시집 못 간 딸자식 하나였다. 퇴직금은 남은 생에 겨우 밥술이나 뜰 정도였다. 그만해도 훌륭한 노후였다. 그런 돈을, 꽁꽁 묶어 은행에 넣어두어도 모자를 판에, 무슨 부를 누리겠다고. 자기 돈만 날렸어도 억울할 판에, 남의 돈까지 끌어다 부었는지 이해가 되지 않았다. 원체 이해할 수 없는 사람이었지만 그 정도인 줄은 몰랐다. 하지만 누구도 아버지를 대놓고 원망하지 못했다. 아버지는 언제나 기세등등했다. 이제껏 자기가 먹여 살렸다고, 나만 하니까 이만큼 사는 줄 알라고 했던 아버지였다. 이제 내가 먹여 살리게 되자, 갈 곳 없는 늙은 딸년 아비 밥이라도 차리며 살 수 있는 걸 다행이라 했다.

"아무튼 한 번 더 생각해봐."

영어선생이 내 무릎을 툭툭 치고 일어섰다.

"차라리 내가 낫겠다. 나는 어때요? 나도 밥 잘하는데."

수학이 영어선생을 따라가며 종알거렸다. 말만 저럴 뿐, 당분간은 남자 만날 생각이 없다는 수학이었다. 결혼하고 석 달 만에 갈라서 친정에서 산다는 수학은 혼인신고는 하지 않아 호적은 깨끗하다는 농담을 아무렇지 않게 했다. 영어선생은 십여 년 전 교통사고로 남편을 잃고 보험금으로 프랜차이즈 공부방을 차린 사람이었다. 그들에게 나는 홀아버지를 모시고 사는 외동딸로 소개되어 있었다.

영어선생의 제안에 선뜻 대답하지 못한 건, 결국 아버지 때문이었다. 어느 누가 아버지 같은 장인을 모시고 살 수 있을까. 생활비를 대주는 것도 싫었다. 그랬다가 아버지처럼 사는 내내 처가 도움 줬다고 생색이라도 낸다면. 물론 아버지가 죽을 때까지 아버지 밥이나 차리면서 살고 싶지도 않았다. 않았지만……, 그렇다고 안 할 수도 없는 노릇이었다. 나 스스로 아버지 옆에 남은 것 아닌가. 아버지 말마따나 나 따위가 살 데라고는 집 밖에는 없었다.

수업 시간에 맞춰 아이들이 하나둘씩 들어와 앉기 시작했다. 아버지에게 전화가 걸려왔다.

"와서 저녁 차려라."

수업 중이라고 해도 막무가내였다. 아버지를 가장 화나게 하는 건 허기였다. 뱃속이 비면 이성을 잃는 사람이었다. 시도 때도 없이 밥을 찾았다. 제때 못 먹어도 화를 내고, 화가 나도 밥을 찾는 사람이었다. 아버지 사정을 익히 아는 영어선생이 시간표를 바꾸면 된다며 다녀오라고 했다. 그럼 내 사정도 봐주는 거다! 시동생 얘기였다. 나는 그냥 웃으며 공부방을 나섰다. 찬 공기가 아침나절보다 더 매서웠다. 슈퍼에서 순두부 한 봉지와 찌개 양념을 샀다. 비닐봉지를 든 손이 칼에 찔리는 것처럼 쓰라렸다. 호된 추위였다.

어쩐 일이냐고 물어볼 필요도 없었다. 또 때려치운 모양이었다. 현관에 아무렇게나 벗어던진 아버지의 잠바는 그때까지도 한기를 머금고 있었다.

찌개 양념을 끓이다가 순두부를 뚝뚝 떼어 넣었다. 금세 조미료냄새가 풍겼고, 냉동밥을 꺼내 해동했다. 언제든 배고프다 하면 상을 차려야 했으므로 냉동실에는 언제나 몇 끼 분량의 냉동밥이 준비되어 있었다. 상을 차리다 말고, 혹시나 싶어 냉동밥 한 그릇을 더 녹였다.

김치와 순두부찌개, 마른 김과 간장, 젓갈 두어 종류를 차렸다. 아버지가 수저를 들더니, 크게 밥 한 숟가락을 떴다. 뜨거울 텐데 아랑곳하지 않고 연신 씹어댔다. 밥이 금방 줄어들었다. 한 공기를 다 비운 아버지가 나를 쳐다봤다. 나는 한 그릇 더 아버지 앞으로 내밀었다. 조미료내가 역한 찌개였는데도 아버지는 썩썩 잘 떠먹었다. 배고픈 것을 못 참는 사람이었지만 맛을 탓하지는 않았다. 간이 안 맞아도 상관없었다. 다만 꼭 잡곡을 섞지 않은 흰쌀밥이어야 했다. 그릇 위로 수북하게 담은 밥이어야 군소리 없이 수저를 들었다. 미맹처럼 양만 충분하면 되는 사람이었다. 텔레비전에서는 대선 후보들의 얼굴이 차례대로 비췄다. 아버지는 텔레비전을 보는 것 같지 않았다. 아버지가 수저를 놓았다.

"예전에 말이다."

밥그릇에 묻은 밥풀을 손으로 떼먹으며 말을 이었다.

"나무 해오라고 애들을 내보낼 때면 고봉에 수북이 담은 밥을 보여줬다. 이렇게 밥 많으니까 꼴 베어 와서 먹으라고 말이지. 네 할머니 참 야박했다."

밥상 앞에 앉아 숟가락을 푹 떠 넣는데 딱 소리가 나고 …… 다들 먹고 살기 어려웠다 …… 하루도 안 쉬고 …… 안 굶기려고 살았단 말이다.

"그게 잘못이냐?"

늘 하던 말이었으므로 나는 무심히 상을 물리려 다가섰다. 아버지가 내 팔을 잡았다. 놀란 내가 아버지의 손을 뿌리쳤다.

"그런데 내가 왜 이러고 살아야 하냐!"

뒤로 물러난 나를 물끄러미 바라보던 아버지가 담배를 물었다.

"내일부터는 저녁상까지 차려놔라."

예비 중1 수업을 마치자 10시였다. 2시부터 내내 떠든 하루였다. 입안이 바짝 마르고, 서 있을 힘조차 없었다. 아이들을 다 보내고 선생 셋은 모두 거실 바닥에 주저앉았다.

"무슨 억만금을 번다고. 이게 사는 거니?"

영어선생의 입버릇이었다. 영어선생의 입가에 고인 침이 허옇게 굳어 있었다. 손에 빨간 사인펜 얼룩이 가득한 수학이 영어선생의 입가를 가리키며 화장지를 내밀었다.

"라면 물 올릴까요?"

"라면도 지겹다."

"그럼, 뭐, 시켜 먹을까요?"

"내일은 선거니까 수업도 없고……, 치맥 어때? 내가 치킨 쏠 테니, 둘이 맥주 쏴라."

"치맥은 내일 개표방송 보면서 먹어야죠."

"그럼 내일도 나와."

"왜 이러세요. 주문합니다."

수학은 전화기를 들고 나는 상가 슈퍼에 다녀왔다. 수업이 끝나면 라면이나 샌드위치로 허기를 채우곤 했다. 그도 아니면 치킨에 맥주를 마시기도 했다. 나름 회식인 셈이었다. 탁자 위에는 벌써 김치와 무말랭이, 빈 컵 세 개가 놓여 있었다. 치킨이 오기 전에 맥주를 땄다. 치이익, 뚜껑 열리는 소리에 수학이 키득거렸다.

"난, 저 소리가 너무 좋더라."

영어선생이 나와 수학에게 차례로 맥주를 따랐다. 마지막으로 자기 잔에 맥주를 따르자, 수학이 영어선생 잔에 손가락을 담갔다 뺐다. 그리고 자기 손가락에 묻은 거품을 쪽 빨았다.

"아까는 수업중이어서 못 물었네. 아버지 저녁은 잘 드렸어? 늦었다고 또 화 내셨겠어."

"컵라면 같은 거라도 두세요. 급할 때 드시라고."

"차려주는 밥 아니면 안 드신대."

"요즘 세상에!"

"근데 일 시작하셨다고 하지 않으셨어?"

"그만두셨어요."

"잘도 구하시고, 잘도 그만두시네. 이번에도 경비?"

"아뇨. 주유소였어요."

주유소 일은 처음이었다. 돈을 날린 뒤로 아버지는 아파트 경비를 하러 다녔다. 일을 구하는 것도 하늘의 별 따기였는데, 간신히 들어가도 오래 버티지 못했다. 아버지 말대로라면 젊은 여편네들이 싸가지가 없어서 못해먹겠다는 것이었다. 분리수거 하나 제대로 못하고, 밤이고 낮이고 아무 때나 택배를 찾으러와 쪽잠도 못 잔다고 했다. 근래처럼 눈이라도 잦은 날이면 주민들이 출근하기 전에 넉가래를 들고 눈을 치워야 했다. 쓰레기장을 정리하고, 지하 주차장의 외부인이나 불량 아이들 단속도 하고, 새벽에는 외부차량 확인도 해야 했다. 그 일이 원래 그렇다 하더라도, 24시간 교대 업무는 일흔이 다 돼가는 아버지에게 힘이 부칠 일일 터였다. 그럼에도 아버지가 그만두었던 이유는 일 때문만은 아닌 듯했다.

"내가 내 할 일 제대로 못 한 게 뭐 있어? 그것들이 말야, 시비를 걸잖아. 경비실 조명이 어두웠다고? 애새끼들한테 불친절했다고? 그게 시말서까지 쓸 일이야? 더러워서. 그깟 거 안 해. 안 한다고!"

일할 사람은 많았다. 고개 수그릴 줄 모르는 아버지 같은 사람을 반길 데가 있을 리 없었다. 말은 그래도, 아버지는 어떻게든 다시 일을 구했다.

"셀프기계를 들였더라. 카드 결제도 제대로 못하고, 주유구멍도 못 찾아 자동차 기스 내는 노인네들 꼴 보기 싫어서 돈 더 들여서라도 기계로 바꾼다고 하더라. 새파랗게 젊은 사장 새끼가 밥 한 술 뜨겠다고 둘러앉은 노인들 앞에서 그게 할 소리냐!"

하여간 젊은 것들은 지들 생각밖에 할 줄 모르지. 현관을 나서는

데, 아버지의 혼잣말이 들렸다.

"아휴, 우리 아버지도 좀 그랬으면 좋겠네. 우리 아버진요, 퇴직한 뒤로는 내내 집에만 있어요. 하루 종일 텔레비전 앞에 웅크리고 있는 걸 볼 때마다 숨이 턱턱 막히는 거 있죠. 바람이라도 쐬고 오라 하면, 나가면 다 돈이라고……. 그런 말 듣는 것도 정말 지겹고."

영어선생이 말을 받았다.

"그래도 둘은, 아프지는 않잖니. 우리 아버지 봐. 병원 들락거리기 시작하면 그대로 끝이야. 얼마 안 남은 명이라 해도, 치료방법이 있는데 손 놓을 자식이 어딨니. 아버지 스스로 그만두자고 하지 않는 이상 어쩔 수 없이 병원으로 모셔야 한다고. 우리 형제들은 아버지 수술비에 입원비 대는 것만으로도 등골이 휜다. 자식들 멀쩡하니까 요양병원에 모시겠다는 말도 못하겠고. 벌 받을 소리지만, 빨리 돌아가셨으면 좋겠어."

마침 치킨이 도착했고, 치킨 두어 조각을 뜯는 동안은 아무도 아무 말도 하지 않았다.

"요즘은 아주 선거 때문에 골치예요."

수학이 치킨을 우물거리면서 말을 이었다.

"밥 먹을 때마다 식구들한테 무조건 자기가 찍으라는 데 찍으라잖아요. 그것도 한두 번이지. 아휴, 지긋지긋해."

"융통성 참 없다. 그런데도 어떻게 수학을 가르치니. 그냥 그러겠다고 대답해. 나중에 확인할 수도 없는데, 그게 뭐 어려워?"

"제가 원래 거짓말을 못 하잖아요. 아, 아버지가 찍는 사람 되면 안 되는데."

"아버지랑 정치 이야기도 하고, 좋겠다."

"좋은 게 아니라니까요, 아이 참."

"그래도 둘은 아버지한테 맞지는 않았지? 우리 아버지는 내가 시집가기 전까지도 두들겨 팼다. 자식새끼가 미우면 얼마나 밉다고, 아니 때릴 일이 뭐 있어. 성적 좀 떨어졌다고, 통금 시간 좀 늦었다고, 그렇게 패는 게 맞는 거야? 여기 맞으며 자란 사람 있어? 없지?"

"왜요, 우리도 다 그렇게 자랐죠. 아무튼 아버지들은 참 희한해요. 받은 거 없이 퍼주기만 했던 사람들이라고 그렇게 꼭 생색내야 되요?

"생색내려고 때렸겠어? 방법을 몰라서겠지. 아무튼 불쌍한 세대라는 건 알겠는데, 이해는 안 되더라. 끄떡만 하면 손찌검하던 양반한테서 겨우 벗어났다 싶으니까, 살기 힘든 자식들한테 병원비 꼬박꼬박 들고 오라 하잖아. 요즘 말로 내가 갑이지?"

"네, 갑이십니다."

셋이 힘없이 웃었다. 셋이 술을 마시다 보면 학원 이야기는 뒷전이었다. 그렇게 떠드는 건 피로하지 않았다. 사생활을 굳이 캐묻지 않아도 서슴없이 속내를 꺼내 보일 수 있는 사람들이었다. 어쩌면 다른 곳에서는 할 수 없는 이야기여서 그런 지도 몰랐다. 수학이 세 개째 맥주를 따며 말을 이었다.

"우리 아버지는 꼭 화장실 문을 열고 볼일을 봐요."

"그건 우리 아버지도 그랬다."

나 역시 고개를 끄덕였다.

"우리 아버지는 큰언니만 귀하게 키웠어요. 난 언니들한테 물려받은 것만 입었고. 새 옷이라는 걸 입어 본 적이 없어요."

"못살던 시절이었잖아. 그땐 다 그랬어."

"아끼려는 게 아니라, 아버지한테는 큰언니밖에 없었거든요. 내가 필요한 게 생기면 큰언니 새로 사주고 나는 언니가 쓰던 걸 줬다니까요. 그건 좀 아니지 않아요?"

"그래, 그건 좀 아니다."

"선생님은 외동딸이니 그런 건 잘 모르죠?"

아버지는 나를 쓰레기 취급한다고, 아버지의 말처럼 정말 나는 쓰레기 같다…… 고, 차마 말할 수는 없었다. 나는 언뜻 떠오른 것을 떠들었다.

"그런 건 잘 모르겠는데, 난 아버지와 화장실을 같이 쓰는 일 자체가 싫어요. 밥 먹고 나면 꼭 틀니를 헹구는데, 그럼 세면대에 고춧가루며 김치조각이 묻어 있어요. 난 그게 정말 싫어요. 나오기 전에 물 한 번 쓱 뿌리면 되잖아요. 그런 게 안 보이나 봐요."

"보고 싶은 것만 보는 건, 남자들이어서 그렇고요. 쌤이 남자랑 안 살아봐서 모르는구나. 삼 개월 산 나는 아는데."

수학이 혀를 날름 내밀었다.

"그래, 남자랑 한 번은 살아 봐야지. 우리 시동생 만나라니까. 잘 돼도 나한테 옷 한 벌 내 놓으라 안 할게!"

얼굴이 발그레 취한 수학이 한 술 더 떴다.

"영어쌤이 이렇게 부탁하는데 그만 튕겨요. 뭐 어때요, 누가 시집 가랬나? 일단 한 번 만나, 만, 보라는 거잖아요."

"그렇지! 수학 잘한다!"

두 여자가 눈을 동그랗게 뜨고 나만 쳐다봤다. 만나는 게 뭐 대수겠는가. 정말 아버지로부터 벗어날 수 있는 기회일지도 모른다. 술기운 때문인지, 나도 모르게 배시시 웃음이 흘렀다.

"알았어요. 그럴게요."

"좋다, 좋다. 쌤 뭐해요. 빨리 시동생한테 전화해요. 내일 선거니까 일 안 할 거 아니에요. 내일 만나요, 내일."

"그 전에 건배부터 하고."

맞다, 맞다! 취한 수학이 목소리를 키우며 잔을 들었다. 영어선생이 내 잔에 술을 따랐다.

"고마워."

그때 전화벨이 울렸다. 뜻밖에, 오빠였다.

- 엄마, 연락 없었니?
- 아침에 통화했어. 왜? 무슨 일인데?
- 안 계셔.
- 언제부터?
- 저녁에 처가 가족 모임이 있어서, 다녀왔는데 없어.

술기운이 싹 가셨다. 나는 벌떡 일어났다. 엄마에게 걸려왔던 전화가 떠올랐다.

"왜 가요! 나 오늘 밤 외로운데!"

선생들에게 설명할 겨를이 없었다. 나는 한달음에 집으로 달려갔다.

엄마는 거실에 널브러져 꺽꺽 숨을 올리고 있었다. 거실 바닥 군데군데에 핏자국이 말라 있었다. 한 손에는 리모컨, 한 손에는 담배를 든 아버지가 아무렇지 않게 텔레비전을 보고 있었다. 눈보라를 헤치며 돌아온 어미 펭귄들은 온몸이 상처투성이었다. 엄마에게 다가간 나를 향해 아버지가 한마디 툭 던졌다.

"제멋대로 나갔으면 끝이지. 누가 내 집에 다시 기어 들어오래?"
"그래서 사람을 이 지경으로 만들어요?"
엄마의 어깨를 흔들었지만 좀처럼 눈을 뜨지 못했다.
"대체 언제까지 아버지 마음대로만 할 거예요. 도대체 우리가 뭘 잘못했다고 이 난리냐고요. 평생 아버지가 하자는 대로 살았잖아요!"
"이게 어디서 눈을 까뒤집어! 너 술 마셨어? 미친년. 그렇게 할 일 없으면 밥이나 차려 와!"
"그놈의 밥! 돼지새끼처럼 시도 때도 없는, 그 밥 타령 좀 그만 하라고요!"
아버지가 핏발 선 눈으로 나를 한참 노려보았다.
"왜 그러냐고? 그게 이제 궁금하냐? 평생 묻지도 않고 살다가 이제야 궁금해? 넌 네 어미만 불쌍해? 나는? 평생 여기저기 치여 살았던 나는? 아비는 눈에 안 보이지! 식구가 네 엄마뿐이지! 왜 그랬냐고? 왜 이러는지 알려고 노력이라도 해봤어? 너희들, 밥이나 달라고 해야 듣는 시늉하는 것들이잖아. 그러니 너 잘하는 밥이나 차려오라고!"
"아버지 때문에 식구들이 모두 만신창이가 된 게 안 보여요?"
"평생 먹여 살려놨더니 그게 나한테 할 소리냐!"
아버지가 벌떡 일어났다. 돌아온 어미들은 수만 마리 중에서 용케도 자기 새끼를 찾아냈다. 찾아낸 배고픈 새끼에게 펭귄밀크를 먹였다. 새끼를 잃은 부모들은 새끼를 훔쳐오기 위해 거친 몸싸움을 벌였다. 아버지가 성큼 다가왔다.
"왜요? 저도 때리게요? 그래요, 때리세요. 때려요, 때려!"
나는 아버지를 향해 머리를 내밀며 소리쳤다. 아버지가 쥐고 있던 리모컨으로 내 머리를 후려쳤다. 바닥으로 벌렁 넘어졌지만, 나는 벌떡 일어났다.

"하, 좋으시죠? 자식새끼 때리니까 좋죠?"

"돌았구나! 네가 제 정신이면, 응! 이년이, 응! 감히, 응!"

아버지가 몇 번을 더 팔을 휘둘렀고, 그때마다 나는 넘어졌다 일어나기를 반복했다. 머리가 빙그르 돌고, 입 안에 피가 고였다. 아버지의 거친 숨소리가 멈추지 않았다. 나도 숨을 헐떡이며 아버지 눈을 똑바로 쳐다봤다.

"오빠나 작은아버지들이 왜 아버지를 버렸는지 몰라요? 다 아버지 때문이에요. 이러는 아버지 꼴 보기 싫어서! 그 사람들이 왜 아버지를 경멸하는지, 왜 모르냐고!"

"이것들이 다 한통속으로 짜고 날 엿 먹이려고 작정을 했구나. 내 몸이 부서져라 뒷바라지 했더니! 입이라고 잘도 뱉지?"

아버지가 내 어깨를 으스러지도록 부여잡았다.

"죽여요, 차라리 죽이세요."

새끼들이 자라자 부모들이 떠나기 시작했다. 뒤도 돌아보지 않고 제 갈 길을 가는 펭귄 무리의 행렬이 장관이었다. 새끼들은 제 부모가 그랬듯이 이제 스스로 살길을 찾을 것이었다. 아버지가 벽으로 나를 있는 힘껏 밀어 던졌다. 온몸이 쿵, 울렸다.

"아비한테 죽이라고? 그래, 응! 오늘 한번, 응, 죽어봐라. 천하에 배은망덕한 년! 다 필요 없어! 다 죽어버려!"

덜컹거리며 창문이 흔들렸다. 30년만의 혹한이라고 했다. 부서진 리모컨이 내 눈 앞에 떨어졌다. 아버지는 텔레비전을 향해 돌아앉았다. 덜컹덜컹, 바람이 더 세게 부는 모양이었다. 겨울이 언제 안 추웠던 적이 있었나. 온몸이 으슬으슬 떨렸다. 펭귄들이 눈보라를 헤치며 앞으로, 오로지 앞으로만 나아가고 있었다. 나는 힘겹게 숨을 올렸다.

추천 우수작

겨울의 눈빛

박
솔
뫼

1985년 광주에서 태어났다. 2009년 《자음과모음》 신인문학상으로 등단했다. 장편소설 《을》《백행을 쓰고 싶다》가 있다.

해만에서 가장 가까운 도시는 K시이다. 나는 K시 출신으로 3년 전 해만으로 오기 전까지 줄곧 그곳에서 살았다. 줄곧. 그러니까 나는 K시에서 태어났고 그곳에서 의무교육을 마쳤으며 버스를 타고 한 시간이 걸리는 인근 도시의 대학을 다닐 때조차도 K시에서 통학을 했다. 정말로 나는 줄곧 K시에서 살았다고 할 수 있는 것이다. 그랬으나 해만으로 온 이후로 마치 나는 그간 K시가 넌덜머리가 났다는 듯이 꼭 그렇지 않은 것도 아니었지만 집에 가지 않았고 특히 해만에 온 첫해에는 1년간 K시에 한번도 발을 들여놓지 않았다. 가볼 만한 무수한 이유가 있었으나 그것들이 가야만 하는 이유로 바뀌지는 않았다.

줄곧 K시를 잊고 있다 떠올리게 된 것은, 아니 그러니까 K시라기보다는 K시의 극장과 거기서 보냈던 시간을 떠올리게 된 것은 글쎄 별다른 이유가 있지는 않았다. 방을 정리하다가 우연히 오래된 노트를 발견했다. 잊고 지냈던 노래를 듣게 되기도 했으며 그 곡은 지난

한 순간을 환기시키는 중요한 음악이었다. 며칠 전 흔하지 않은 이름을 가진 사람을 만났고 그 이름은 내게 어떤 시간을 상징했던 것도 사실이지만 그 모든 것이 우연히 마주친 어떤 일이라고 할 수 있을까. 모든 순간을 돌이키는 중요한 우연이라고 할 수 있을까. 오히려 거기에 아무런 우연도 없다고 말해야 하는 것이 아닐까. 모든 것은 깊은 곳에 가라앉아 있을 것이라고, 아니 가라앉아 있었던 것이라고 나는 그렇게 믿어왔다는 생각이 든다. 이제야, 가라앉아 있던 것은 떠오를 때가 되어 잠시 떠올랐다가 다시 가라앉은 것이다.

 K시에는 어떤 극장이 있다. 그 극장은 내가 극장이라는 단어를 떠올렸을 때 머리에 그리는 근원적인 형태의 극장이다. 내게 유일하며 처음인 극장인 것이다. 그러나 그곳이 내가 부모님의 손을 잡고 일곱살 때 처음 간 극장이었다거나 한 것은 아니다. 아주 멀리 그러나 분명하게 자리잡은 최초의 기억은 아닌 것이다. 그럼에도 그곳이 최초의 극장인 이유는 극장이라는 공간이 그 자체로 어떤 힘을 갖는지 처음 인지하게 된 곳이라서다. 내가 그 극장에 처음 간 것은 십대 후반의 일로 한동안 나는 매주 그 극장에 들렀다. 정말로 매주 영화를 보았을지도, 아니 어쩌면 극장에 그저 들러 잠시 서성이다 온 것 같기도 하다.
 그 극장에 대해 설명하자면 나는 극장이 서 있는 거리에서 시작하여 그 반대편 극장까지 머릿속으로 한발씩 뒷걸음질을 쳐야 했다. 수십걸음을 뒷걸음질 쳐 바라본 극장의 위치는 이러했다. 이차선 도로와 한개의 블록을 사이에 두고 극장 두 개가 마주 보고 있다. 도로변에 있는 극장은 회색의 낮은 건물이고 도로를 지나 있는 극장은 갈색의 좀 더 높은 건물이다. 좀더 먼 곳에서 바라다보면 이차선 도로와 두 개의 블록을 사이에 두고 세 개의 극장이 서 있다. 두 개의 극장은 서로 마주 보고 있으며 하나의 극장은 하나의 극장 뒤에 서 있다. 즉 이차선 도로의 오른쪽으로는 두 개의 극장이 왼쪽으로는 한개의 극장이 서 있는 것이다. 그런 형태로 극장들은 서 있었다. 세 개의 극장 중 영화를 상영하는 곳은 가운데 극장이다. 그 극장이 바로 내게 유일한 극장이었다. 하나의 극장을 마주 보고 또다른 극장 앞에 서 있는 바로 그 극장이 내가 가는 곳이었다. K시의 극장에 대해 말하기 위해 뒷걸음질을 쳐야 하는 이유는 한때 어떤 거리에는 극장들이 많이 있었고 이제 그것들은 없으며 나의 유일한 극장은 K시의 다른 몇몇 사람들에게도 유일한 극장이라는 이야기를 해야 하기 때문이다. 나는 뒷걸음질하던 발을 멈췄다 다시 가운데 극장을 향해 천천히 걷는다. 그렇게 나는 가운데 극장으로 가곤 했다. 이제는 영화를 상영하지 않는 텅 빈 극장들을 순례하듯 지난 후에야 말이다.

  그곳에서 나는 무수한 순간을 보냈다. 그곳에서는 계절과 바람이 선명했고 나는 그것을 알아차릴 수 있었다. 커다란 창으로 쏟아지던 가을 오후의 익은 햇살과 늦여름의 쓸쓸한 바람과 장마의 시작을 말이다. 그러나 멀리서 나를 바라본다면 그러니까 극장을 바라보듯이 뒷걸음질 쳐 멀리서 의자와 탁자와 사람들과 함께 나를 바라본다면 내게서 나를 지나간 무수한 순간들을 알아차릴 수 없을 것이다. 움직임과 표정을 어딘가에 조금씩 떼어놓고 와 표정 없이 가만히 앉아 있는 사람으로 보일 것이다. 그런 얼굴로 나는 극장에서 시간을 났다. 이차선 도로를 지나 하나의 블록을 지나 극장 간

판 앞에서 잠시 서성이다 여름을 제외하고는 대부분 손등을 덮는 길고 큰 옷에 파묻혀 움츠린 채로, 그러다 소매 안에 손을 집어넣은 채로 지폐를 떨어뜨리듯이 내밀고는 극장 안으로 들어가곤 했다. 소매가 움직이는 것 같겠지? 소매만이 움직여 돈을 내는 것 같아 보일 거야. 극장 안에서는 언제나 지겨운 표정으로 낡은 옷을 걸친 채 서 있었다. 가끔 계단을 오르내리기도 했고 커피를 마시기도 했다. 소매에서는 연하게 흙과 창고 냄새가 섞인 냄새가 났다. 여름에는 원피스의 목 부분에서 서랍 냄새가 날 때가 있었다. 어느 계절이건 늘 그런 식이었다. 마치 극장의 벽이나 의자나 벽지나 천장의 등, 복도의 액자 같은 것이 되고 싶은 것처럼.

며칠 전 방에서 발견한 노트 속 일기는 어느 해의 겨울과 그때 만났던 사람에 대해 적혀 있다. 그때는 아마도 겨울의 초입이었고 그 겨울의 어느날 나는 한국 감독이 만든 그해 주목받은 다큐멘터리를 보게 된다. 영화를 보기 위해서라기보다 그저 극장에서 시간을 보내는 것에 가까웠으니까 습관처럼 극장에 갔고 그 시간에 하는 영화를 본다. 그게 그 다큐멘터리였다. 그날은 상영이 끝난 후 감독과의 대화가 준비되어 있었고 영화에 삽입된 곡을 부른 그리 유명하지 않은 포크 뮤지션의 짧은 공연도 예정되어 있었다.

그 다큐멘터리에 대해 잠시 설명하자면 이렇다.

영화는 3년 전 부산에서 일어난 어떤 사고에 관한 다큐멘터리였다. 3년 전이라고 입을 떼면, 3년 전 봄의 어느 날짜를 대면 사람들은 어딘가 아픈 표정을 짓거나 지친 얼굴을 하거나 지겹다는 반응을 보였다. 그래, 그 이야기를 하는구나 같은 표정을 언제나 볼 수 있었다. 고리핵단지의 정확한 주소는 부산시 기장군 기장읍 고리로 해운대와 약 22km 떨어져 있었다. 아마 3년 전 그 사건이 아니었다면 뉴스에서 듣던 고리핵단지와 해운대를 연결시킬 수 없었을 것이다. 고리핵단지는 혹은 고리발전소는 뭐랄까 좀 그렇잖아. 그러니까 뉴스에서 나오는 말 같은 것이고 지난 정권의 금융정책이나 무역지수, 여야결의안 같은 그런 말 있잖아. 의미를 알 수 없지만 알아야 할 것 같지만 영영 알지 못하는 그런 수많은 말들 있잖아. 나는 그런 말들을 쉬지 않고 댈 수 있다고 생각했지만 그때나 지금이나 서너개를 부르고 나면 이어지지 않는다. 해운대는 경포대나 낙산이나 아니면 서해안 어디 같기도 하면서 어느 대도시의 번화가 같기도 하면서 동시에 경주 안압지 같은 느낌이기도 했다. 나는 음 그래 나도 그랬지라고 생각하며 해운대에서 시작하는 다큐멘터리를 멍한 눈으로 보기 시작했다.

  영화는 감독을 포함하여 해운대에서 나고 자란 이들이 기억하는 해운대를 보여주는 것으로 시작하였다. 몇십년 전 해운대는 아주 넓었다고 하는데 그러니까 모래밭이. 그럴 땐 아주 쉬운 말로 걷고 걸어도 끝이 안 보인다고 해. 해운대에서 오래 살았다는 어떤 사진작가는 학교에서 단체로 해운대를 청소하기 위해 새벽부터 안개를 헤치며 걸었다고 말했다. 대통령이 오는 날 아이들이 손을 잡고 새벽길을 걷는다. 청소를 해야지. 모두들 걷는다. 모래밭을 걷는다. 하나둘. 그 모래밭이 얼마나 길었는지 가도 가도 끝이 안 보이고 배도 고프고 다리도 아프고 너무 힘들면 쉬었다 가며 옆에 보이던 파라

솔에서 색소가 가득 든 주스를 사 마셨다고 했다. 그렇게 해서 오후가 되어서야 간신히 집에 도착할 수 있었습니다. 그 길이 어린애한테는 얼마나 걷기 힘들었던지 울고 싶었던 기억이 아직도 생생합니다. 웨스틴조선도 하얏트도 파라다이스와 노보텔은 물론 토요코인과 기타 등등도 없었을 때, 안개 낀 바닷가는 끝이 없이 펼쳐진 바닷가는 적막하며 막막하고 조용하여 어쩐지 무서웠다고 나는 어디선가 읽었던 기억이 났다. 그때의 해운대를 나는 모르고. 오래전의 한국영화들. 여자가 머리를 스카프로 감싼 채로 뒷모습을 보이며 걸어가고 남자는 멀리서 여자의 뒷모습을 바라보는 그런 영화의 배경이었던 바다의 모습과 비슷하겠지 생각해보다 말았다. 그 시간이 지나 해운대에는 모든 것이 들어섰는데 모든 것이 무어냐면 부동산 투기자와 부유층과 아시아에서 제일 큰 백화점과 외국 투자자본과 주소지가 서울인 집주인과 체인형 식당과 극장과 까페와 그리고 그밖의 모든 것까지 포함한 모든 것들. 그때는 나도 어렴풋이 기억이 났다. 어딘가 앉을 데를 찾아 들어가 빵을 사고 커피를 사고 창밖을 바라보며 산 것들을 입에 가져가면 주변의 사람들은 명백한 외국인이거나 표준어를 쓰는 사람들이거나 했고 어떤 사람들이건 고운 얼굴에 좋은 것들을 입고 걸치고 외국 이야기를 하고 있었다. 나는 그때를 기억하고 있다. 그때의 감각을 기억하고 있었다. 그런데 그 해운대는 이제 갈 수 없는 땅이 되었고 그때의 해운대를 이야기하는 것은 마치…… 마치 폼페이를 이야기하는 것처럼 그러니까 아주 찬란한 최정점에 있던 어떤 것이 파묻혀버린 이야기를 하는 듯한 느낌을 주었다.

　감독은 화려했던 해운대를 이야기하며 그때 자신이 느꼈던 환멸에 대해 친구와 술을 마시며 이야기했다. 감독은 환멸이라고 여러 번 분명하게 말한다. 그것은 확실히 환멸이지요. 다른 말로 이야기할 수 없어요. 해운대에 못사는 사람들도 많이 살았거든요. 아니 그냥 보통 사람들이요. 그런 사람들이 다 떠나게 된 거지요. 그리고 그밖의 것들을 이야기했다. 호텔과 백화점과 아파트가 아닌 해운대에 관해. 예를 들어 요트 경기장 인근에 있던 작고 오래된 극장. 나는 K시의 극장에서 이 영화를 보며 아 저 오래된 극장은 저것대로 해운대의 유일한 극장이었겠구나 생각했다. 극장의 상영관 앞 의자에 앉아 창밖을 보면 멀리 바다가 보였다고 했다. 창가에 앉아 바다를 보며 컵라면을 먹었어요. 아마 다들 한번쯤은 그랬을 거예요. 그밖에 오래된 고가 아래를 걸을 때의 기분이라든가 바다와 오래된 시멘트 고가가 함께 있는 풍경이라든가 십대 폭주족이 시도 때도 없이 깨부수던 버스 정류장의 유리와 밤의 불빛. 젖어 있는 길과 공기 사이로 퍼지던 웃음과 비명. 오래된 가구상가의 특이한 구조, 외국인이 드물던 시절 해운대의 몇 안되는 외국인들이 자주 가던 골목의 까페와 술집, 허름한 포장마차들. 끊임없이 말할 수 있는 그 모든 부분들에 대해 말했다. 그 모든 부분들, 골목들, 단면들, 부속들, 내장들에 관해서. 해운대를 이루는, 아니 그 자체로 존재하고 있어 해운대에 짙은 선과 색을 그려주던 모든 것에 대해서. 그렇게 영화는 사고가 난 고리원전 1호기에 대해서보다는 해운대에 대한 이야기를 아무렇지도 않다는 듯이 그려가고 있었다. 해운대, 이제는 갈 수 없는 곳. 그런데 거기가 어떤 곳이었냐면. 그것에 관해 사람들은 담담히 말하다가 분노를 표하다가 체념하는 듯했지만 결국에 다시 화를 냈다.

감독은 해운대에서 태어나 사고 며칠 후까지 해운대에서 살았다. 사고 당시 개 한마리와 함께 살고 있었다. 개의 이름은 모자였다. 머리에 동그란 얼룩이 있어서 모자. 나는 그 말이 좋아서 다시 따라해본다. 개 이름은 모자. 모자야 이리 와. 모자야 앉아, 모자! 앉아! 모자! 손! 모자야 잘했어. 감독은 모자를 데리고 부산 중구의 친구 집으로 대피했다.

〔그때 사람들은 처음으로 대피에 대해 생각하기 시작했다〕
〔고리와 부산 시내의 거리는 약 30km〕
〔핵발전소 사고에서 주요 위험지역이면서 가장 먼저 주민 대피의 대상이 되는 지역은 반경 30km이다〕

친구는 중앙동 근처의 오래된 집을 빌려 살고 있었다. 작업실을 겸하고 있던 그 집은 꽤 넓었는데 감독은 친구의 침실에서 모자와 함께 묵기 시작했다. 친구는 작업실 소파에서 잠을 잤다. 두 남자와 개 한마리는 채널을 바꿔가며 뉴스를 보았고 인터넷 창을 수시로 새로고침하며 새로운 이야기가 없나 우리를 안심시켜줄 그런 이야기가 없나 보고 또 보았다. 이미 사둔 쌀은 괜찮아. 차이나타운에서는 중국산을 쓰지 않니? 우리 짜장면을 먹자. 두 남자는 그렇게 며칠을 보냈다. 자갈치시장은 오가는 사람이 거의 없었다. 상인들이 모여 담배를 피웠다. 커피를 마셨다. 방송국 카메라는 상인들이 모여 한숨을 쉬는 자갈치시장을 찍어 갔다.
그때 모자는 평소보다 잠꼬대가 심해졌다. 모자야 내가 여기 있어. 감독은 모자의 배를 쓰다듬어준다. 개는 끙끙거리고 헛발질을 하고 자다 벌떡 일어나 컹컹 짖다 다시 잠들고 네 다리를 축 늘어뜨리거나 온몸을 긁는다. 나는 그 모습을 빼먹지 않고 하나씩 그려보았다. 자다가 끙끙거리는 개. 끙끙거리는 개는 꼭 껴안고 세상의 안심이라는 안심을 모두 모아다 주고 싶어진다. 여기 안심이 있으니 무서워하지 마, 껴안은 채로 속삭이고 싶다. 뭐가 있는 것처럼 헛발질을 하는 개, 자다가 갑자기 일어나 문을 향해 짖는 개, 자면서 턱을 긁는 개, 그렇게 잠꼬대를 하는 모든 개. 감독은, 모자는 마치…… 마치 무언가를 잊고 싶다는 것처럼 자다가 고개를 흔들었어요 하고 말했고 나는 그 대사가 좀 웃긴다고 생각했고 이건 뭔가 좀 뻔하잖아 싶어서 웃었는데 아무도 웃지 않았다. 아무도 웃지 않는 그 장면을 혼자서 곱씹었다. 개가 사고에 대한 공포로 악몽을 꾸는 것이라 모두들 생각하고 싶어했다. 나 역시 그럴지도 모른다고 생각하지만 개의 꿈을, 개가 꾸는 꿈을 하고 입에 올리면 내가 무슨 생각을 하고 있었는지도 까먹고 바로 웃음이 나왔다. 개가 무슨 꿈을 꾸든 개의 꿈, 나의 개, 나와 함께 사는 개의 꿈, 그 개가 꾸는 꿈 하고 중얼거려보면 왠지 좋을 거야. 웃긴 생각이 들거든. 내가 개에게 아무 도움도 주지 못하고 오히려 개에게 큰 도움을 받기만 하겠지만 말이야. 그런 개에 관한 생각들을 했다. 내 생각에 모자는 이런 꿈을 꾸었을 것 같은데. 창밖을 보니 주인이 울고 화내고 불안해하는 얼굴이 보였는데 그 모습에 무작정 반가워하며 꼬리를 흔들며 달려가기는 어려워서, 그러니까 화난 얼굴은 모자를 어쩔 줄 모르게 갈팡질팡하게 만들었던 것이다. 몇초간 어쩌지 어쩌지 어쩌지 싶었지만 이미 꼬리는 흔들고 있네? 에이 모르겠네 모르겠어, 꼬리를 마구 흔들며 창으로 향하지만 주인의 화난 얼굴은 점점 커져 창을 뚫고 부수고 집 안으로 들어와 방 안을 가득 채우고 집마저 뚫고 나가는 것이다. 모자가 일어나 컹컹 짖기 시작한 것은 그때였을 것이다.

부산은 가만히 생각해보아도 너무 커다랗지. 너무 커다래서 커다랗다고 말하는 게 어색할 정도로 커다랗지. 당시 해운대에는 약 42만 명의 사람들이 살고 있었다고 자막은 말했다. 사람들은 회사를 다녀야 하고 가게는 장사를 해야 하고 어디에 있건 사람들은 밥을 먹고 얼굴을 바라보며 이야기를 해야 하는데요, 그런데 당장 이사를, 아니 대피를 가거나 어딘가로, 어디로? 대체 어디로? 고리핵발전소에서 서울까지는 고작 300km 거리인데요, 서울로 가면 우리는 안전합니까? 서울은 안전하다고 누군가는 정말로 믿고 있습니까? 당장 해운대를 빠져나가는 외국인들이 보도되고 그 사람들은 부산을 죽음의 땅이라고 말했는데 외신기자가 부산 이즈 랜드 오브……라고 말해도 아 부산은 아무리 생각해도 해운대가 있고 자갈치시장이 있고 시끄럽고 커다란 도시인데요라는 식으로밖에는 받아들여지지 않았고 우리는 부산 사람들의 질린 표정을 뉴스에서 매일같이 보았지만 한 달쯤 지나자 그것도 끝이었다.

겨울의 초입. 사람들은 외투를 벗어 무릎을 덮은 채로 영화를 보고 있다. 나는 어깨까지 외투를 끌어올려 얼굴만 내민 채로 화면을 바라보았다. 며칠 전에는 눈이 펑펑 내렸고 사람들은 우산을 들고 마스크를 쓰고 거리를 오갔다. 눈을 맞지 말라고 했지. 나는 방에 누워 창에서 나는 물 냄새를 맡으며 물을 끓였다. 차를 마시려고. 극장에 앉은 우리는 K시는 K시니까 부산이 아니니까 생각하다가 우울해했다. 우리의 우울함으로 극장이 앓을지 몰랐다. 나는 차를 마시려 매일같이 물을 끓이고 차를 마시면 극장에 서성거리려 집을 나섰고, 의자에 앉은 모든 관객은 이곳이 부산이 아니라는 것에 안도하다가 넌더리를 내었고, 극장 안 공기는 수증기로 가득 찬 것 같았다. 이 영화는 그리고 이런 영화는 전국을 돌며 상영한다지. 나는 극장을 빼면 가고 싶은 곳이 없었다. 집에만 있고 싶었다. 극장에서 이런 것을 보고 기운 없어 하는 동시에 극장을 기운 없게 했다. 화면에는 머리에 큰 점이 있는 모자라는 개가 눈을 끔벅거리고 있었다. 그걸 계속 바라보았다. 모자는 마르고 긴 다리를 가진 털이 짧은 개였다. 이런 걸 뭐라고 하는 것 같다. 이런 걸. 이런 개를 말이야. 그러니까 이렇게 생긴 개들을. 무슨무슨 어떤어떤 그런 외국 이름. 그 무슨 종이라고 하지? 무엇과 무엇이 교배해서 나온 그런 긴 이름의 그런 종 말이야. 이런 개들은 뭔가 특이점이 있지? 양을 친다거나 집을 아주 독보적으로 잘 지킨다거나 인내심이 심하게 많다거나 뭐 그런 것 말이야. 그러니까 모자에 관한 그런 말들 말이야. 생각해봐 이름만 들어도 생각나는 것들이 있잖아. 아무튼 모자는 테니스공을 던지면 일어서지도 않고 고개를 몇번 움직이다 잡았다. 그게 굉장한 느낌이었다. 모자야 공! 모자야 잘했어. 공을 좀 더 멀리 던지면 말 같은 다리로 경중거리며 공을 줍기보다는 이빨로 물러 모자는 일어나 움직였다. 집주인이었던 감독의 친구는 석달 후 서울로 이사를 갔다. 감독은 친구의 집에서 머무는 동안 시장의 상인들과 차이나타운 사람들의 일상을 찍는 작업을 하기 시작했다. 자갈치시장의 상인 한 명이 목을 맸다. 감독은 그것이 계기였다고 말했다. 그렇게 찍은 영상은 편집을 거쳐 한편의 영화가 되었고 그해 부산영화제에서 상영됐다. 그해 부산영화제는 주요 상영관을 해운대에서 중구로 옮겼으나 국내외 게스트들의 연이은 초청 거절로 영화제다운 분위기는 전혀 나지 않았다. 부산 시내의 전광판에는 유명한 배우와 감독이 손을 흔들며 부산으로 오세요라고 활짝 웃음을 지으며 말했지만 그 사람들도 저걸 찍고 부산을 떠났겠지요. 감독은 그런 이야기를 모자에게 테니스공을 던지며 말했다. 모자야 공! 잡아! 잘했어. 모자는 긴 다리로 겅중겅중 방 안을 걸어다닌다.

 감독은 서울로 대피한 해운대 사람들과 이야기를 한다. 그들 중 한 명은 이제는 못 돌아가요, 기대를 접었어요라고 말했고 부모님이 걱정이라고 했다. 그는 부모님과 함께 서울 큰형네 집으로 대피를 했고 이제는 서울에서 직장을 새로 구할 생각이지만 그게 쉬울 것 같지 않다고 말했다. 그의 어머니는 눈물을 닦으며 부산에 관한 이야기를 했다. 어머니는 한국전쟁 당시 부산으로 와 정착한 피난민이었다. 아들의 말과 다르게 어머니는 한두 달 지나면 부산으로 돌아간다고 했다. 영화는 다시 부산으로 돌아가, 대피를 하지 않고 남기로 한 사람들을 찍는다. 고리에 남기로 한 사람들은 모두 노인이었다. 해운대는 너무 큰 곳이라 아직 많은 사람들이 결정을 하지 못하고 불안 속에서 살고 있었다. 사실 의외로 해운대를 떠난 사람들의 수는 많지 않다고 부동산 주인은 말했다. 어찌 금방 떠납니까. 안 그렇습니까. 해운대가 이래 큰데. 사람들은 수입식료품을 택배로 주문해서 식사를 해결하고 있었다. 택배기사들은 아무런 보호장비도 없이 고리와 해운대를 오가며 일하고 있었다. 마스크를 썼을 뿐이었다. 택배기사 중 한 명은 동료 두 명이 급성백혈병 진단을 받았다고 했다. 그분들은 어떻게 되었나요? 죽었지요 뭐. 택배기사는 담배를 피우며 말했다. 택배기사는 해운대 주민들이 주문한 외국 생수와 씨리얼을 배달하기 위해 트럭에 다시 올라탔다. 카메라는 오래도록 택배기사의 뒷모습을 찍었다.

영화가 끝난 후 감독과의 대화가 있었다. 나는 영화에 대해 특별한 인상을 받지는 못했으나 감독의 긴장된 얼굴을 그러니까 남이 긴장하고 있는 모습을 보고 있는 게 조금 재밌고 좋았다. 나는 조금 나쁜 사람인가? 아니 그냥 그런 게 좋은 거야. 누군가 긴장하고 있는 것을 보면 나도 살짝 긴장이 되고 그런 기분은 좋거든. 영화를 본 사람은 열 명 남짓이었고 감독과의 대화에 참여한 사람은 다 합해야 다섯 명 정도였다. 그도 그럴 것이 그 영화는 고리핵발전소 사건 이후 쏟아져나온 고리 영화 중 하나라는 정도의 느낌이었던 것이다. 그러니까 남아 있는 사람들, 고리라는 혹은 해운대나 부산이라는 공간에 남은 사람들의 기억과 그 사람들의 상처를 이야기한 영화들. 고리핵발전소 사건 이후로 그런 영화는 규모를 가리지 않고 수십 개쯤 쏟아져나왔고 당연하다는 듯 각종 해외 영화제에 초대되고 몇은 상을 받기도 했지만 글쎄. 여하튼 그날 본 그 영화도 부분부분 흥미로운 점이 있었지만 어떤 강력한 힘이나 특별한 매력이 보이지는 않았다. 나는 차라리 한국수력원자력공사를 폭파하고 그곳의 간부들을 납치해서 인질극을 벌이는 말도 안되는 그런 영화를 보고 싶었다. 간부의 머리 하나와 원전 하나씩을 걸고 한시간 동안 대치를 벌이는 뭐 그런 영화. 인질의 집 앞뜰에 우라늄을 묻어버리고 잠옷 차림의 그를 폐기물 처리요원으로 보내버리는 뭐 그런 영화. 갱들이 처음부터 끝까지 뛰어다니는 영화. 나는 그런 게 보고 싶었다. 감독과의 대화를 기다리며 1층과 2층 사이 계단에 앉아 스웨터에 붙은 보풀을 뗐다. 4~5년 전이었을 텐데 부산에 갔던 기억이 떠올랐다. 부산에는 사람들이 많았는데 그럼 K시에는 사람이 없나, 그러니까 별로 없나, 아니 왠지 굉장히 굉장히 많은 느낌이었지 부산 쪽이. 많은 사람들이 웅성거리던 모습, 아줌마들이 음식을 팔고 있었는데 나도 사먹었지. 팥죽을 여러번 떠주던 아줌마. 나는 입안이 너무 달아 이가 시린 기분이었다. 그곳에서는 계속 팥죽을 팔지 모른다. 아무도 없을 리 없어요. 지금 이곳이 부산이 아니라는 것에 아주 큰 안심을 하고 있다면, 하는 생각이 들자 왠지 바보 같아져 보풀을 입에 넣고 굴렸다. 보풀 한 개 또 한 개. 나는 계단으로 올라오는 사람의 얼굴을 보았다. 나의 입안에는 스웨터 보풀이 있다. 내가 그 보풀을 입에 넣은 데는 당신이 결코 알아차릴 수 없는 국면이 있었으나…… 겨울인데 계단에 앉아 있는 것은 온몸이 점점 각목처럼 뻣뻣해지는 것 같은 기분을 주는데 그것이 갑작스러워서 깜짝 놀랄 만한 것은 아니고 으레 있는 일 같은데 각목 같은 건 각목 같은 거지. 극장에 가는 것은 분명 영화를 보기 위해서지만 보풀을 입에 물고 삼키지 않고 내가 왜 극장 계단에 앉아 있느냐 하면 하고 혼자서 속으로 중얼거려 보면 아마도 그것은 나 자신을 멀리서 보며 오 그렇군 하는 것을 할 수 있어서, 조용히 집중한 상태에서 그런 멍청한 행동을 할 수 있어서일 것이다. 그래서 이렇게 앉아 있었다.

  여기저기 흩어져 있던 관객이 객석 중앙에 모여 앉았다. 외투를 손에 들거나 어깨에 걸치고 굳은 표정의 사람들은 여전히 추운 얼굴로 앉아 있다. 자리를 바꾸어도 그 표정으로 말이다. 남아 있는 관객들은 적은 인원 탓인가 왠지 모를 의무감으로 감독의 이야기를 듣고 감독에게 있는 것은 책임감이니까 찍는 사람의 책임에 대해 말을 하고 우리에게는 손이 있으니까 손이 있는 사람들이 다였으니까 손을 들어 질문을 하고 영화음악을 부른 포크 뮤지션은 고작 몇 명을 앞에 두고 영화음악을 다섯 곡쯤 부르고 그렇게 어정쩡한 시간이 간신히 지나고, 그 시간이 얼마나 어정쩡했냐면 마지막 질문이 감독님은 올해 나온 영화 중 가장 재미있게 본 게 무엇입니까였는데 그걸 묻는 사람은 하나도 안 궁금하다는 표정이었고 감독은 하하 그게 제 영화라고 해도 될까요라고 말했고 그 시간의 어정쩡함은 그 정도의 어정쩡함. 그 질문을 끝으로 사람들은 영화관을 나섰다. 차가운 밤의 거리로. 극장 문을 열고 몇 걸음 뗐을 때 평소 인사 정도를 나누던 얼굴을 아는 극장 직원이 나를 불렀고 나는 왜 거절을 잘하지 않을까. 아니 왜 거절을 잘 못할까. 어색하게 대답을 하고는 감독과 극장 직원들과 함께 맥주를 마시러 발걸음을 옮기게 되었다. 그때쯤에는 이미 보풀을 삼킨 이후였다.

 내가 정말 잘하는 게 있다면, 누구보다 자신있는 게 있다면 이런 자리에선 절대 금물이지 하는 이야기도 떳떳하게 한다는 것. 나의 가장 보기 사나운 점은 그런 자신에게 자긍심을 갖는다는 것. 나는 명절에 술에 취해 큰형수의 외도나 집을 나가 몇십년째 연락이 없는 동생의 이야기를 태연하게 꺼내는, 모두가 싫어하는 친척 아저씨의 자세로 저 영화가 어떠셨나요 하고 수줍게 묻는 감독의 질문에 대답을 한다. 할 수 있는 대답들 그러나 누구도 하지 않는 대답을 성실하게 하고 또 멈춤 없이 계속해서 하는데. 감독은 말이 없어지고 나는 맥주 한 잔만 비우고 아무도 붙잡지 않는 술자리를 떴다. 사실 거의 아는 사람이 없었다. 그래선가 다시는 누구도 안 볼 것처럼 그러나 나는 그 극장을 너무 좋아하는데 그런데도 아무 생각 없이 이건 이렇지 않아요 저렇지 않아요 실컷 말하고 자리에서 일어났다. 맥줏집 앞에는 노래 부르던 남자가 서 있고 그제야 뭔가 부끄러워진 나는 남자에게 담배를 빌려서 아 저기 죄송해요 제가 저 자리에서 실수를 많이 했거든요? 그니까 막 영화 가지고 이러쿵 저러쿵 말 많이 했어요 담배를 두 대나 빌려서 그런 이야기를 토해내듯이 했다.

"저 사람 좀 너무 곱지요?"

"에? 아 좀 그런 것도 같은데 그래도 제가."

"저는 저 사람 너무 고운 것 같아요."

"아니 전 막 싫은 건 아닌데 싫은 것도 아닌데 제가."

남자는 잠시 기다리라고 하더니 맥줏집에서 기타와 가방을 챙겨 나왔다. 남자와 나는 편의점을 찾아 걷다가 담배와 캔커피를 사서 좀 더 걷다가 좀 더 외진 곳으로 향해 걷다가 아무도 없는 좀 더 더러운 술집을 발견하고 그곳에서 마시고 또 마시고 내가 또 잘하는 게 있다면 뭐래도 상관없겠지 생각하는 것인데 술을 마시며 또 그런 속삭임을 들었다. 뭐래도 상관없겠지 하고 속삭이는 목소리 말이야. 나는 그 목소리에 대답하듯이 이래도 좋고 저래도 좋아요 하는 웃음을 짓는다. 무엇인가 거절하고 거부하고 전부 마음에 들지 않네요 하고 선택하지 않는 것보다 정말 무슨 일이 일어나나? 하고 그래요 그래요 승낙하는 것들을 했다. 마치 이 모든 것을 받아들일 것처럼. 앞으로 일어날 일들 사이를 춤추며 사뿐히 건너갈 것처럼. 춤을 추자고 하면 네 하고 손을 내밀 생각으로 네 손으로 내 볼을 감싸면 눈을 피하지 않을 작정으로 빙글빙글 웃었다. 우리는 이런저런 이야기를 하고 웃고 또 웃고 나는 고리에 대한 영화를 만들 거라면, 꼭 그렇게 만들어야 하겠다면 갱이 나왔으면 좋겠어요 말했다. 죄책감이라는 것이 처음부터 없었던 것처럼, 저어함이라는 것을 원래부터 모르는 사람들인 것처럼 뭔가를 만들었으면 좋겠어요 그러니까 뭔가를 그렇게 꼭 찍어야겠다면 말예요. 찍지 않을 수 없다면 말예요. 남자는 네모가 쌓여서 더 커다란 네모가 되고 그것은 다시 또 큰 네모가 되는데 네모와 네모가 만날 때는 비눗방울이 한번씩 터지고 그렇게 네모가 점점 커지고 비눗방울이 연이어 터지는데 그게 지루하지 않고 흐물흐물하고 즐거운 영화가 있었으면 좋겠다고 했다. 남자는 그런 걸 보고 싶다고 했다. 아아 나는 그럼 뭐지 난 말이에요 나는 인질극으로 시작해서 삼각관계로 끝나는 영화, 패싸움으로 시작해서 불륜으로 끝나는 영화, 사내 연애로 시작해 사제 관계로 끝나는 영화. 그런 게 보고 싶어요. 무엇보다 보고 싶은 건 미스터리로 시작해서 미스터리로 끝나는 영화. 시작된 물음표가 끝나지 않는 영화. 아무것도 밝혀지지 않는 영화. 밀실살인으로 시작해서 탐정과 경찰과 그들의 친구이자 애인인 추리의 천재와 수사의 귀재가 밀실에서 죽는 것으로 끝나는 영화. 그것이 정말로 보고 싶었다. 그러니까 밀실살인으로 시작해서 밀실살인으로 끝나는 영화. 우리는 보고 싶은 것들을 자꾸자꾸 이야기했고 그리고 별다른 이야기를 하지 않다가 다시 조금 웃고 또 음 또 보고 싶은 게 있다면, 정말로 보고 싶은 게 있다면, 꼭 봐야 할 게 있다면 하고 각자 생각했다. 생각해보았다. 음음 하고.

 남자의 친구는 빚을 갚으러 고리핵발전소 사고 복구사업에 지원했다가 죽었다고 했고 또다른 예술가 친구는 개인작업을 위해 고리로 갔다고 했다. 그외 다른 친구들은 아르바이트를 하거나 학교를 다닌다고 했다. 남자는 그 모두와 한번씩 같은 방을 쓴 적이 있다고 했다. 그때는 죽은 사람은 없고 모두 살아 있었고 신기하게도 지저분한 사람 없이 모두 청소를 열심히 했다고 했다. 신기하다. 나의 친구들은 대학을 다니거나 회사를 다녀요. 아무것도 안하는 사람들도 물론 있고요. 나는 대학을 졸업하고 잠시 회사를 다니다가 요즘에는 아무것도 안해요. 그저 극장에 가지요. 그리고 나도 들었어 그런 이야기. 복구사업에 참여했던 사람들은 하청업체 직원이었고 몇몇은 죽었다고 그런 이야기를 들었어. 또다른 몇몇은 병원에. 몇몇은 이제는 집에 돌아갔다고 해. 너의 친구는 죽은 쪽이었구나. 그리고 또다른 너의 친구는 영화인지 연극인지 무용인지 알 수 없지만 무언가를 만들러 고리에 갔구나. 고리에 가서 텅 빈 고리를 보는 것은 중요하지. 사람들이 모두 떠나서 폐허가 되었구나 하고 제 눈으로 보는 것은 정말 중요해. 이곳이 고리구나 생각하는 것도 의미가 있을 거야. 텅 빈 고리에 다녀왔어 정말 텅 비었더군이라고 말하면 무언가 달라질 수도 있겠지. 나는 지금 일어나는 그 사건, 바로 그 일을 자신의 눈으로 본 사람이 되어야 한다고 생각하는 마음에 피로와 기만을 느꼈다. 그런 기분은 쉽게 사라지지 않고 애써 기분을 바꾸려고 개 이야기를, 개 이야기는 언제 해도 분위기가 좋아지니까요 하기 시작했는데 개는 내가 이러는 거를 아는지 모르는지.

"모자가 좋아요. 그런 큰 개들 좋아요."

"나 실제로 봤어요."

"실제로 보면 어때요?"

"커요. 굉장히."

모자라는 개,라고 말하면 뭔가 모자란 개 같은 기분이 드는 모자라는 이름을 가진 개 이야기를 주고받다가 자리에서 일어나 걸었다. 우리는 잊을 만하면 또다시 이런 걸 보고 싶어요, 개에서 시작해서 영영 끝나지 않는 것. 개에서 개로, 개로 개로 개로 끝없이 이어지는 것. 모자로 시작하여 모자 속 모자로 모자 밖 모자로 이어지다가 찰리 채플린의 모자로 끝나는 것. K시에는 뭔가 의외로 많군요. 뭔가 없는 듯이 있군요. 남자는 추워서 코트를 여미며 말했고 기타를 메고 가방을 들고 코트를 여미다니 뭔가 아주 바빠 보였다. 나는 왠지 화가 치밀어 아니 치미는 화를 참을 수 없어 당신 내일 뭐 해 이제 뭐 해 다음주는 뭐 해 소리를 질렀고 남자는 내 어깨를 흔들었다. 나는 앞뒤로 흔들거렸다. 힘이 없어서 서 있는 힘만 있는 사람처럼. 내가 뭘 하는지 보고 싶어? 지금 이제 앞으로 내일 모레 그리고 그다음 또 다음 뭐 하는지 보고 싶어? 당신이 보고 싶은 게 그거야? 남자는 소리를 지를 것처럼 시작했지만 큰 소리는 하나도 내지 않고 가만가만 묻는다. 나를 앞뒤로 흔들면서. 당신이 보고 싶은 게 그럼 무어야 하며 흔들며 물었다. 나는 나는 내가 정말로 보고 싶은 것은 나는 흔들리며 중얼거렸다.

내가 아는 누구가 또 누구 누구가 지금 무얼 하는지를 말하는 것으로 이토록 모멸감이 드는 이유는 무어야. 우리가 개를 보고 싶다고 말하는 것으로 이렇게 허무해져야 하는 것은 또 무어야. 마치 태어나서 처음 개를 만져본 사람들처럼. 너는 그렇게 살았구나. 너의 친구는 그리고 또다른 친구는 그렇게 살고 있구나. 지금 우리는 K시에 있다. 그렇지? 고리가 아닌 K시에 있지. 그러므로 우리는 괜찮으며 괜찮겠지? 괜찮지 않을 이유가 없겠지? 질문이란 질문은 모두 고개를 젓게 만든다. 질문 앞에 서지 못할 사람으로 간신히 어딘가에 서 있다. 그러니까 K시에. 고리와 70km쯤 떨어진 K시에. 남자는 내 침대에 누워 있고 나는 등을 돌리고 눈물을 흘린다. 내가 입고 있던 검은색 바탕의 흰 물방울무늬 원피스는 아주 낡아버린 옷. 나는 이 옷 어딘가에 이 질문을 기억해두어야 한다는 생각이 잠시 들었어. 왜 나는 모든 질문 앞에서 비틀거리나? 나의 이 모든 이유들은 대체 어디서 찾을 수 있나? 이 두 질문을 말이야. 나는 내가 손에 쥔 이 감정을 마음을 잊지 않는다. 눈물을 닦았다. 우리는 의외로 가벼운 포옹만 하고 잠이 든다. 우리는 옷을 벗지 않고 나는 이 원피스를 벗지 않고 눈물을 흘린다. 남자의 친구는 빚을 갚으러 고리에 갔고 나의 친구는 회사에 매일같이 지각을 하고 나는 이 K시에서 태어나 줄곧 여기서 살고 있는데 어쩐지 이 모든 것이 그러니까 이 모든 것이…… 나는 자다 깨 토하고 다시 잠들며 이 모든 것이 하고 중얼거려본다. 물을 한모금 마시고 잠이 들어 있는 남자를 내려다보았다.

다음날 아침 일찍부터 눈이 떠졌다. 남자와 나는 등을 맞대고 꼿꼿하게 일자로 누워 있었다. 공기가 차가웠고 목이 말랐다. 입고 있던 스웨터를 벗고 스타킹을 벗고 원피스만 입은 채로 잠시 누워 있었다. 너는 나의 옷을 벗기지 않았고 나의 옷은 내가 벗고 너의 옷도 내가 벗기지 않았고 너는 코트를 잠옷처럼 입은 채로 입을 벌리고 잠을 잤다. 무엇인가 변하는 것 없이 지속될 것이라는 예감이 강하게 들었다. 창에 코를 대고 물 냄새를 맡고 차를 마시려 물을 끓이고 그저 서성거리려 극장에 가고 관객은 한숨으로 극장을 시무룩하게 하고 우리의 친구 중 누구는 앓고 또다른 누구는 우리를 이제 만나주지 않는다. 침대에서 내려와 물을 가져와 끓인다. 차를 마시고 나서 씻고 남자와 등을 맞대고 눕는다. 남자는 조용히 일어나 내가 마시다 남긴 차를 마시고 다시 눕는다.

"오늘 비가 온다고 했어."

남자는 갈라진 목소리로 말했고 나는 다시 물을 끓였다. 남자는 나의 어깨를 안았고 나는 컵 밑바닥에 남은 차 몇 방울을 손가락에 찍어 하얗게 일어난 남자의 입술을 적시려고 했지만 부족했다. 잘되지 않았다. 잠시 후 빗방울이 떨어지는 소리가 창밖에서 들리고 나는 다시 창가에 서서 물 냄새를 맡는다. 내가 벗은 옷을 다시 걸쳐 입고 차가 든 컵을 손에 들고 책상 위의 바나나를 주머니에 넣었다.

"일어나."

남자도 일어나 차가 든 컵을 손에 들었다. 나는 우산을 들고 옥상으로 향했다. 우리는 우산을 펴고 계단을 올랐다. 더 선명한 물 냄새가 코를 찔렀다. 남자가 우산을 들어주었고 우리는 우산 안에서 차를 마시며 비 냄새를 맡았다. 빗소리를 들었다. 그러니까 내가 보고 싶은 것은 비에서 시작해서 어디로도 흘러가지 않고 그저 비를 따라가는 것. 비 내리는 거리에서 비 내리는 밤거리로 그리고 다시 비 오는 아침이 되는 것. 비를 맞지 말라고 하여 여태 맞지 않았습니다.

우리는 차를 마십니다. 바나나를 나눠먹고 내려와 방문을 잠그고 누웠다. 하루 종일 빗소리를 들으며 자다 깨다 다시 잤다.

남자와 나는 며칠을 더 함께 지냈다. 남자는 자신이 부르고 녹음한 씨디를 내게 주었고 나는 그것을 가끔 들었다. 사실 거의 듣지 않았다. 나는 그 이후로도 극장에서 시간을 보냈다. 가족들은 나를 지겨워했다.

그 이듬해에 나는 해만으로 갔다. 해만에서 내가 하게 된 일은 아는 언니의 가게를 돕는 일이었다. 그 가게는 해운대에서 이주한 사람들이 모여 살기 시작한 마을에 있었고 나는 매일 오후 모여 커피를 마시는 사람들이 나누는 해운대 이야기를 듣는다. 이제는 갈 수 없는 곳의 이야기를 말이다. 누군가 지난 신문을 뒤져 휴가철의 해운대 모습을 찾아본다고 말했다. 바닷물이 색색의 튜브와 수영복으로 꽉 차 있는 기사 속 사진을 멍하게 보고 있다고 말했다. 그러다 나는 가끔 해운대의 오래된 극장에 대해서도 생각하는데 그 극장은 누군가에게는 또 유일한 극장이었겠지. 생각하다보면 K시의 유일한 극장과 그곳에서 보내던 시간에까지 생각이 미쳤다. 내가 K시의 극장에서 본 영화는 수십 편일 텐데 어쩌면 수백 편일지도 몰라 나는 그중 많은 것들을 기억하지 못한다. 하루하루 수백 편의 영화를 보던 때는 같은 표정을 한 채로 시간을 보냈다. 움츠러든 어깨와 긴장된 얼굴을 하고 있는 사람이 천천히 지나가고 있었다. 그때 나는 극장의 벽이나 계단, 복도나 복도에 걸린 액자가 되고 싶은 사람처럼 보일 정도였다. 극장의 일부처럼 천천히 움직였다. 어디에서건 아침에는 아침을 먹고 점심에는 점심을 먹고 저녁에는 저녁을 먹는다. 대개는 그중 하나를 빠뜨린다. 빠뜨릴 때건 빠뜨리지 않을 때건 오전에는 차를 마시고 오후에도 차를 마신다. 물을 끓여 차를 마신다. 새벽에 잠이 들고 오전에 일어난다. 돈이 들어오면 은행에 넣고 일주일에 한번씩 빼서 쓴다. 국민연금을 내지 않으며 의료보험료는 언니인가 오빠의 회사에서 내준다. 친구들은 결혼을 했거나 회사를 다니거나 못 다니거나 오래도록 못 다니거나 드물게 안 다니거나 한다. 그때나 지금이나 내가 아는 누가, 때로는 내가 가장 잘 아는 내가 무얼 하며 하루를 보내는지를 이야기하는 것으로 어째서 참을 수 없이 화가 나는지는 알 수 없고 그리고 또 언제나 내가 견뎌야 할 모멸감은 나보다 크다. 그러나 나는 그 모든 것들과 함께 오래 살아남을 것이다. 아침에는 아침을 먹고 겨울에는 눈이 오고 눈이 아무것도 가져다주지도 가져가주지도 않는다. 이 눈을 맞으면 죽을지도 모른다고 했다. 그때 거리는 텅 비었고 사람들이 창문을 닫고 집에만 있었고 나는 이불을 덮고 아무 말도 하지 않았다. 입을 다문 채로 나는 그 모든 것을 반복할 것이며 그렇게 오래도록 살아남을 것이라고 어디에서 잠을 자든 그렇게 속삭였다.

추천 우수작

굿바이

윤이형

1976년 서울에서 태어났다. 2005년 중앙신인문학상에 단편소설 〈검은 불가사리〉가 당선되며 등단했다. 소설집 《셋을 위한 왈츠》《큰 늑대 파랑》이 있다.

오늘이 그날이 될 수도 있다. 천사가 내려와 나를 침묵하게 하는 날. 내 모든 지혜가 끝나버리고, 모든 걸 잊은 내가 아무것도 아닌 존재로 돌아가고 마는 날. 눈을 뜰 때 그런 생각이 들어 나는 눈을 도로 감는다. 요즘 들어 차갑고 딱딱한 예감에 잠을 깨는 날이 부쩍 늘었다.

기회가 수없이 많았는데도 당신은 나를 없애지 않고 살려두었다. 왜일까. 나는 딸꾹질을 하며 생각해본다. 당신은 내가 모든 것을 안다는 걸 모른다. 당신을 렌즈처럼 이용해 세상을 보고 있다는 걸 모른다. 나의, 그리고 당신의 과거와 현재와 미래를 속속들이 꿰고 있다는 사실을 짐작조차 하지 못한다. 어떻게 그토록 모르는 것이 가능할까. 그 까만 무지에서 당신의 희망이 자라난다. 희망은 좋은 것일까. 나는 아주 천천히 숨을 쉬어본다. 어떻게 생각해야 할지 모르겠다. 희망에 대해서는 잠시 잊고 나는 당신에게 집중하기로 한다. 당신이 보는 것을 보고, 당신이 듣는 것을 듣는다. 당신의 이야기는 이렇게 시작한다.

🦋

"언덕." 스파이디가 당신을 향해 전자음을 뱉어낸다. "구-릉, 고-개-"

무슨 뜻인지 파악하려고 당신은 스파이디를, 그 검고 둥근 머리 윗부분을 물끄러미 바라본다. 마치 거기 얼굴이 있고, 표정을 만들어낼 수 있는 근육과 주름이 있어서 무언가를 읽어낼 수 있다는 듯.

그러나 아무것도 없다. 속이 비쳐 보일 듯 말 듯 어두운 빛깔로 코팅된 반구형 헬멧이 있을 뿐이다. 스파이디의 음성은 헬멧 아래쪽, 인간으로 치면 가슴께에 달린 작은 틈 모양 스피커에서 나온다. 언제나 똑같은, 텀블러를 입에 대고 불면서 말하는 듯한 소리.

월요일, 오전 열한 시. 당신은 센터에서 일하는 중이다. 당신이 대답하지 않자 스파이디가 팔을 들어올린다. 몸통을 빙 둘러 붙은 네 개의 금속 팔 중 하나. 그 끝에는 손바닥이 있고, 도롱뇽처럼 흡착판이 달린 네 개의 손가락이 뻗어나와 있다. 검은 손이 손바닥을 위로 해 천천히 펴지더니 당신 쪽으로 다가온다. 몸은 꼿꼿이 그 자리에 서 있지만 당신의 마음은 움찔, 뒤로 물러난다. 피치 못할 사정이 아니라면 저기 닿는 일은 없었으면 하고 당신은 바란다.

"언-." 금속 손가락을 허공을 쥐어짜 빛는 것처럼 흐느적거리며 스파이디가 말한다. "언덕- 가지고 있습니다."

뭐라고요? 당신은 묻지만 대답이 없다. 스파이디들은 서로의 뇌를 네트워크로 연결해 생각과 감정을 직접 주고받기 때문에 언어라는 불완전한 소통수단을 이용하는 일이 거의 없다. 그들이 음성 언어를 쓸 경우 오류가 발생하는 건 드문 일이 아니다. 당신은 알 수 없는 그의 말들을 무시하기로 한다. 어쩌면 그는 화성의 모래언덕 위에 뭐라도 짓다가 온 건지도 모른다.

    당신은 언젠가 조바심을 내며 내게 물을 것이다. 당신을 사랑하느냐고. 사랑한다고 말해달라고 애원할 것이다. 물론 나는 당신을 사랑한다. 당신은 내 무한한 사랑의 원천이다.
    그러므로 나는 당신을 먹어치울 것이다. 당신이 나를 살려두는 한 그건 어쩔 수 없는 일이다. 내 의지로 바꿀 수 있는 일이 아니라는 뜻이다.
    나는 당신의 살을 녹이고 피를 마실 것이다. 일은 그렇게 되어가도록 정해져 있다. 하루아침에 통째로 집어삼키느냐, 평생을 다해 천천히 조금씩 파먹느냐 정도의 차이만 있을 뿐이다. 정신을 차렸을 때 당신은 내게 뇌수를 바닥까지 빨아먹힌 다음일 것이다. 자신이 먹혔다는 사실조차 알지 못하는 딱한 존재가 되어 있을 수도 있다. 그러나 내가 달리 어떻게 할 수 있겠는가. 내가 아는 단 한 가지 사랑의 방식은 먹는 것이다. 나는 그렇게 만들어졌다.
    나는 당신을 꿀처럼 혓바닥으로 희롱하다 삼키는 나를 본다. 팔과 다리 관절을 잃어버린 채 텅 빈 방 안에 주저앉은 당신이 보인다. 어디에도 갈 수 없게 된 당신의 육체를 차례대로 맛보고 먹어치우는 내가 거기 있다. 당신의 손끝에서 나는 향기. 보드라운 가슴의 감촉.

제법 많은 것을 담던 눈. 움직임이 멎은 지 오래인 발과 한때는 멀리까지 듣던 귀. 나는 느낀다. 기쁨으로 양끝이 당겨진 당신의 창백한 입술의 맛을. 당신이 잃어버릴 모든 것들의 달콤함과 안타까움을.

　당신은 화성에 대해 생각한다. 붉은 모래와 비밀스러운 흉터를 닮은 협곡의 땅. 어떤 사람들은 그곳으로 갔다. 새로운 삶을 시작하기 위해서. 피와 살로 이루어진 몸을 얼음 속에 재워두고 그들은 기계 몸으로 갈아탔다. 그들의 머릿속에 든 모든 것은 디지털 신호로 바뀌어 전자뇌에 이식되었다. 식도도, 위도, 십이지장도, 대장도, 소장도 없이, 피부에 곧바로 흡수되어 에너지로 바뀌는 태양열 말고는 아무것도 먹지 않고, 따라서 어떤 생명도 착취하지 않으면서 사는 삶이 그들의 계획이었다. 팔 넷에 다리 넷인 금속 몸으로 갈아탄 그들은 화성에 기지를 건설하고 그곳을 지구와 비슷한 환경으로 개조하는 동시에, 화폐를 사용하지 않는 새로운 인류의 공동체를 만들 계획을 품고 우주선에 올랐다.
　그들이 그렇게 하는 동안 당신은 아버지를 간호하고, 어머니를 돌보고, 아버지의 장례를 치르고, 어머니의 소식을 묻고 다니고, 포기하고, 직장을 다니며 모아둔 돈이 병원에 거의 다 쏟아부어진 것을 알아차리고, 자신의 신세를 저주하고, 마음을 고쳐먹고, 어떻게든 다시 살아보려고 애를 쓰고, 결혼을 하고, 아는 사람이 한 명도 없는 이 도시로 남편을 따라 이사했다. 밥을 짓고, 설거지를 하고, 빨래를 하고, 청소를 하고, 남편의 거짓말을 알아차리고, 전화를 하고, 빨래를 널고, 남편의 연인이라는 낯선 여자의 전화를 받고, 욕설을 듣고, 빨래를 걷고, 남편이 숨겨둔 빚이 이제 고스란히 당신 몫으로 돌아오게 되리라는 사실을 알게 되고, 설거지를 하고, 밥을 짓고, 지은 밥을 먹었다. 그 중간중간 지구-화성 간 정기선 운임이 서울-제주 간 팩스 요금의 세 배 정도로 싸지고, 뮐렌 40281-K 입자의 발견으로 기계와 인간 육체의 호환이 윤리적으로는 아니어도 최소한 이론적으로는 매우 쉬워졌다는 뉴스가 나오는 걸 들었다. 남편이 끌어다 쓴 사채는 1억이 넘었다. 끼니와 끼니 사이에 허기가 지면 당신은 김밥을 한 줄 사서 하나씩 입에 넣는 버릇이 생겼다.

변화는 어떤 사람들의 삶과는 아무 관계가 없다. 당신은 백 년 전의 어떤 사람들이 느끼던 것과 정확히 똑같은 두통을 느끼며 통속적인 삶에 매달려간다. 모멸감으로 말하자면 천 년 전부터 이 땅을 흘러다니던 종류를 그대로 물려받았다. 당신이 이 도시를 떠나 자유로워지는 날은 아마도 오지 않을 것이다.

새로운 세계라는 말을 들으면 당신은 동화에 나오는 호박 마차가 떠오른다. 두꺼운 얼음 밑 물속에 가라앉은 당신이 고개를 들어 올려다보면, 달콤한 향기와 은은한 종소리를 사방에 흩뿌리는 호박 마차가 얼음 위를 지나가며 희미하게 발굽 자국을 남기는 것만 같다. 혜택 받은 사람들은 그 얼음의 두께를 결코 상상하지 못한다. 자신들이 누리는 것이 특권이라는 사실조차 그들은 알지 못한다.

물론 누구나 그렇듯, 당신 또한 당신의 삶이 이런 방향으로 흘러가리라고 처음부터 기대한 건 결코 아니었다. 당신은 다음번에는 모든 것이 나아지리라고 매번 믿었다. 놀라운 건 당신이 지금도 그렇게 믿는다는 사실이다.

✿

"그럼, 몸을 확인해 보시겠어요?"
 당신은 자리에서 일어나 복도로 나간다. 기잉- 기잉- 검고 긴 다리 넷을 순차적으로 굽혔다 펴며 스파이디가 당신 뒤를 바짝 따라온다. 물론 몸통을 기묘하게 비틀어놓은 거미를 닮긴 했지만 저 생명체를 가리키는 진짜 이름은 스파이디가 아니다. 저들의 공식 명칭은 좀 더 길고 딱딱하고 격식을 차리는 단어들로 이루어져 있다.
 엘리베이터 거울에 비친 검은 헬멧에 시선이 닿자 당신의 마음이 다시 한 번 진저리를 친다. 하기 싫어도 자꾸만 하게 되는 상상이 있다. 저들의 뇌가 오작동을 일으키는 상상. 이를테면 도와줄 사람도 없는 이런 좁은 엘리베이터 안에서 갑자기 미쳐 폭주하는 기계인간의 몸을 당신은 그려본다. 검은 금속 쓰레기통을 닮은 몸이 이상한 각도로 젖혀지고, 팔들이 땅을 받치고, 손톱들이 바닥을 파고든다. 네 다리가 허공으로 쳐들리고, 프로펠러처럼 회전한다. 미처 손쓸 새도 없이 날카로운 발톱들이 당신의 배를 찢는다. 벨이 울려 당신은 그 상상을 겨우 떨쳐버린다.
 전용 팩스머신은 지하 1층에 있다. 당신은 담당직원에게 서류를 건넨다. 버튼을 조작하고 잠시 시간이 흐르자 번쩍, 한 줄기 빛이 머신 안을 훑고 간다. 도어가 열리고, 직원들이 전송된 물체를 바퀴 달린 금속 침대 위로 옮겨 싣는다. 한기에 당신의 몸이 움츠러들고, 금세 돋아난 소름 위로 땀이 식는다. 직원 한 명이 짤랑거리는 소리를 내며 금속 침대를 밀고 온다. 침대에는 반투명한 비닐백에 싸인 도톰한 부피의 덩어리가 실려 있다.

직원이 장갑 낀 손으로 지퍼를 연다. 당신이 손짓하자, 스파이디가 머뭇거리듯 몸을 움직여 침대로 다가간다. 당신은 몇 걸음 뒤에 서서 지켜보는 시늉만 한다. 얼어붙은 시체를 얼핏 보는 것만으로 속이 불편해지기 시작한다.

일하기 시작한 지 몇 달이나 지났는데도 당신은 여전히 이 순간에 익숙해지지 못한다. 정확히 말하면 시체가 아니라 단지 알맹이가 빠져나간 빈 육체지만, 그렇게 생각할수록 기분은 더욱 이상해진다. 껍데기. 허물. 원래는 안에 무엇이 들어 있었는지 알 수 없게 된 스티로폼 완충재. 그 육체들에는 무언가 그릇된 데가 있다고 당신은 생각한다. 심하게 부자연스러운 것. 일어나서는 안 되는 일이 일어나버린 몸.

어쨌거나 이것이 당신의 업무다. 전국 스물여덟 개 저장소에 나뉘어 냉동 보관돼 있는 스파이디들의 본래 몸을 전송받아 센터에 찾아온 그들에게 보여주는 것. 설명하고 설득해서 그들로 하여금 리턴 시술 동의서에 서명하게 하는 것. 갱생이라는 상품을 파는 것. 영업직이기는 하지만 대체로 앉아서 일할 수 있고, 일이 없을 때는 차를 마시며 쉴 수도 있다. 보고 싶지 않은 것들을 계속 봐야 한다는 점을 빼면 나쁘다고는 할 수 없는 일이다.

아니, 사실 그 이상이다. 어떻게든 밥을 벌어야 했지만 당신은 상점의 캐셔도, 전단지를 나눠주는 사람도, 새벽 거리에서 쓰레기를 수거하는 미화원도, 음식점 주방에서 일하는 여자도 될 수 없었다. 나 때문이었다. 면접에서 사람들은 당신을 위아래로 훑어보고는 실소를 터뜨리거나, 어이없다는 표정을 짓거나, 귀찮다는 듯 손을 저으며 쫓아냈다. 내 존재에 개의치 않고 당신을 받아주는 곳은 이곳뿐이었다. 당신은 스파이디의 뒷모습을 보며 이 정도면 호사스러운 일이라고 생각한다. 나를 위해 이 정도는 참아야 하는 거라고.

당신은 어리석은 사람이 전혀 아니다. 내 몸을 채운 이 모든 지혜가 당신으로부터 비롯되었다는 사실이 그것을 증명한다. 당신은 사리를 제대로 분별할 수 있고, 해야 할 일과 하지 말아야 할 일을 구분할 줄 아는 사람이었다. 당신은 모든 것을 투명한 눈으로, 있는 그대로 볼 수 있었고, 비슷한 빛깔들을 혼동하지 않을 수 있었다. 마치 지금의 나처럼 말이다. 나를 만나기 전까지 당신은 그랬다.

그런데 무슨 일이 일어난 것일까. 무슨 일이 일어나지 말았어야 하는 것일까. 이미 일어난 일을 일어나지 말았어야 한다 말할 수 있는가. 감히 누가 그럴 수 있단 말인가. 그러니 그런 말은 그만두자. 다만 말할 수 있는 것은 이런 것이다. 당신의 몸과 나의 몸. 그 사이에 흐르는 체액들을 당신은 지나치게 믿었다. 당신의 피와 나의 눈물. 내 입가에 묻은 침과 당신의 이마에 배어나는 땀. 당신의 가슴에 고이는 젖과 내 혈관 속에서 울컥거리는 피. 당신은 그렇게, 흐르는 것들을 첫 번째에 두었다. 무슨 일이 있어도 내 몸은 다치지 않게 지켜야 한다고 생각했다. 모든 것은 그렇게 흘러갔고 흘러가는 중이다.

더 흘러가면 무엇이 나올까. 당신은 알고 있는가. 나는 알고 있으며 보고 있다. 어느 날 내가 당신의 귓가에 입맞추며 방금 전에 길에서 사람을 찔러 죽였노라고 고백한다면, 당신은 내가 죽인 무고한 사람보다 살인자인 나의 안위를 먼저 염려할 것이다. 내 죄는 온데간데없이 사라질 것이다. 그렇지 않겠는가. 피와 살을 먹힌다는 건 그런 것이다.

나를 지키기 위해 당신은 기꺼이 이름을 바꾸려 할 것이다. 처음 보는 종교의 사원에 들어가 절을 하려 들 것이다. 가슴 뛰지 않는 것에 활짝 웃거나 동의하지 않는 것과 악수를 할지도 모른다. 베어야 할 때 칼집에 칼을 도로 넣고, 대답해야 할 때 침묵할 것이다. 이 모든 일들을 당신은 반성 없이 소명처럼 받아들일 것이다. 어린 당신이 호기심 가득한 눈으로 바라보던 어떤 어른들처럼, 명쾌하게 말할 수 없는 사정을 몸속에 품고 무거운 빛깔의 덩어리가 되어가는 당신이 내게는 보인다. 내 귀에는 들린다.

그리고 당신은 그 부인과 타협과 침묵 모두를 내게 물려줄 것이다. 나를 사랑함으로써. 내가 당신을 먹고 마시게 함으로써. 당신은 가장 아끼는 몸속으로 당신이 가장 미워하는 자신을 흘려넣을 것이다. 나는 당신의 어둠이 될 것이다. 그렇지 않겠는가. 먹는다는 것은 그런 것이다.

❦

 한때 자신의 몸이었던 육체를 내려다보는 기분이 궁금하긴 하다. 약간의 이질감, 반가움, 그리고 아마도 회한이 뒤섞인 감정일 거라고 당신은 짐작한다. 기계 몸을 입고 화성에서 지낸 시간들은 그다지 즐겁지 않았을 것이다. 그럭저럭 지낼 만했거나 그곳이 여기보다 나았다면, 스파이디들은 돌아오지 않았을 것이다.
 그런데 그들은 돌아왔다. 하나씩 둘씩, 가끔은 여럿이 무리를 지어 연어처럼. 지금 이 순간에도 그들은 돌아오는 중이다. 화성 개조는 계속 진행되고 있으나 스파이디들의 독특한 공동체 실험은 중단되었다. 들려오는 이야기가 많지 않은 데엔 정치적인 이유가 개입되었을 수도 있다. 분명한 건 그 실험이 멈춘 채 사람들의 기억에서 사라져가는 중이라는 사실이다.
 그간의 사정이 무엇이었든 간에 그들이 원하는 것은 조용하고 신속하게 인간의 몸으로 다시 이식되는 것이리라. 물론 그들이 그렇게 말하는 걸 들어본 적은 없지만, 그것 말고 그들이 달리 무엇을 원할 수 있겠는가?
 머리통에 수백 수천 명을 집어넣고 죄다 한꺼번에 떠들게 둔다고 생각해봐. 미쳐버리는 게 당연하지 않을까? 본사에 있는, 당신에게 업무를 인수인계해준 팀장은 그렇게 중얼거렸다. 그 많은 머리통들이 죄다 연결돼서 온갖 것들이 비집고 들어온다고 생각해봐. 지금 하는 게 내 생각인지 남의 생각인지 구별할 수도 없고, 나라는 존재가 대체 어디까지인지조차 헷갈린다고. 내 기쁨, 나만의 슬픔, 이런 게 더 이상 의미를 갖지 못할 뿐더러 나만의 집도, 재산도 가질 수가 없다고. 아니, 가질 수야 있지만 아무도 그런 것에 의미를 두지 않으니 존재하지 않는 것이나 마찬가지라고. 최소한의 지붕조차 필요없는 기계 몸이라 집을 가질 필요도 없고, 아무도 돈이란 걸 쓰지 않으니 물건을 살 방법도 없지. 그런 거, 어떤 건지 상상할 수 있겠어? 평등 하나 얻겠다고 멀쩡한 몸을 포기하고, 자아까지 포기한다는 게 말이 돼?

당신은 그런 존재로 살아가는 일이 어떤 것인지 상상해보려 하지만 그럴 수 없다. 그러기에 당신은 너무 피로하다. 다만 그 일이 조금 쓸쓸할지도 모른다는 생각이 당신의 머리를 스치기는 한다.

"잘- 봤습니다."

스파이디가 전자음을 뱉어낸다. 고개를 들던 당신의 시선이 비닐백 속의 얼굴에 멎는다.

"태워-주십시오. 소각. 연-소. 불."

청결하게 냉동된 젊은 여자의 얼굴은 얇고 가슬가슬한 얼음으로 덮여 있다. 전체적으로 파리한 회색이고 눈두덩과 코 주변은 거뭇거뭇하니 색이 짙은데, 입술에는 시든 오렌지색이 아주 조금 남아 있어서 그 부분만 살아 있는 것처럼 보인다.

당신은 오늘 아침 출근길에 뭔가 특별한 일이 있었는지 생각해본다. 어떤 전조 같은 게 될 만한 일이 있었는지. 그런 건 없었다. 만원 A레일을 타고 아무런 배려를 받지 못하며 출근을 했고, 연락이 끊긴 지 며칠째인지 알 수 없는 남편에게 전화를 걸어 언제나처럼 전화기가 꺼져 있다는 안내말을 들었다. 이제 시간이 그렇게 많이 남지 않았다고, 이혼을 한다고 해도 정리해야 할 일들이 있으니 어쨌거나 연락은 해달라고 메시지도 남겼다. 비용 때문에 팩스머신을 이용할 수 없는 사람들과 노약자나 환자처럼 사정이 있어 몸을 팩스할 수 없는 사람들로 A레일은 꽉 차 있었다. 뒤에 서 있던 여고생 둘이 당신 몸을 보고는 진짜 장난 아니네, 말하며 킥킥거리는 걸 당신은 들었다.

센터로 오는 길 한복판에 원래는 개이거나 고양이였을 무언가가 납작하고 넓게 펼쳐져 있는 것을 보았다. 자신이 천근짜리 금속 포탄을 품은 포신으로 변해버린 것 같다는 생각을 습관처럼 했고, 간이매점을 지나다가 김밥 두 줄을 샀다. 기억할 만한 일이라곤 아무것도 없었다.

의문이 당신의 위장 속에서 춤을 춘다. 당신은 데이터베이스를 재차 확인한다. 이름 세 글자가 거기 있다. 지극히 흔한 이름이긴 하다. 미리 알았다면 뭔가 달라졌을까. 어쨌거나 희한한 일이긴 하다고 당신은 생각한다. 그녀의 몸은 강동저장소에 있었다. 센터에서 별로 멀지 않은 곳이다. 근무하기 시작한 뒤로 당신이 조금이라도 아는 누군가를, 이런 식으로 만나는 건 처음이다.

그녀는 20년 전 중학교에서 당신과 같은 반이었다. 키가 작고 머리가 길고 교복 치마가 잘 어울리던 소녀. 주근깨가 많고, 웃으면 눈이 보이지 않았다. 그렇게 자신을 사랑하는 사람을 당신은 본 적이 없었다. 무의미나 무력감 같은 벌레를 보면 절대로 그냥 보내지 않고 밟아버리고야 말겠다는 자세로 삶을 대했지만, 그것은 신분상승 의지가 충만한 사람들에게서 흔히 보이는 절박함이나 목마름과는 거리가 멀었다. 어린 시절부터 넘칠 만큼 사랑과 인정을 받고 자라 자신감과 여유가 근육 곳곳에 배어 있는 아이. 그녀는 언제나 아주 많은 것을 세상에 기대했고, 기대에 못 미치면 그게 누구든, 무엇이든 가차없이 경멸했다.

학생들도 교사들도 모두 그녀를 숭배했다. 그렇게 작은 학급에서 그녀에게 호감을 갖지 않고 하루하루를 보내는 쪽을 굳이 선택하는 건 감정적으로 상당히 피곤한 일이었으므로, 당신 역시 다른 모든 아이들처럼 그녀에게 환호와 감탄을 보냈다. 그러나 친구가 되고 싶다는 생각은 들지 않았다. 그녀가 가장 존경하는 사람은 인간의 기억을 전자뇌에 이식하는 방법을 발견한 생명공학자 P. 슈라이더였다. 그녀는 그의 책을 읽고 스터디를 하는 모임을 만들어 운영하고 있었는데, 그녀와 친해진 아이들은 모두 그 모임에 참석하는 분위기였다. 당신은 거기 갈 수가 없었다. 방과 후에는 핫도그와 밀크셰이크를 파는 상점에서 아르바이트를 하고, 그게 끝나면 어머니를 도와드리기 위해 곧바로 집으로 가야 했다.

"화장……을 원하시는 건가요?"

스파이디가 헬멧을 천천히 회전한다. 긍정. 그녀가 당신을 기억하지 못한다는 사실에 당신은 안도감과 쓸쓸함을 동시에 느낀다.

"특별한 이유라도 있으신지요?"

무응답.

"리턴 시술을 받기에 아무런 문제가 없는 상탠데요. 지금 외적으로나, 내부 장기로 보나 손상된 부분도 없고 보존 상태도 좋거든요."

"부탁합니다."

"저희가…… 지금까지 장례를 치러드린 사례는 없어서요."

"……"

"포기하려는 게…… 비용 때문이신가요?"

"……"

"리턴 시술 비용은 4,800만원 정도 듭니다. 물론 한번에 완납하셔도 되지만, 어려우면 정부에서 특별히 지원하는 대출 상품으로 나와 있는 게 있어요."

대출, 완납, 원금, 이자. 당신은 테이블 위의 홍보 책자를 짚어가며 설명한다. 정부 지원 대출을 받을 경우의 연금리, 그것이 제2금융권에 비해 월등히 저렴한 금리라는 점, 원리금균등상환방식으로 5년 이내에 상환하면 된다는 점. 만일 경력 단절 때문에 시술 후 곧바로 경제활동 재개가 불가능하다면 정부에서 지정하는 기관에 일정한 비용을 내고 들어가 재취업 교육을 받을 수 있다.

당신은 차근차근 설명하고, 설명이 끝나자 얼굴에 배어나온 땀을 닦는다. 그래도 기계 몸을 입은 그녀는 아무 말도 하지 않는다.

"화성에서 꽤 오래 지내신 걸로 되어 있네요. 예전에 지구에서는 무슨 일을 하셨죠? 같은 직종으로 재취업을 할 의사가 있으세요?"

"그러니까,"

스파이디가 갑자기 말한다.

"인간으로 돌아가고 싶으면 노예가 돼라, 그런 이야기-입니까. 그 대가로 빚을 지고, 수십 년간 죽을 때까지 당나귀ㅡ노새처럼 일ㅡ

을 해서."

부당하다, 당신은 생각한다. 갑작스레 가치 판단을 요구받아서가 아니다. 살아가는 거의 모든 순간이 고단하고 힘들기는 했지만, 자신을 노새라고 생각해본 적은 한번도 없었다. 노예라고 생각해본 적도 없었다. 무언가 말을 하려다 당신은 그만둔다. 스파이디가 다시 말한다.

"확인해 보셨습니까."

"네?"

"리턴- 시술을 받은 사람들이 어떻게 되었는지 보셨습니까. 인간으로 돌아간 것에 만족-하던가요. 행복- 해 보였습니까. 그- 사람들."

"죄송합니다. 시술 후 일들까지는 제 업무 영역이 아니라서요." 그 말대로, 그건 의료지원팀의 영역이다. "그렇지만 그렇게 많은 사람들이 지구에 돌아온 건, 돌아오는 걸 원했기 때문이 아닐까요."

스파이디가 몸통 앞쪽의 두 팔을 움직여 손을 한데 모으고, 맞잡는다. 그렇게 하자 그녀는 인도의 여신상처럼 보인다.

"우리는, 실패했습니다."

기계인간이 그렇게 이야기를 시작한다.

기계 몸에 적응하는 건 처음에는 어려웠지만 시간이 가면서 조금씩 쉬워졌습니다. 그게 어떤 느낌인지는 사람마다 달랐는데, 제 경우엔 제가 뜨겁게 녹인 플라스틱이었다가 점차 굳어서 딱딱해지고,

마침내 팔과 다리가 있는 제대로 된 몸으로 변하는 느낌이었습니다. 사람이 개복 수술을 받으면 처음에는 장기들이 원래 위치에서 이탈—벗어나고 상처도 생기기 때문에 아무것도 소화시키지 못하지요. 그러나 조금 지나면 그것들이 원래 위치를 찾아 자연스레 자리를 잡고, 다시 음식을 소화시킬 수 있게 됩니다. 새 몸에 적응하는 과정도 비슷합니다. 늘어난 팔과 다리를 움직이고, 더 이상 몸속에 어떤 기관들이 존재하지 않는다는 사실을 받아들이는 데엔 약간의 연습과 시간이 필요했지만, 화성에선 그 몸이 편했습니다.

피부로 태양광선을 받아들이고, 육체노동을 통해 그것을 소화시키는 생활에 우리는 조금씩 익숙해져 갔습니다. 태양은 무한히 공짜였고 해야 할 작업은 많았습니다. 이해가 되실지는 모르겠지만 그건 상당히 단순하고 명쾌한 데가 있는 삶이었습니다.

믿어—지십니까. 돈이라는 것을 쓰지 않아도 살 수 있었습니다. 돈을 벌지 않아도 도태되거나 삶이 위협당할 일이 없었고, 공허할 것 같았지만 나름대로 할 수 있는 일이 많아 공허하지 않았습니다. 우리 모두의 몸이 똑같이 생겼다는 사실 또한 신기하게도 별로 괴롭지가 않았습니다. 나와 네가 다르지 않고 같다는 게, 그 순간에는 다행으로 느껴졌지요.

새로운 의사소통 방식에도 문제될 게 별로 없었습니다. 우리는 서로 접촉하지 않고도 많은 것을 나눌 수 있었습니다. 멀리 떨어진 곳에서도 바로 옆에 있는 것처럼, 아니 그보다 더 내밀하게 생각과 감정을 교환할 수 있었지요. 일단 적응이 된 다음에는 지금의 인간처럼 음성이나 문자 언어를 사용하는 것보다 훨씬 편한 방식이었습니다.

아니, 정확히 말하자면 우리가 새로운 언어를 발명해낸 거라고 할 수 있지요. 첫 해에 우리는 우리의 뇌가 연결되는 방식을 패턴화해 전자신호로 된 언어를 만드는 데 성공했습니다. 그리고 주기적으로 접속을 하고 끊는 일을 반복하면서 우리 한 사람 한 사람의 자아에 일종의 세포벽 같은 최소한의 경계를 만드는 방법을 고안해 냈습니다. 그 결과 기이—기적적으로, 개별적인 인격을 잃지 않으면서 동시에 하나의 공동체로 존재하는 데 성공했습니다. 우리는 낮에는 각자 흩어져 화성 개조 작업을 하고, 밤에는 서로에게 접속해 토론을 했습니다. 오프라인에서 각자 경험한 것을 온라인에서 공유하고, 그것으로 다시 각자의 오프라인 상태를 업그레이드하며 생활했습니다.

토론의 주제도 다양했습니다. 어떤 밤에는 다음날 해야 할 공동 작업을 세부까지 들어가 정교하게 논의하기도 하고, 어떤 밤에는 우리의 길어진 수명—전자뇌를 지니고 있긴 하지만 시간이 가면 기능이 점차 쇠퇴하기 때문에 우리는 영생하는 존재는 아닙니다—에 대해 철학적인 대화가 오갔습니다. 우리가 출발부터 안고 있던 한계에 대해 얘기하기도 했습니다. 자본에서 독립—벗어나기 위해 자본의 힘을 빌어 기계 몸으로 갈아탄 일 말입니다. 자조적인 태도를 보이는 몇몇 사람들이 있긴 했지만 그건 그렇게 큰 문제는 아니었습니다. 우리에겐 어떤 원칙에 결벽적으로 얽매이는 것보다 앞으로 인류 전체를 우리와 같은 존재로 바꾸는 일이 가능할까, 이런 삶의 방식을 지속할 수 있을까 하는 문제를 앞으로 나아가게 하는 것이 더 중요했습니다.

모든 건 순조롭게 진행되는 것처럼 보였습니다. 너무 순조로워서 우리 자신도 믿을 수 없을 정도였지요. 우리는 우리가 인류의 미래

모습이라는 생각에 조심스럽게 동의했습니다. 화폐 경제가 안고 있던 무수한 문제점들에서 벗어나는 일이 가능하다는 걸 확인했다는 점만으로도 어느 정도 의미가 있었다고 생각합니다. 물론 지구 인류 전체에 비하면 우리는 극소수에 불과했지만, 나쁘지 않은 시작이었습니다.

사랑하는 당신. 당신은 나를 사랑함으로써 어떤 장소로는 영원히 돌아갈 수 없게 될 것이다. 돌아갈 수 없는 장소를 갖는다는 것이 어떤 것인지 아는가. 그건 당신이 흐르는 피인데 어느 날 갑자기 혈관이 사라진 것을 깨닫는 것이다. 어느 날 문득 당신이 좋아하던 소박한 가게가 가루가 되어 바람에 날아가 버렸음을 알게 되는 것이다. 붉은 페인트로 벽에 칠해진 커다란 엑스 표시를 보게 되는 것이다. 자신이 누구인지 알 수 없어 거울을 깨뜨리게 되는 것이다.

물론 나는 당신을 사랑하기에, 당신에게 기쁨을 주고자 노력할 것이다. 세상에서 오직 나만이 줄 수 있는 종류의 찬란하고 명징한 기쁨을. 당신은 아마 예전에 그랬던 것처럼 진심으로 웃을 수도 있을 것이다. 일이 잘 되어간다면. 겨울이 너무 가혹하지 않다면. 그러나 그 기쁨을 느낄 때, 당신은 당신이 모르는 장소에, 당신이 모르는 사람이 되어 서 있을 것이다. 누구도 당신이 예전의 그 사람과 같은 사람이라고 생각하지 않을 것이다.

그렇기 때문에 사망자들이 나왔을 때 적잖이 동요—당황했던 게 사실입니다. 정착한 지 5년째 되던 해였습니다. 접속이 끊긴 사람들이 뇌의 작동을 멈춘 채 극지방 부근에서 발견되기 시작했을 때만 해도 사고라고만 생각했습니다. 하지만 시간이 지나면서 정확히 같은 방식으로 발견되는 사람들이 늘어갔습니다. 우리가 처음 정착한 곳은 화성의 적도 근처였기 때문에 그들이 스스로 생명활동을 정지하기 위해 추운 지방으로 향한 것이라면 꽤 먼 거리를 걸어가야 했을 겁니다. 이유를 전혀 알아내지 못했기 때문에 우리는 당황한 채 아무 조치도 취하지 못하고 있었습니다.

그런데 그즈음 네트워크에 접속한 우리 모두의 뇌에 한 덩어리의 낯선 개념이 공유된 일이 있었습니다. 그건 말하자면 인간의 육체에서 추출된 몇 가지 경험들을 압축해놓은 가상현실과 같은 것이었습니다. 아주 사소한 경험, 그러니까 토사—모래가 손바닥을 따끔따끔 찌르는 느낌, 바다에서 나는 냄새와 바람에 머리카락이 휘날리는 감각, 잘 내린 커피와 담배의 향, 켄터키프라이드치킨의 맛, 뜨거운 물에 세척—샤워를 할 때의 느낌, 그리고 연인과의 친밀한 포옹, 그런 것들이 한데 뒤섞여 들어 있더군요. 마치 팬시 상점에서 파는 십대용 선물 같긴 했지만 그것이 자극적인 경험이라는 사실은 부인할 수가 없었습니다. 그건 우리가 몸을 바꾼 뒤로, 화성에 온 뒤로 완전히 잊고 있던 것들이었으니까요. 비록 인공적인 것이기는 했지만 너무도 진짜 같았고, 잠깐 동안이지만 우리는 우리가 다시 인간의 몸으로 돌아간 것 같다고 느꼈습니다.

불가능한 일은 아니었습니다. 전자신호로 그런 감각 덩어리를 창조해내는 것은 얼마든지 가능하고, 감각기관이 더 이상 없다고 해도 인식하는 건 뇌에서 하는 거니까요. 하지만 누가 어떤 목적으로 그것을 만들어 배포한 것인지는 알 수 없었습니다. 그것이 사람들의 죽음과 어떤 식으로든 관계가 있지 않을까 하는 이야기가 돌기 시작한 건 그때쯤이었습니다. 드러내지는 않지만 다시 인간의 몸으로 돌아가고 싶어 하는 사람들이 있다, 그래서 견디지 못해 스스로 죽음을 택한 것이다, 그런 이야기였습니다. 말하자면 루머였지요.

　프로젝트 참가자들이 어떤 기준으로 선정되었는지 혹시 아십니까. 반쯤은 자신의 육체를 포기할 만큼 이 프로젝트 자체에 믿음과 애정이 있다고 할 수 있는 사람들, 주로 학자와 연구자들이었습니다. 그리고 다른 반쯤은 빚에, 자본이 만들어낸 범죄와 폭력에 내몰린 사람들, 그 악순환의 쳇바퀴에 매달려 간신히 돌아가고 있던 사람들, 쫓겨다니며 은신처를 찾고 있던 사람들, 자발적으로가 아니라 타의에 의해 신체를 포기할 지경에까지 이른 사람들이었습니다. 말하자면 지구에서 더 이상 인간으로 살 수 없어 마지막 극단을 택한 사람들 말입니다. 저는, 그래요, 전자 쪽이었고, 후자에 속하는 사람들을 이해할 수 있을 거라고 생각했습니다. 말 그대로 뇌가 직접 연결되는 동료가 되는데 이해하지 못할 게 뭐가 있겠느냐고 생각했지요.

　인간의 몸으로 돌아간다. 그런 이야기가 나왔을 때 어떤 사람들은 그게 있어서는 안 될 일이라고 생각했고, 다소 격렬한 반응을 보였습니다. 저도 그랬지요. 자본주의의 폐해들이 재차 상기되었고, 우리가 왜 이곳에 왔는지 잊어서는 안 된다는 신랄한 비판이 퍼지기도 했습니다. 그런데 어떤 사람들은 그런 비판을 불편하고 고통스럽게 받아들이더군요. 자세한 이야기는 하지 않았지만 말입니다. 논쟁이 시작되었습니다. 이성적인 토론처럼 출발했으나 결국에는 서로를 상처 입히는 개념들이 대량 유통되었습니다.

정말이지 이상한 일이었습니다. 어떤 사람들은 인간은 결국 사유재산 없이는 살아갈 수 없는 존재가 아닐까 하는 이야기를 하다가 갑작스레 지구에서의 과거를 들춰내며 도덕적으로 서로를 비난했고, 다른 사람들은 아직도 우리가 인간이라는 사고의 틀을 벗어나지 못한다면 공동체의 존속 자체에 의미가 없지 않겠느냐고 화를 내며 모두를 교정─가르치려 들었습니다. 또 다른 사람들은 우리의 근원을 그렇게까지 억지로 부정하는 것이 더 부자연스러운 일이 아니냐고 반문했습니다. 인간의 몸으로 돌아가 살고자 하는 일이 무엇이 잘못된 거냐고 누군가가 물었고, 모두가 침묵했습니다. 가치를 두고 있는 부분이 서로 너무 달라서 대화가 되지 않는다는 사실을 확인했기 때문입니다. 이렇게 서로 다른데 모두 똑같은 몸을 하고 있다는 사실이 난해─무섭게 느껴지기 시작했습니다.

사망자들이 예전과는 다른 규모로 늘어나기 시작한 것은 그 무렵이었습니다. 우리는 그들의 죽음에 혼란을 느끼고 동요했지만, 함께 온 인간 관리자들에게 조사를 부탁하는 일 말고는 특별히 할 수 있는 일이 없었습니다. 그저 우연히 극지방 쪽으로 이동하다가 자연재해를 만난 것일까요? 그들의 뇌에서는 아무런 이상이 발견되지 않았습니다. 시간이 가면서 따뜻한 지역에서 아무런 전조 없이 돌연사하는 사람들도 생겨났습니다. 원인을 밝혀낼 수 없는 건 마찬가지였습니다. 신기하게도, 그때쯤엔 원인을 궁금해 하는 사람들도 예전

만큼 많지는 않았습니다.

 그리고 7년째 되던 해, 개조 작업 대부분이 우리가 만든 기계들에 의해 자동으로 이루어지기 시작한 시점에 우리는 지구로 돌아가라는 통보를 받았습니다. 인간들의 판단이었지요. 공동체 실험은 실패했으니 인간의 몸으로 돌아가 다시 삶을 시작하는 게 좋겠다는 것이었습니다. 반대 의견은 미약했습니다. 그때쯤엔 우리 대부분이 피로에 젖어 있었으니까요. 공동체 인구의 5분의 1이 의문사로 목숨을 잃었습니다. 공동체도 상당 부분 와해되어 있었지만 우리 각자도 무력감과 권태에 시달렸습니다. 그건 인간 사회에서 경험하던 것과는 또 다른 무력감이었습니다. 어떻게든 분위기를 쇄신해보려는 사람들이 있었고, 대책을 마련하려는 논의도 계속되었지만 이제 며칠, 혹은 몇 달간 아무런 활동도 하지 않고 단지 생명기능만 유지하며 침묵을 지키는 사람들이 절대 다수를 차지하는 상태였습니다. 결국 많은 사람들이 지구로 돌아가는 길을 택했습니다.

 우리가 잊고 있었던 건, 우리가 실패를 겪는 동안 이쪽 세계가 더 나빠졌다는 사실이었습니다. 여러 가지 이유가 있을 수 있겠지요. 그동안 강대국들의 정상—수뇌부가 보수적인 세력으로 교체된 것과도 관계가 있을 것입니다. 이 나라에서도 정권이 바뀌었다고 들었습니다.

 그러나 그렇다고 해도 이해가 되지 않는 것이 있습니다. 지금의 몸으로 옮겨오는 시술을 받을 때 우리는 아무것도 지불할 필요가 없었습니다. 국가가, 그리고 세계 공동체가 우리를 지원해주었기 때문이지요. 그런데 인간 몸으로 돌아가려는 사람들에게 어마어마한 비용을 부담하게 해서 그들의 남은 평생을 빚에 가둬 놓다니요? 제가 알기로, 사람들이 육체를 포기하면서까지 낯선 행성으로 떠난 건 그런 삶에서 벗어나기 위해서이지 그런 삶으로 돌아오기 위해서가 아닙니다.

알고 있습니다. 제게는 그들의 선택을 옳다 그르다 판단할 권한이 없다는 것을. 그들이 다시 인간의 육체로 돌아갔다고 해서 원망하거나 비난하고자 하는 것도 아닙니다. 다만 함께라고 생각했던 우리가 바라보는 곳이 사실은 전혀 무관—달랐던 건지도 모른다는 쓸쓸함이 있습니다.

그래요, 정확히 어떤 이유 때문이라고 말할 수는 없지만 우리는 그렇게 해서 결국 실패했습니다. 그들은, 우리 중 어떤 사람들은 왜 죽었을까요. 우리는 왜 실패했을까요. 그렇지만 실패했다고 해서, 모든 사람이 치욕을 감수하면서까지 원래의 삶으로 돌아가고 싶어 하는 것은 아닙니다. 당신에게도 당신만의 사정이 있듯, 저에게도 저만의 사정이 있습니다.

그러니 부탁드리겠습니다. 제발 저의 몸을 태워주시지 않겠습니까. 제가 화성으로 돌아가 제 동료들 곁에 남을 수 있도록.

오래 전 어느 날 저녁을 당신은 기억한다. 새로 들어간 회사였다. 사장은 홍차를 즐겨 마시고 점심시간에 사무실에서 골프 연습을 하는 남자였다. 영어를 못하는 그를 위해 당신은 영국에 본사를 둔 회원제 섹스 클럽의 멤버십을 매번 대신 갱신해주곤 했다. 가끔은 그가 만나는 여고생들, 오사카나 피츠버그에 사는 그녀들을 위해 짧은 편지도 써주었다. 그런, 회사였다. 그래도 그 낡은 사무실 구석자리가 병원의 보호자 침상보다는 견딜 만했다. 아버지는 그때 이미 위암 투병 중이었다. 운이 좋았더라면 당신은 조금 더 순진한 소녀로 남을 수 있었으리라. 어쩌면 세상에 상처받은 표정 같은 것도 가끔씩은 지을 수 있었을지 모른다. 사회로 나와 당신이 첫 번째로 깨달은 중요한 사실은, 인간이 인간답게 살기 위해서는 말과 생각과 행동이 일치해야 한다는 것이다. 당신이 두 번째로 깨달은 중요한 사실은 이 땅에서 말과 생각과 행동을 일치시키며 사는 것은 불가능하다는 것이다.

혼자서 야근을 하다 지루해진 당신은 네트에 접속했다가 우연히 그 뉴스를 발견한다. 당신이 알던 그녀의 이름이 거기 있다.

사진 속의 그녀는 몇 명의 사람들과 함께 나란히 서서 침착한 표정으로 정면을 응시하고 있다. 시술 전, 그들의 몸은 아직 그대로다. "자발적으로 인간의 몸을 포기하다". 당신은 헤드라인에 놀란다. 그것이 여전히 놀랍다는 사실에 더욱 놀란다. 자본주의 이후의 삶에 대한 논의가 시작된 건 반세기 전이다. 화성은 오래 전부터 지구인들이 살 곳으로 예정돼 있었다. 당신은 오랫동안 이 세계가 아닌 어딘가를, 인간을 넘어선 존재를, 다른 형태의 사회를 상상해온 사람들 사이에서 태어나고 자랐다. 그런 이야기를 자장가처럼 물리도록 들으며 잠들고, 우유처럼 마시며 성장했다. 그런데도 당신은 여전히 충격을 받는다.

그녀가 자신과 중학교 삼 년을 함께 보낸 그 소녀이기 때문만은 아니다. 다만 당신은 조금 궁금하다. 어떤 일들은, 어떤 사람들에게는 그저 영원한 허구에 불과하지만 다른 사람들에게는 손으로 만질 수 있는 현실이 된다. 어째서일까.

도발적인 표정을 한 기자가 그녀에게 묻는다. 어떤 사람들은 선천적으로 장애를 안고 태어나 평생을 살아간다고. 신이 준 선물이라고도 할 수 있는 온전하고 건강한 몸을 그토록 쉽게 포기하는 것이 사치스러운 일이라는 생각은 해보지 않았느냐고. 그녀는 대답한다. 소중하기 때문에 포기해야 하는 것도 있는 게 아닐까요. 아무것도 잃거나 바꾸지 않고, 어떤 고통도 감당하지 않으면서 새로운 삶을 얻을 수는 없어요.

당신은 곧 기계가 되어 낯선 행성으로 떠나게 될 그녀의 얼굴을 본다. 더 이상 아무 생각도 나지 않는다.

당신은 김밥 하나를 입에 넣는다. 달다. 하나씩 하나씩, 시간을 들여 김밥 한 줄을 다 먹는다. 스파이디가 돌아간 뒤 당신은 회색으로 얼어붙은 그녀의 본래 몸을 임시 냉동고에 밀어넣기 전에 삼십 분쯤 보고 있었다. 이상하게도, 솟아난 것은 식욕이었다.

당신은 한 줄을 끝내고 한 줄을 더 먹는다. 입술에 묻은 참기름을 혀로 핥는다. 참깨 한 알이 책상 위로 굴러떨어진다. 당신은 그것을 손가락으로 찍어 입에 넣는다. 아름답게 죽고 싶어 하는 그녀에 대해 당신은 생각한다.

돌아갈 배를 불태운다는 말에 대해 생각해본다. 무척이나 멋진 말이다. 당신은 그 말을 자신만이 할 수 있는 방식으로 현실로 옮기는 그녀에 대해 생각한다. 어떤 사람들은 갖고 싶어도 결코 가질 수 없는 젊고 아름다운 몸을 부러진 성냥개비인 양 함부로 소각로에 넣고 싶어 하는 그녀를. 거기에 신념이라는 이름을 붙일 수 있는 그녀를.

대장과 식도와 위와 쓸개의 삶, 먹고 싸는 일의 치욕을 감당해야 하는 이 삶을 거부할 수 있는 그녀를. 세계의 이런 불공평함을. 견뎌야 할까. 견뎌도 괜찮은 것일까.

당신이 감히 거역할 수 없는 어떤 것들에 그녀는 아무런 존중심도 느끼지 않는다. 이를테면 몸 안에서 들려오는 작은 심장 소리와 열 달 동안의 기다림 같은 것들.

그녀는 당신을 이해할 수 있을까. 양수 속을 휘젓는 작은 팔다리 사진 때문에 끝내야 마땅한 관계를 끝내지 못하고 계속해온 당신을. 한 번도 자신만을 위해 살아보지 못한 삶, 그 나머지마저 기꺼이 다른 몸을 지키는 데 바칠 준비를 하며 입술을 앙다무는 당신을.

아니, 당신이 원하는 건 이해받는 게 아니다. 단 한 순간만이라도 좋으니 당신이 경험한 것들을 그녀에게도 고스란히 경험하게 하고 싶다. 이 진흙탕 같은 삶이 그녀가 신은 스타킹에도 작은 얼룩 정도는 남기기를 당신은 소망한다.

당신은 책상 위에 놓인 시술 동의서를 자세히 들여다본다. 서명난은 누구나 쉽게 서명할 수 있을 것 같은 모양을 하고 있다.

도와줄게, 내가. 당신은 가만히 속삭인다.

마지막으로 확인하는 절차가 남았다.

"정말 괜찮으시겠어요?"

"네."

"그럼 여기서 잠시 대기하세요. 곧 검사를 할 거고, 그 다음에 수술실로 이동하실 거예요."

"네."

간호사가 나가고 의사가 들어온다.

"보호자는요?"

의사가 묻는다. 남편에게선 여전히 연락이 없다. 그는 아마도 연인과 함께 오후 햇빛을 즐기고 있을 것이다. 망설임 끝에 당신은 시어머니에게 연락해 도움을 청했다. 그러나 되돌아온 것은 교회에 가야 해서 올 수 없다는 말뿐이었다.

없어요, 혼자예요. 당신은 대답하고 일부러 씩 웃어 보인다. 건강도 골반 상태도 좋지 않아 당신은 진통을 기다리지 않고 수술을 하기로 했다. 그래도 동의해줄 사람이 필요한데, 중얼거리던 의사는 당신의 얼굴을 보더니 더 이상 아무것도 묻지 않는다.

작고 낡은 병원의 분만대기실. 당신은 어지러운 꽃무늬 벽지를 말없이 들여다본다. 노란 형광등 불빛이 눈을 자극한다. 차갑고 축축한 수술대의 감각이 허벅지를 감싼다. 당신은 눈을 감는다. 숨을 크게 쉰다. 아무렇지 않다. 정말이지 아무렇지 않다. 지금까지 그래온 것처럼 어떻게든 되어갈 거라고 생각하기로 한다.

관이 닫히기 전 마지막으로 본 그녀의 얼굴을 당신은 떠올린다.

정말 괜찮겠느냐고, 당신은 물었다.

괜찮지는 않아요, 스파이디가 대답했다.

괜찮지는 않지만, 그저 없었던 걸로 할 수는 없는 일도 있는 거니까요. 저는 지금까지 언제나 돌아갈 곳이 있었습니다. 정말로 돌아갈 곳이 없는 사람들 틈에 끼어서 돌아갈 곳이 없다고 말하면서도, 사실은, 저는 항상 돌아갈 곳이 있었습니다. 하지만 이제는 그곳으로 돌아갈 수가 없습니다. 나는 이제 다른 곳을 향해 갑니다.

천천히 관이 밀려들어가고 커튼이 닫혔다. 소각 중임을 알리는 램프에 불이 들어왔다. 인간의 역사만큼 낡은 방식으로, 몸 하나가 재로 변하기 시작했다. 눈물샘이 없는 기계인간의 몸 곁에서 만삭의 몸으로 눈물을 흘리는 자신이, 왜 울고 있는지 스스로도 알 수 없다는 점이 당신은 마음에 들지 않았다. 마음에 들지 않아서 더 크게 소리내 울었다. 그때 바보같이 다 쏟아버린 덕에 더 이상 눈물이 나오지는 않을 것 같다고, 다행이라고, 분만대기실에 누운 당신은 생각한다.

왜 개인적으로 시간과 품을 들이면서까지 그녀의 부탁을 들어주었을까. 당신은 스스로에게 묻는다. 그토록 흥미로운 이야기에도 불구하고, 그렇게 진심으로 들리는 그녀의 목소리에도 불구하고, 아무리 노력해도 그녀를 이해할 수는 없었다. 그녀와 당신은 너무 달랐다.

장례를 치르는 동안에도 불경스럽다는 생각은 여전히 남아 있었고, 당신이 버릴 수 없는 것을 버리는 행위에 대한 적대감과 의아함도 연해지기는 했지만 사라지지 않고 남았다. 그러나 이상하게도 그와 동시에, 그냥, 그렇게 해주고 싶다는 마음이 있었다. 그것이 그녀가 그토록 원하는 것이라면, 그렇게까지 절박한 소망이라면, 말이다.

 돌아갈 수 있다 해도, 모든 것을 되돌릴 수 있다 해도 어떤 선택은 달라지지 않는 것이다. 당신에게도 그런 것이 있다. 그녀의 이야기를 들으며 당신은 알게 되었다. 그건 이해받지 못해도, 설명할 수 없어도 지킬 수밖에 없는 어떤 약속이다.

 촉촉한 젤을 바른 검사기구가 당신의 둥근 배를 누르며 지나간다. 화면을 보던 의사가 걱정스럽게 말한다. 다른 데는 다 정상이에요. 그런데 아가가…… 탯줄을 감고 있는 것 같은데요.

 그리고 마침내 그날이 온다. 내가 저 자비 없는 세상으로 내몰리는 날. 당신이 내게 빌려준 지혜가 모두 산산이 흩어지고, 내가 백지보다 희고 치어보다 연약한 존재로 돌아가버리는 날. 혈관을 타고 흘러들어오는 당신의 시간과 기억을 내 안에 조금이라도 남겨두기 위해 나는 입술을 다물고, 주먹을 꼭 쥐어본다. 두려운가. 그렇지는 않다.

 그러나 의연하게 팔다리를 움직이던 나는, 그것이 내 눈앞에, 미지근한 물속에 떠 있는 것을 결국 발견한다.

 그것은 밧줄처럼 생겼다. 그것은 가만히 흔들릴 뿐 아무 소리도 내지 않고, 내게 해를 끼칠 것처럼 보이지도 않는다. 그러나 그것을 보자 나는 어째선지 점점 슬퍼진다.

 나는 생각한다. 당신은 혼자서 나를 낳는 중이다. 누구도 당신과 나를 도와주지 않아서다.
　앞으로도 도와주지 않을 것이다. 누구도.
　아무도 없다.
　아무도 없다.
　잘되지 않을 것이다.
　잘되지 않을 것이다.
　나는 생각한다. 내가 어떻게 해야겠는가. 모든 것을 되돌려야 하지 않겠는가.
　사라져야 하지 않겠는가, 어차피 실패할 거라면.
　그렇다면 당신이 나를 알지 못했던 때로 돌아가고 싶다. 당신을 자유롭게 해주고 싶다. 그렇게 하겠다. 그렇게 해야겠다.
　나는 나도 모르게 밧줄을 끌어당겨 목에 감는다. 가만히 호흡을 멈추고 눈을 감는다.

　얼마나 그러고 있었을까.
　세계가 무서운 소리를 내며 아래위로 찢어진다. 코와 귀와 입으로 무언가가 와글거리며 쏟아져 들어온다. 엄청난 빛이 내 볼을 납작해질 정도로 내리누르더니 눈꺼풀을 비집고 꿈틀거리며 들어온다. 시끄러운 소리와 얼음 같은 한기가 나를 아래위로 쥐고 흔들어 놓는다.
　내가 숨어 있던 작고 따스한 언덕이 무너져 내린다.
　너무도 어지럽고 토할 것 같아서, 나는 참지 못하고 울음을 터뜨린다.
　"아기도, 산모도 건강하시네요. 엄마, 여기 잠깐 보세요. 아가예요.

손가락 발가락 다 정상이고요. 왕자님이에요."

나는 나 자신의 울음소리 사이로 귀를 기울이지만, 내가 기대하던 소리는 들려오지 않는다.

"보호자 되세요?"

"보호자—아…… 네."

"아…… 화성에서 오셨나 봐요. 와, 이렇게 분만실까지 들어오신 분은 처음인데요? 어떻게 되세요, 아기 엄마랑?"

이번에도 잘 들리지는 않지만 아주 작게, 삐뻿거리는 소리가 난다.

"그럼…… 친구분, 이쪽으로 오세요. 탯줄을 잘라주시겠어요?"

철컥거리는 소리. 기잉—금속 관절이 펴졌다 굽혀지는 소리. 도롱 농을 닮은 네 개의 흡착판이 가위 손잡이에 차례로 밀착되는 소리.

그 다음은 아주 빠르다. 나는 그 일이 일어나기 전에 당신에게 경고하려고 했다. 나를 사랑하지 말라고. 나는 일어난 모든 것을 보았고 일어날 모든 일을 알고 있다고.

그러나 내가 막 그 말을 하려는 순간 나를 부르는 당신의 나직하고 지친 음성이 들려온다. 그 순간 나는 깨닫는다. 당신은 나를 사랑한다. 당신은 나를 사랑한다.

그리고 곧이어 철컥, 하는 소리와 함께 내 목을 휘감아 죄어오던 것들, 당신과 나의 과거와 현재와 미래, 형틀에 갇힌 슬픈 예감들과 벌레처럼 통통하게 스스로를 살찌워가던 죄의 감각 들이 한꺼번에 잘려나가며 두껍고 포근한 망각이 나를 덮어 모든 것을 지워버린다.

안녕. 이것이 나의 마지막 기억이다. 나는 이제 다른 곳으로 간다.

추천 우수작

현장 부재 증명

최
제
훈

1973년 서울에서 태어나 연세대 경영학과를 졸업했다. 2011년 한국일보문학상을 수상했다. 2007년 《문학과사회》 신인문학상으로 등단했다. 소설집 《퀴르발 남작의 성》, 장편소설 《일곱 개의 고양이 눈》 등이 있다.

"간단해. 사람이 동시에 두 군데 장소에 있을 수는 없거든. 불가능하지, 물리적으로."

형사는 호응을 바라는 표정으로 M을 쳐다보았다.

"불가능하죠, 물리적으로는."

M은 형사의 말을 슬쩍 비꼬아 받아넘겼다. 하지만 형사는 말맛을 음미하지 못했는지 늘어진 볼살을 흔들며 고개를 주억거렸다.

"그러니까 아무리 구구절절한 범행 동기를 가지고 있더라도, 범행 현장에 지문으로 떡칠을 해놨더라도, 심지어 안주머니에서 피 묻은 흉기가 나왔다고 해도, 범행 시각에 다른 장소에 있었다는 사실만 입증하면 그만이야."

형사는 츱, 입맛을 다시고 말을 이었다.

"알리바이, 현장 부재 증명, 응? 용의자에서 즉시 제외되는 거라고."

취조실을 둘러보던 M의 시선이 맞은편 벽을 차지하고 있는 대형 거울에 멎었다. 형사의 등판 너머로 수염이 거뭇하게 돋은 심드렁한 얼굴이 비쳤다. M은 손빗으로 헝클어진 머리를 대충 정리했다.

"영화에서는 취조실에 백열등이 쫙 내리비치면서 빛과 어둠이 갈라지는 장면이 많던데, 실제로는 형광등이네요."

"백열등은 전기세가 많이 나와."

"저 거울 뒤에는 누가 있나요?"

"아무도 없어."

"에이, 실망이네. 미드 보면 저 뒤에서……"

형사가 탁자에 양 팔꿈치를 턱, 올려 손깍지를 끼며 M의 말을 끊었다. 굵은 손마디들이 서로를 빈틈없이 옭아맸다.

"참, 아까 저한테 미란다 원칙은 고지했나요? 당신은 묵비권을 행사할 권리가 있고 어쩌고……"

"지난 수요일 밤 열 시에서 자정 사이에 어디 있었지?"

형사의 가라앉은 목소리가 볼링공처럼 굴러왔다. M은 어깨를 옹송그리며 팔짱을 꼈다.

"수요일이요?"

"수요일."

"보자, 수요일이면 어제, 그제, 그끄제…… 몇 시라고요?"

"밤 열 시에서 자정 사이."

"수요일 열 시에서 자정 사이면……"

M은 허공을 비스듬히 쩨려보다가 아, 하며 형사를 향해 고개를 돌렸다.

"달나라에 있었어요."

"달나라."

"예, 옥토끼한테 확인해보세요. 같이 떡방아를 찧었으니까."

형사는 몸을 뒤로 기대며 츕, 입맛을 다셨다. M도 따라서 츕, 입맛을 다셨다.

"가도 되나요? 좀 바쁜데."

형사는 옥토끼, 옥토끼, 입속말로 웅얼거리며 옆에 놓인 파일을 펼쳐 들었다. M은 공중에 떠 있는 오른발을 까딱까딱 흔들었다. 삐죽빼죽한 서류 뭉치를 뒤적이는 형사의 손놀림에 따라 발을 흔드는 박자가 점점 불규칙하게 어긋났다. 형사가 A4 사이즈로 인화한 사진 한 장을 M의 앞에 놓았다. 부검용 철제 침상에 눈을 감고 드러누운 여자의 상반신 사진이었다. 이마 한가운데가 움푹 꺼졌고 피부는 푸르뎅뎅하게 변색된 상태였다. 젖무덤 위쪽 절개 부위는 검은 실로 얼기설기 꿰매어 있었다.

"알아보겠어?"

M은 미간을 찌푸리며 고개를 갸웃했다. 형사가 사진 한 장을 더 꺼내어 부검 사진 위에 탁, 겹쳐 놓았다. M의 얼굴이 급속냉각된 것처럼 딱딱하게 굳었다. 원룸으로 보이는 방에 핑크색 트레이닝복 차림의 여자가 눈을 까뒤집은 채 널브러져 있었다. 상의 지퍼가 반쯤 내려가 가슴에 큼직하게 붙은 로고는 'PI'와 'NK' 두 패로 쪼개졌다. 몸에 상처는 보이지 않았지만 머리를 중심으로 바닥에 피가 흥건했다. 피에 젖은 머리채가 물미역처럼 사방으로 퍼져 있었다. 살짝 벌어진 도톰한 입술은 금방이라도 달싹거릴 것 같았다. 절 이렇게 만든 개자식은요…… 형사가 들고 있던 몇 장의 사진을 M의 앞에 차례차례 겹쳐 놓았다. 변사체를 다양한 각도에서 잡은 사진들이었다. 몸싸움이 벌어졌는지 주위는 난장판이었다.

"윤미나, 삼십 세, 마포구 신수동 거주, 사망 추정 시각은 수요일 밤 열 시에서 자정 사이."

형사는 전화기에서 흘러나오는 ARS 음성처럼 또박또박 말했다.

"자, 다시 묻지. 지난 수요일 밤 열 시에서 자정 사이에 어디에 있었나?"

M은 핏기 없는 얼굴로 사진을 뚫어지게 바라보았다.

"윤미나…… 이 여자 이름입니까?"

"오호, 계속 버티시겠다. 이름도 모르는 여자와 웬 통화를 그렇게 오래 하셨나? 수요일 오후 두 시 오 분, 이십삼 분, 다섯 시 십일 분, 세 번이나. 피살자 휴대폰에 찍힌 마지막 통화야. 그리고 여기."

형사는 집게손가락을 뻗어 사진의 한구석을 톡톡 두드렸다. 앉은뱅이 화장대 옆에 깨진 유리잔이 떨어져 있었다.

"이 유리잔에 네 지문이 선명하게 찍혀 있어. 현장에서 발견된 십자드라이버에도. 이상하지? 알지도 못하는 여자 방에 말이야."

"아뇨, 압니다. 누가 모른다고 했나요."

M은 고개를 쳐들고 버럭 항변했다. 사진에 침방울이 튀었다.

"수요일에 이 집에 갔었어요. 맙소사, 이 여자가 정말 그날 밤에 죽은 건가요? 멀쩡히 살아 있었는데…… 이름은 몰랐어요. 세탁기 때문에 잠깐 만났던 겁니다."

"세탁기?"

"예, 인터넷 중고매매 사이트에 미니 세탁기를 판다고 올렸거든요. 곧 이사를 가는데 거긴 세탁기가 옵션으로 있어서. '중고나라' 사이트에 들어가면 지금도 떠 있을 겁니다."

"계속 읊어 봐."

"미니 세탁기는 인기 품목이라 금방 연락이 왔어요. 이분은……" M은 곁눈으로 사진 속의 여자를 흘끔거렸다. "사실 두 번째였는데, 집까지 운반해주면 이만 원을 더 얹어 주겠다고 하더라고요. 마포면 그리 먼 것도 아니라서, 처음 전화했던 사람한테 양해를 구하고 이쪽에 팔기로 했죠. 그래서 세탁기를 차에 싣고 갔는데……"

"그게 몇 시였지?"

형사의 퉁명스런 질문에 M은 잠시 생각에 잠겼다가 대답했다.

"세 번째 통화한 시간이에요. 집을 못 찾겠으면 성당 앞에서 전화하라고 했어요. 전화했더니 금방 나오더라고요."

"그럼 집에 들어간 게 다섯 시 반쯤 됐겠네?"

"그쯤 됐을 겁니다."

형사는 서류에 메모를 하고 계속하라는 손짓을 했다.

"세탁기를 들여놨더니 어떻게 설치하는 거냐고 묻더군요. 여자 혼자 사는 것 같기에 내가 설치해주겠다고, 드라이버를 달라고 했죠."

형사의 차가운 눈길이 M의 안면을 훑었다.

"베란다 수도꼭지에 호스 연결하고 수평만 맞추면 되는 거니까요. 이만 원 더 받는데 그 정도야, 뭐. 그런데 수도꼭지가 밀착이 안 돼서 자꾸만 물이 새더라고요. 하는 수 없이 근처 철물점에서 방수테이프 사다가 감고 하느라고 생각보다 애먹었습니다. 시간도 꽤 걸렸고. 끝내고 나니까 고맙다면서 오렌지주스를 한 잔 주더라고요."

"수고하셨어요."

여자가 얼음을 띄운 오렌지주스 잔을 건넸다. 나는 베란다 문틀에 기대서서 주스를 한 모금 마셨다. 귀밑으로 땀방울이 흘러내렸다. 여자는 고개를 비딱하게 기울이고 세탁기를 깔펴 보았다.

"생각보다 작네. 귀엽기는 한데…… 세탁은 잘돼요?"

"잘돼요."

"중국산은 믿을 수가 있어야지."

"하이얼은 알아주는 회사예요. 중국에서는 삼성이나 마찬가지죠."

여자는 엷게 콧바람을 내뿜었다. 불룩한 가슴이 핑크색 트레이닝복 앞판에 붙은 'PINK' 로고를 양쪽에서 떠받치고 있었다. 눈을 돌려 방을 둘러보았다. 사계절 옷이 빽빽하게 매달린 행어는 금방이라도 주저앉을 것 같았다. 옷들의 색상과 스타일이 제각각이라 딱히 취향이란 걸 짐작하기 어려웠다. 앉은뱅이 화장대와 도시바 노트북, 브라운관 TV, 침대 발치에 흩어진 여성지와 만화책 몇 권. 평일 낮에 출근도 안 하는 것 같고, 무슨 일을 하는지 감이 잡히지 않았다. 침대 머리맡에는 릭턴스타인의 〈행복한 눈물〉이 걸려 있었다. 몇 해 전 대기업 사모님의 비자금 사건으로 유명세를 치른 그림이었다. 그게 삼성이었던가? 아무튼 한 컷의 만화 같은 작품이 백억 원을 호가한다는 뉴스에 혀를 내둘렀던 기억이 난다. 그러고 보니 며칠 전에 들렀던 토스트 가게에도 저 그림이 걸려 있었다.

"강아지 키우나 봐요?"

냉장고 옆에 놓인 애완동물용 플라스틱 식기를 눈짓하며 물었다. 여자가 열린 창문으로 머리를 내밀더니 밖을 두리번거렸다.

"고양이요. 아까 이리로 나갔는데 안 들어오네."

"찾아봐야 하는 거 아닌가요?"

"배고프면 알아서 들어오더라고요. 내킬 때마다 한 번씩 들락거려요."

창밖에는 일 미터 정도 거리를 두고 옆집의 벽돌담이 길게 이어져 있었다.

"이름이 뭐예요?"

"저요?"

여자의 눈이 동그랗게 커졌다.

"아니, 고양이요."

"아, 잠파노."

"페데리코 펠리니의 〈길〉?"

"예?"

"그 영화에서 따온 이름 아닌가요? 남자 주인공, 그 쇠사슬 끊는 차력사."

"〈도둑들〉에서 따온 건데요. 김수현, 완전 귀엽잖아요."

여자는 김수현의 복근을 만지는 상상이라도 하는 듯 흐뭇한 미소를 머금었다. 나는 오렌지주스를 마저 마시고 유리잔을 화장대에 내려놓았다. 미끄러져 들어온 얼음 조각 하나가 차가운 모서리로 혀와 입천장을 긁었다.

"아, 돈 드려야지."

여자가 행어에 걸린 핸드백에서 지갑을 꺼냈다. 미리 준비해놓지 않았는지 오천 원권, 천 원권까지 총출동했다. 돈을 헤아리는 여자의 오른 손목에 눈길이 갔다. 손목 안쪽에 독특한 문양의 타투가 새겨져 있었다. 서로의 꼬리를 붙잡고 원형으로 얽혀 있는 두 마리 원숭이. 오래전에 새긴 것인지 피부와 잉크의 경계선이 희미했다.
"자, 여기."

"그래서 주스 한 잔 마시고 나온 게 답니다."
M은 힘주어 말끝을 맺었다. 형사는 피아노를 치듯 손가락을 교대로 움직여 탁자를 툭툭, 두드렸다.
"바로 나왔다. 그게 몇 시지?"
"한 삼사십 분쯤 머물렀을 겁니다. 여섯 시 조금 넘었겠죠."
"흠, 여섯 시. 나와서는?"
"곧장 집으로 갔습니다. 아니, 동네 돼지국밥집에서 저녁을 먹고 들어갔어요."
"그러고는?"
"그러고는…… 집에서 밤새 소설을 썼습니다."
"소설? 작가야?"
"예."
"밤새 집에 있었다는 걸 증명해줄 사람이 있나?"
"혼자 처박혀 소설 쓴 걸 누가 증명해줍니까."
"알리바이가 없다는 거네."
M은 몸을 들썩이며 무언가 말하려다가 질끈, 입술을 깨물었다. 파일을 들척거리던 형사가 자리에서 일어섰다.
"커피?"
M은 고개를 저었다. 형사는 목을 좌우로 돌리며 어기적어기적 취

조실을 나갔다. 문이 쾅, 바람을 일으키며 닫혔다.
 M은 앞에 놓인 사진 뭉치를 손가락 끝으로 집어 들고 한 장씩 넘기며 찬찬히 살펴보았다. 깨진 유리잔에는 엷은 주황색 물이 고여 있었다. 초록색 플라스틱 손잡이가 달린 드라이버는 화장품 병들과 함께 바닥에 나뒹굴었다. 넘어진 행어 주위에 널브러진 옷가지들이 붕괴사고 현장의 팔다리 꺾인 시신들처럼 보였다. M은 여자의 전신이 나온 사진을 눈앞에 대고 오른 손목을 들여다보았다. 두 마리의 원숭이는 조그만 검은 점으로 뭉그러져 서로 분간이 되지 않았다.
 벌컥 문이 열리며 종이컵을 든 형사가 들어왔다. M은 사진 뭉치를 던지듯이 내려놓았다. 땀이 밴 손가락이 반질반질한 사진 표면에 선명한 지문을 남겨놓았다. 자리에 앉은 형사는 커피를 한 모금 마시고 사진을 자기 앞으로 끌어왔다.
 "꽤 미인이야, 이 아가씨. 키는 작지만 몸매도 그럭저럭 봐줄 만하고. 와, 가슴이……"
 형사는 M을 칩떠보았다.
 "애인 있어?"
 "없는데요."
 형사가 사진을 넘기며 느물느물 웃었다.
 "쏠렸겠네."
 M은 눈살을 찌푸렸다.
 "그렇잖아. 여자 혼자 사는 자취방에 우연히 단둘이 있게 됐다. 착 달라붙는 추리닝에 화장품 냄새 솔솔 풍기고, 옆에 침대도 있겠다, 남자가 좆에 피가 쏠리고 그래야 정상이지."
 "뭐 하자는 겁니까?"

"왜? 진한 로맨스 소설 한번 써보려 했는데 여자가 거부하던가? 막 소리 지르고 쫑코 주고 그랬어?"

"그만하시죠. 사람 어떻게 보고."

"위층에 사는 학생이 그러대. 여섯 시쯤 집에서 나와 계단을 내려가는데, 그 집 현관문 너머에서 남자와 여자가 다투는 소리가 들렸다고."

"하, 참, 뭐라고 하면서 다투더랍니까?"

"내용까지는 모르겠대. 내려가는 길에 얼핏 들은 거라."

"그런데 다투는 소리란 건 어떻게 확신한답니까? 그저 말소리를 들은 거겠죠. 살인사건이 났다니깐 그게 기억 속에서 뻥튀기돼 주워섬긴 거고."

"어쭈, 심리 수사까지 하시네."

M은 고개를 숙이고 마른세수를 했다. 뺨에 벌겋게 쓸린 자국이 남았다.

"형사님, 전 그 집에 세탁기 갖다 주고 오렌지주스 한 잔 마시고 나왔을 뿐입니다. '전원 돼지국밥'이라고, 거기 주인 할머니한테 확인해보세요. 단골이니까 기억하고 있을 겁니다."

"확인할 거야. 옥토끼보다는 쉽겠네."

M은 길게 한숨을 내쉬었다. 형사는 쯥, 입맛을 다셨다.

"그런데 그거 확인한다고 네 알리바이가 입증되는 게 아니잖아. 그래, 저녁으로 돼지국밥 한 그릇 먹고 집에 들어갔겠지. 세탁기 들고 계단을 오르락내리락했으니 땀도 흘렸을 테고, 시원하게 샤워를 했겠지. TV 보면서 맥주도 두어 캔 까고. 그런데 가만히 침대에 누워 있으려니, 씨팔, 이게 쪽팔리는 거야. 넌 나름 텔레파시가 통했다

확신하고 액션 들어간 건데, 개망신을 당했으니. 자존심 긁는 욕도 처먹었을 테고, 응? 따귀까지 맞은 거 아냐? 생각할수록 열받고 참을 수가 없었겠지. 외로운 영혼끼리 엔조이 좀 하자는데, 뭐 그리 잘났다고 앙탈이냐. 쌍년, 재수 없는 년. 결국 날이 컴컴해지기를 기다렸다가, 넌 다시 집을 나선 거야. 자신을 발정난 똥강아지 취급한 여자에게 앙갚음을 하려고.”

"사람을 아주 사이코패스로 만드는군요.”

"아니지. 사이코패스였다면 그 자리에서 끝장을 봤겠지. 꼬리 말고 물러났다가 다시 찾아갔다는 건, 그냥 찌질이의 뒤끝이랄까.”

M은 손바닥으로 탁자를 탕탕, 두드렸다.

"찾아가긴 누가 찾아갑니까. 전 그 시간에 집에 틀어박혀 글을 썼다니까요. 마감은 코앞에 다가왔는데 꽉 체한 것처럼 아무것도 나오지 않아 미칠 지경이었다고요.”

"흠, 미칠 지경이었다.”

"일단 닥치는 대로 끼적여보자, 가슴속 체증이 뚫리고 나면 뭔가 떠오르지 않을까. 그래서 사흘 동안 거의 잠도 안 자고 키보드만 두들기고 있었습니다. 댁들이 다짜고짜 쳐들어와 여기로 끌고 오기 전까지.”

"사흘 동안 잠을 못 잤다. 왜 그랬을까……”

형사는 집게손가락으로 눈가를 긁작이며 말끝을 흐렸다. M의 부르튼 입술 사이에서 빠드득, 소리가 새어나왔다.

"이봐요, 형사님. 이미 제 전과도 조회해봤을 거 아닙니까. 사소한 폭력 전과 하나 없는 사람이 갑자기 흉악한 살인마로 돌변한다는 게 말이 됩니까? 내가 왜, 알지도 못하는 여자를 왜 죽입니까?”

"모르지. 사람이란 동물은 어찌나 심오한지 당최 그 속을 헤아릴 수가 없거든."

M과 형사는 턱을 당기고 앉아 서로를 쏘아보았다. 미묘하게 변하는 눈빛만이 엎치락뒤치락 허공에서 드잡이를 했다. 둘 사이의 침묵이 구덕구덕 말라갈 즈음, 노크 소리가 청명하게 울렸다. 취조실 문이 열리고 검은 가죽재킷을 걸친 스포츠머리가 상체를 디밀었다.

"고 형사님."

형사가 자리에서 일어나 문간으로 갔다. 둘은 문 앞 복도에 등을 보이고 서서 웅얼웅얼 말을 주고받았다. 주로 가죽재킷이 속닥거렸고 형사는 고개를 끄덕이다가 짧게 질문을 던졌다. M은 구부정하게 허리를 숙이고 손등으로 눈을 문질렀다. 냄비의 죽을 휘젓듯이 지그시, 원을 그리며. 열린 문틈으로 취객의 걸걸한 고성이 미끄러져 들어왔다. 당신이 날 알아? 알아? 나도…… 사라졌다고. 사라졌어. 사라져서…… 어떻게 조용히 해! 이렇게 시끄러운데. 이 가슴속에 기관차가…… 아, 내가 하고자 하는 말은…… 취객의 두서없는 자기 고백은 탕, 문소리와 함께 끊겼다. 형사가 의자를 멀찌감치 뒤로 빼더니 다리를 꼬고 앉았다. 그의 손에는 공문서 이면지 몇 장이 들려 있었다.

"그러니까 이게, 자네 알리바이란 말이지?"

M의 등허리가 곧추 펴졌다. 벌겋게 충혈된 눈에는 당혹스런 기색이 역력했다.

"아니, 영장도 없이 남의 노트북을 뒤져도 되는 겁니까! 이런 법이 어디 있습니까!"

형사는 의자에 편안하게 등을 기대고 글자가 빽빽하게 인쇄된 종이를 읽어 내려갔다. 이건 지적재산권 침해다, 당장 변호사를 불러 달라, 국가인권위에 고발하겠다, M이 목청을 돋워 항의했지만 형사는 묵묵부답이었다. 종이가 한 장 한 장 넘어갈수록 형사의 얼굴빛이 야릇하게 변했다. 이따금 볼살이 실룩이고 털이 숭숭한 눈썹이 꿈틀거렸다. 그때마다 M의 표정은 눈에 띄게 일그러져갔다. 마지막 장까지 다 읽은 형사는 여운을 음미하듯 눈을 가늘게 뜨고 식어 빠진 커피를 홀짝였다. M이 꿀꺽, 마른침을 삼켰다.

"재밌네, 소설."

"오해하시면 안 됩니다. 그건 그냥……"

"뭘 오해해, 재밌다니깐. 글재주가 있네. 마무리만 잘하면 바로 피의자 진술서로 써도 손색이 없겠어."

"하, 설마 제가 실화를 곧이곧대로 옮겼다고 생각하는 건 아니겠죠?"

"생판 없는 일 쓴 것도 아니구먼. 여기 보면……" 형사는 손가락에 침을 묻혀 종이를 뒤로 몇 장 넘겼다. "피살자 윤미나의 방이 그대로 나오잖아."

"수고하셨어요."

여자가 얼음을 띄운 오렌지주스 잔을 건넸다. 나는 베란다 문틀에 기대서서 주스를 한 모금 마셨다. 귀밑으로 땀방울이 흘러내렸다. 초가을치고는 더운 날씨였다. 여자는 세탁조 덮개를 열고 내부를 들여다보았다. 문득 세탁조 안에서 내 수건과 양말과 속옷이 그녀의 수건과 양말과 속옷과 뒤엉겨 돌아가는 장면이 그려졌다. 세제 거품을 뒤집어쓰고 서로의 땟물이 뒤섞이는.

"생각보다 작네. 귀엽기는 한데…… 세탁은 잘돼요?"

"생각보다 잘돼요."

여자는 콧잔등을 찡긋하며 덮개를 닫았다. 불룩하게 솟은 핑크색 트레이닝복 가슴에 'PINK'라는 로고가 큼직하게 붙어 있었다. 어쩐지 웃기도 애매한 우악스러운 유머를 보는 기분이었다. 눈을 돌려 방을 둘러보았다. 사계절 옷이 빽빽하게 매달린 행어는 금방이라도 주저앉을 것처럼 등뼈가 휘어 있었다. 옷들의 색상과 스타일은 주인의 취향을 절대 노출시키지 않겠다는 듯 제각각이었다. 앉은뱅이 화장대와 도시바 노트북, 브라운관 TV, 침대 발치에 흩어진 여성지와 만화책 몇 권. 무슨 일을 하는 여잘까? 평일 낮에 출근도 안 하는 것 같고. 침대 머리맡에는 릭턴스타인의 〈행복한 눈물〉이 걸려 있었다. 저 빨간 머리 아가씨는 우리 동네 토스트 가게와 호프집과 이동통신 대리점에서도 눈물을 흘리고 있다. 참으로 눈물이 헤픈 아가씨였다.

"강아지 키우나 봐요?"

냉장고 옆에 놓인 애완동물용 플라스틱 식기를 눈짓하며 물었다. 여자가 열린 창문으로 머리를 내밀더니 밖을 두리번거렸다.

"고양이요. 아까 이리로 나갔는데 안 들어오네."

"찾아봐야 하는 거 아닌가요?"

"배고프면 알아서 들어오더라고요. 길고양이 새끼라 그런가, 내킬 때마다 한 번씩 들락거려요."

창밖에는 일 미터 정도 거리를 두고 옆집의 벽돌담이 길게 이어져 있었다. 나는 창턱에서 몸을 한껏 옹크렸다가 담벼락을 향해 점프하는 얼룩 고양이의 모습을 그려보았다.

"이름이 뭐예요?"

"저요?"

여자의 눈이 고양이처럼 동그랗게 커졌다.

"아니, 고양이요."

"아, 젤소미나."

"페데리코 펠리니의 〈길〉?"

"예?"

"그 영화에서 따온 이름 아닌가요? 여주인공, 그 차력사와 다니며 트럼펫 부는."

"〈바닐라 신드롬〉이란 만화에서 따온 건데요. 젤소미나, 왠지 신비하면서도 깜찍하잖아요."

여자는 신비하지는 않지만 깜찍한 미소를 머금었다. 나는 오렌지 주스를 마저 마시고 유리잔을 화장대에 내려놓았다. 미끄러져 들어온 얼음 조각 하나가 차가운 모서리로 혀와 입천장을 긁었다.

"아, 돈 드려야지."

여자가 행거에 걸린 핸드백에서 지갑을 꺼냈다. 지갑에는 만 원권이 제법 두둑하게 들어 있었다. 돈을 헤아리는 여자의 오른 손목에 눈길이 갔다. 손목 안쪽에 독특한 문양의 타투가 새겨져 있었다. 서로의 꼬리를 붙잡고 원형으로 얽혀 있는 두 마리 원숭이. 오래전에 새긴 것인지 피부와 잉크의 경계선이 희미했다.

"자, 여기."

그새 은색 카니발이 내가 주차했던 단독주택 담벼락을 차지하고 있었다. 집 주변을 빙빙 돌다가 간신히 공사장 펜스 옆에 빈자리를 찾아 차를 세웠다. 배는 그리 고프지 않았지만 '전원 돼지국밥'에서 저녁을 때우고 들어가기로 했다. 반주로 소주를 곁들여서. 국밥 한술에 소주 한 잔씩 넘기다 보니 금세 또 한 병을 시켜야 했다. 뭔 일 있어? 흐트러진 백발이 베토벤을 연상시키는 주인 할머니가 소주병을 건네며 물었다. 없어요. 왜 이리 아무 일도 없을까, 생각하는 중이에요. 베토벤 할머니는 에라, 하며 쌕 웃었다. 속이 더부룩해 국밥은 반도 못 먹고 나왔다. 대신 집 앞 편의점에 들러 소주 한 병을 더 샀다.

정육면체의 방이 어지럽게 돌아갔다. 거대한 주사위 속에 들어앉은 기분이었다. "신은 주사위 놀이를 하지 않는다." 어떤 골샌님의 명언인지는 모르겠지만, 내 생각에 신은 종일 주사위 놀이만 하며 시간을 보낸다. 나처럼 침대 머리에 비스듬히 기대 누워 소주를 홀짝이면서. 그 양반, 얼마나 무료하겠는가. 눈을 감으니 주사위는 더욱 신나게 돌아갔다. 나는 더듬더듬 시간을 거슬러 올라갔다. 2011, 2010, 2009, 2008, 2007······ 술을 입에 대는 것이 정확히 오 년 사 개월 십칠 일 만이었다. 오랜만인데, 잘도 들어가네.

오 년 사 개월 십칠 일 전의 내게 금주는 불가피한 선택이었다. 아니 선택이라기보다는 발버둥에 가까웠다. 정규분포곡선의 거대한 종(鐘) 속에 한 발이라도 걸치고 살기 위한 발버둥. 이 년 넘게 이어진 꾸준한 폭음은 몸보다 정신을 먼저 허물었다. 내 정신보다 튼튼한 간과 위장을 위해 건배! 가벼운 조울증이 고작이었던 주사가 헐크로 변하듯 점차 폭력적인 양상을 띠어갔다. 처음에는 꼴사나운 자해로, 이어서 기물 파손으로, 급기야 타인에 대한 과도한 공격성으로. 결국 오뎅바에서 내게 '호로새끼'인지 '호모 새끼'인지 욕설을 던진 옆 테이블 양복쟁이의 이빨 두 대를 부러뜨렸다. 합의금 천만 원을 구하느라 여기저기 손을 벌리고 다니면서 술을 끊기로 결심했다. 지금 생각해보면, 그깟 일로 단박에 술을 끊은 나도 참 독종이었다. 그동안 마시고 싶어 마신 것도 아니었건만.

꾸준한 폭음의 시작은 Y의 어이없는 죽음이었다. 애당초 해병대에 자원입대한 것부터가 어쭙잖은 쇼였다. 녀석은 소대 사격훈련 도중 느닷없이 소총을 들고 사로(射路)에서 뛰쳐나갔다고 한다. 통제실의 소대장과 탄창을 교체하던 분대원들이 멍하니 지켜보는 사이, Y는 표적과 사선의 중간 지점까지 내달린 후 괴성을 지르며 몸을 돌렸다. 람보처럼 소총을 옆구리에 낀 채로. 그제야 정신을 차린 분대원들은 자신에게 위협적으로 총구를 겨눈 과녁을 향해 반사적으로 방아쇠를 당겼다. 훈련은 그러라고 했던 거니까. 여덟 정의 소총이 반자동으로 불을 뿜었고 Y는 스물세 발의 총알이 박힌 채 사격장 한복판에 쓰러졌다. 분대원들이 총 백육십 발을 쏘았으니, 그리 자랑할 만한 실력들은 아니었다. Y의 탄창은 비어 있었다고 한다.

국방부는 자체 조사 결과 "부대 내 가혹행위는 없었으며 일시적인 정신착란으로 인한 사고사"라고 결론을 내렸다. Y의 가족은 강력하게 은폐 의혹을 제기했지만, 나는 조사 결과를 대체로 수긍했다. 가혹행위는 '부대 내'의 문제가 아니었다. 병신 새끼, 그러게 사람은 쉽게 변하지 않는다니까. 난 Y의 영정사진을 보며 되뇌었다. 그러게. 그래도 피날레는 멋지게 장식했잖아. 〈보니 앤 클라이드〉의 라스트신처럼. 흑백의 Y가 씩 웃으며 대꾸했다. 대한민국에서 이렇게 폼 나게 죽기가 쉬운 줄 알아? 그래, 잘났다. 아메리칸 뉴 시네마의 효시인 〈보니 앤드 클라이드〉는 국내에 〈우리에게 내일은 없다〉라는 화끈한 제목으로 소개되었다. 내 기억이 맞는다면, 세상을 향해 기관총을 갈겨댄 전설적인 은행강도 클라이드 배로우는 좆이 서지 않는 성불구였다.

나는 Y가 입대했다는 사실도 한참 후에야 알았다. 병원에서 퇴원한 직후 Y는 학교를 휴학하고 외가가 있는 속초로 내려갔다. 내가 몇 번이나 만나러 가겠다고 했지만 Y는 완곡하게, 그러나 단호하게 거절했다. 미안해. 당분간 좀 쉬고 싶어. 혼자, 조용히. Y의 목소리 뒤로 늘 파도가 쳤다. 그 '당분간'은 여름과 가을을 거치며 하염없이 늘어졌다. 어느 날부터는 전화도 받지 않았다. 난 무작정 속초로 내려가 바닷가를 헤집고 다니기도 했지만, 혼자 조용히 쉬고 있는 Y를 찾을 수는 없었다. 차분한 치유의 시간이 필요하다는 건 이해했다. 넉 달 넘는 병원 생활로 몸이 많이 쇠약해졌고, 오른쪽 고막 손상으로 영화 사운드 디자이너의 꿈이 날아갔다는 현실도 받아들여야 했다. 무엇보다 팔다리를 옥죄고 있는 '공포'라는 구속복이 문제였다. 그건 나도 마찬가지였으니, 난 버클이 헐거워질 때까지 함께 꼼지락거리며 버티기를 바랐다. 하지만 공포가 주는 공포를 이기지 못했던 Y는 강제로 구속복을 뜯어내려 몸부림쳤다. 매우 비정상적인 방법으로.

해가 바뀐 2004년 초여름 어느 날, 붐비는 홍대 거리에서 우연히 Y를 목격했다. 청미니스커트를 입은 여자애와 팔짱을 끼고 걸어가는 Y를. 나는 몽유병 환자처럼 휘적휘적 그들을 쫓아다녔다. 카페로, 영화관으로(둘은 〈첫 키스만 50번째〉를 봤다. 하!), 칵테일바로, 지하철로, 아현동 골목길로. 청미니스커트의 자취방인 듯한 다세대주택

앞에서 둘은 헤어졌다. 손을 흔드는 여자애의 입가에 아쉬움이 묻어 있었다. 혼자 지하철역으로 들어가는 Y를 따라잡았다. 의례적인 인사말은 놀란 표정으로 대신했다. 뭐야, 쟤는? 학교 후배야. 나 좋다고 따라다니던. 예쁘지? Y는 멋쩍게 웃었다. 예쁘기는, 치와와같이 생겨가지고…… 그래서 지금 뭐 하는 거냐고? Y는 계단 위쪽 조그맣게 잘린 사각형 하늘을 향해 고개를 돌렸다. 반란에 실패한 망명자 같은 그 눈빛이 난 못마땅했다. 나, 좀 변한 것 같아. 지랄하네. 총총히 계단을 오르내리는 사람들이 장승처럼 우뚝 선 우리를 스쳐갔다. 잤어, 쟤하고? 나를 바라보는 Y의 까만 눈동자에서 무언가 반득하고 사라졌다. 나보고 젠틀해서 좋대. 우리는 동시에 픽, 웃었다. 그날 난 Y의 팔을 잡고 반강제로 여관까지 끌고 갔으나 Y는 끝내 내 불알을 걷어차고 달아났다. 그 너절한 장면이 우리의 라스트신이 될 줄이야.

'2002'라는 숫자 자체가 우리나라 사람들에겐 일종의 클리셰가 아닐까? 2와 2 사이에 놓인 축구공과 태극문양, 시청광장을 가득 메운 붉은 물결, 반짝이는 뿔과 삼지창, 온 국민이 손뼉에 맞춰 합창하는 "대~한민국!" Y와 내가 겪은 악몽마저도 그 용광로 속에 녹아든 소소한 에피소드에 지나지 않았다. 사회면 말단 기삿거리도 되지 않는.

우리는 축구를 그다지 좋아하지 않았고 더구나 사람이 득시글거리는 장소는 질색이었지만, 대한민국 경기가 있는 날이면 어김없이 광장의 붉은 물결에 합류했다. 월드컵이 우리에게 뜻밖의 기회를 제공해주었기 때문이다. 바로 인파 속에서 당당하게 애정 표현을 하는 연인의 권리. 우리 팀의 공격으로 응원단이 달아오를 때면 벌긋하게 취한 Y와 내가 손을 잡거나 끌어안고 애무를 해도 주위에서는 눈살을 찌푸리지 않았다. 골이라도 넣으면 과장되게 딥키스를 나누는 우리에게 사람들은 오히려 박수와 환호를 보내주었다. 그간 한 번도 느껴보지 못한 짜릿한 쾌감이었다. 야, 이런 기분이었구나. 스릴 있다, 그치? 응, 다음 게임은 언제야? Y와 내게 월드컵 거리응원은 은밀한 반란이었던 셈이다. 아무도 알아채지 못하는 투명한 반란. 대다수 국민들과는 상이한 이유로 우리는 대한민국의 승리를 염원했고, 태극전사들은 기대를 저버리지 않고 4강까지 오르는 쾌거를 이루었다.

 그 악몽은 전차군단 독일과의 준결승전이 있던 날 벌어졌다. 경기는 후반전 막바지까지 0 대 0의 피 말리는 접전. 광장에 운집한 붉은 악마들은 대형 스크린을 향해 파도치듯 함성을 쏟아냈다. 전후반 내내 변변한 공격 기회조차 잡지 못해 다소 욕구불만 상태였던 Y와 나도 열렬히 응원을 보냈다. 팽팽한 긴장감이 백만 관중의 머리 위를 휘돌았다. 어느 쪽이 먼저였던가? 우리 팀 골네트를 흔든 미하엘 발락의 슛, 얼굴에 요란하게 보디페인팅을 하고 배꼽을 드러낸 여자애의 손목을 틀어쥔 Y. 그녀는 또 다른 이유로 대한민국의 승리를 염원했을 소매치기였다. 뒷주머니에 꽂힌 내 지갑을 노리는 걸 Y가 잡아챈 것이었다. 불의의 상황에 세 사람 모두 멈칫하는 찰나, 여자애가 냉큼 목 놓아 외쳤다.

 악! 뭐 하는 거예요. 어딜 만져. 도와주세요! 치한이야!

 아마도 이런 상황에 대비해 대사를 연습한 모양이었다. 흥분한 군

중이 우리를 바투 에워쌌다. 그들이 본 건 건장한 체격의 남자가 불쾌한 낯빛으로 자그마한 여자애의 손목을 비트는 광경이었다. Y는 눈을 부라리며 뭐라고 떠듬거렸지만 그녀의 울먹이는 비명에 묻혀 제대로 들리지 않았다.

저 새끼 뭐야! 꼭 저런 놈들이 있다니까. 이 중요한 순간에, 파렴치한 새끼. 빨리 잡아! 경찰에 넘겨!

Y가 항변하기 위해 팔을 내두르는 것과 동시에 수많은 손들이 튀어나와 Y를 붙잡고 쓰러뜨렸다. 이어서 수많은 발들이 그를 밟고 걷어찼다. 난 Y를 막아서며 뜯어말렸지만 이내 쓰러져 같은 신세가 되고 말았다. 치명적인 골을 먹은 실망감에 과격한 시민의식이 합세해 사람들은 일순간 이성을 잃었다. 붉은 제복의 난폭한 진압군이 넘어진 우리를 향해 악귀처럼 달려들었다. 울긋불긋 색칠한 얼굴들, 머리 위에서 새빨간 빛을 내뿜는 날카로운 뿔, 여기저기서 들썩이는 삼지창, 커다란 송곳니를 드러낸 치우천왕…… 모든 게 슬로모션으로 움직이는 환영처럼 보였다. 고통만 빼고. 나는 피범벅이 된 Y의 손을 놓지 않기 위해 안간힘을 썼다. 정신을 잃기 직전, 경기 종료를 알리는 주심의 휘슬과 함께 거대한 탄식이 시청광장을 울렸다.

시간을 좀 더 거슬러 올라갈 수도 있을 것이다. 재수학원에서 Y를 처음 만났던 시절로. 서로의 취향을 떠보기 위해 넌지시 던진 농담들, 백화점 남자화장실에서 나눈 첫 키스, 휘파람으로 〈레인드롭스 킵 폴링 온 마이 헤드〉를 불 때 동그랗게 주름지는 입술, 펠리니의 〈길〉이나 베르톨루치의 〈몽상가들〉을 예찬하는 허스키한 음성, 생각에 잠길 때면 빠르게 팔락이는 긴 속눈썹, 내 귓바퀴 아래서 두근거리는 Y의 심장, 내 혓바닥 위에서 꿈틀거리는 Y의 성기…… 아무리 떠올려봤자 이젠 별다른 감흥이 일지 않았다. 텅 빈 객석에 홀로 앉아 지루한 흑백 무성영화를 보는 기분이랄까. 그날의 사건이 필터처럼 통로를 꽉 틀어막은 채 이전의 기억들을 무색무취의 맹물로 걸러내고 있었다. 그날 이후 모든 게 변했다. 내 삶의 리얼리즘은 그토록 장엄하고 극적인 헛소동으로 시작됐으니. 우리 팀의 골네트가 흔들리는 순간 터져 나온 백만 관중의 탄식, 여자애의 손목을 틀어쥔 Y의 손아귀, 핏줄이 팔딱이는 하얀 손목 안쪽에 새겨진, 서로의 꼬리를 붙잡고 원형으로 얽혀 있는 두 마리 원숭이.

세 병째 소주와 냉장고에 있던 캔맥주까지 깡그리 비웠을 때 휴대폰이 울렸다. 쟁쟁거리는 목소리가 대뜸 짜증을 냈다.
"세탁기가 자꾸 꺼지잖아요. 다 꺼내서 손빨래해야 될 판이에요."
"어제도 잘 돌아갔는데."
"그걸 내가 어떻게 알아요? 말만 믿고 확인을 안 했더니, 참. 아무튼 이거 안 살 거니까 환불해주세요."
"환불이요?"
"고장난 걸 속이고 팔았잖아요. 사기죄로 고소할 수도 있다고요. 내일 당장 와서 가져가세요."
벽에 걸린 뻐꾸기시계를 보았다. 아홉 시 반을 막 넘어서고 있었다. 여자의 고양이는 돌아왔을까? 뜬금없이 그런 의문이 들었다.
"내일은 제가 일이 있는데, 지금 가도 될까요?"
"그러시든가."

주사위는 여전히 어지럽게 돌아갔다. 세탁조 안에서 내 수건과 양말과 속옷이 그녀의 수건과 양말과 속옷과 뒤엉겨 돌아가는 장면이 그려졌다. 세제 거품을 뒤집어쓰고 서로의 땟물이 뒤섞이는. Y는 내가 아는 가장 아름다운 사람이었다. 아름다움이 부서질 땐 그 파편이 어딘가 작은 흠집이라도 남겨야 하는 게 아닌가. 이로써 세상이 조금 더 타락했음을 환기할 수 있도록.

침대에서 내려오니 몸이 지그재그로 휘청거렸다. 오 년 사 개월 십칠 일 만에 밟아보는 술망나니 스텝이었다. 욕실로 들어가 오랫동안 오줌을 누고 찬물로 세수를 했다. 신발장에서 망치를 찾아 품에 넣고 집을 나섰다. 나도 그녀에게 환불 받고 싶은

"아쉽네. 마저 쓴 후에 쳐들어갔어야 하는 건데."

형사는 종이 뭉치를 내려놓고 의자를 당겨 앉았다.

"자, 여기서 마무리해보자고. 망치를 들고 여자의 집에 찾아가서, 어떻게 됐지?"

M은 어이없다는 듯 헛웃음을 흘렸다.

"형사님, 이건 소설이라고요, 소설. 이 허구의 이야기가 제가 살인범이란 증거라는 겁니까?"

"신통하잖아. 이 허구의 이야기에 따르면 주인공은 아홉 시 사십 분쯤 집을 나섰으니 열 시 남짓에 도착했을 테고, 피살자의 사망 추정 시각과 딱 맞아떨어지네."

"그거야 우연히……"

"아, 물론 여자가 전화로 땍땍거렸다는 건 허구겠지. 그 시간엔 통화 기록이 없으니까. 사람이 양심이 있지, 설마 고장난 세탁기를 팔았겠어. 넌 다분히 계획적으로 그 집을 다시 찾아간 거야."

M이 반박하려 했지만 형사가 손을 들어 제지했다.

"그리고 더 결정적인 건 말이야……"

형사는 파일을 뒤적여 서류 한 장을 꺼내더니 또박또박 낭독했다.

"사망 원인은 둔기에 의한 두개골의 함몰 골절과 이에 수반된 두개내출혈임. 후두부에 두 차례, 좌측두부와 이마에 각각 한 차례, 총 네 차례 타격이 가해졌음. 골절 부위의 모양으로 보아 둔기는 지름 2~3센티미터 가량의 원형 도구임. 가로 열고, 망치로 추정됨, 가로 닫고."

마지막 부분을 형사는 서류 너머로 M을 건너보며 느릿느릿 읽었다. M은 나무토막처럼 굳어버린 혀를 힘겹게 움직였다.

"허…… 전 알지도 못했어요, 사인이 뭐였는지. 망치야, 뭐, 흔하니까…… 우연이겠죠."

"우연. 십 년 전의 그 소매치기와 세탁기 때문에 딱 맞닥뜨린 것처럼 말이지?"

"아, 정말, 그건 그냥 소설이라니까요! 픽션!"

"난 왜 자꾸 픽션 쪽에 더 신뢰가 갈까. 술은 어때? 아까는 저녁만 먹고 들어갔다고 했는데, 그날 술 안 마셨어? '전원 돼지국밥' 베토벤 할머니한테 전화해서 물어볼까?"

"그게…… 젠장, 저도 잊고 있던 걸 어떻게 일일이 보고합니까? 예, 생각해보니 마셨네요. 소설처럼 그렇게 들이부은 건 아니고, 속상한 일도 있고 해서 반주로 딱 한 병 했습니다."

"그럼, 속상하지. 속상한 일이지."

형사는 코웃음을 지으며 앞에 놓인 M의 소설을 해작해작 들추었다.

"칠팔 년 전이었나, 나도 뉴스에서 봤던 기억이 나네. 해병대 사격장에서 이병이 난동을 부리다 동료 사병들의 총에 맞아 사망. 당시에 꽤 시끄러웠잖아. 뭐, 그래 봤자 며칠뿐이었지만."

M이 딸꾹질을 하듯 움찔했다. 형사가 눈만 치떠 M을 흘끗 쳐다보았다.

"모르는 친구야? 이름 찾아 털어보면 금방 나와. 어느 대학 무슨 과인지, 몇 년도에 어느 재수학원을 다녔는지. 참, 자넨 재수했어?"

M은 숨을 몰아쉬다가 고개를 푹 숙이고 웅얼거렸다.

"예, 그 이병…… 제 친구였습니다."

"친구야, 애인이야?"

M의 뺨이 파르르 떨렸다.

"절 잡아넣고 싶으면 제대로 된 증거를 내놓으시죠. 소설 말고, 내가 살인범이라는 물적 증거를."

형사는 손가락을 쫙 펼쳐 앞이마에서 뒤통수까지 머리를 한 번 쓸어 넘기고 M의 턱밑으로 얼굴을 들이밀었다. 두 사람 사이에 걸린 보이지 않는 낚싯줄이 팽팽하게 당겨졌다.

"내 생각을 말해줄까? 넌 말이야, 소설을 쓴 게 아니야. 살인을 저지르고 와서 그에 대한 기록을 남기고 있었던 거지. 왜 그럴 수밖에 없었는지를."

"아닙니다."

M은 단호하게 부정했다.

"눈이 뒤집힐 만도 하지. 사랑하던 애인을 비참한 죽음으로 몰아간 원흉과 마주쳤으니, 응? 그동안 술까지 끊으며 꾹꾹 꿍쳐놓았던 분노가 펑, 폭발했을 거야."

"아닙니다."

"울분을 참지 못해 퍼마신 술 때문에 '타인에 대한 과도한 공격성'이 튀어나왔을 테고. 결국 너도 모르게 망치를 들고 찾아가서, 퍽! 퍽! 퍽! 퍽!"

"아닙니다."

M은 이를 악물고 고개를 좌우로 세차게 흔들었다.

"그래, 자네 사연을 참작하면 우발적인 범행으로 볼 수도 있어. 자백하고 변호사만 잘 구하면 중형은 피할 수 있을 거야."

"아니라고요."

"기어이 죽은 연인의 존재마저 부정할 셈인가, 응? 네가 아는 가장 아름다운 사람이었다며."

M이 주먹으로 탁자를 내리치며 번쩍, 고개를 쳐들었다. 희번덕이는 눈알이 금방이라도 굴러떨어질 것 같았다.

"아니라니까! 썅, 그래서 죽인 게 아니라고!"

쩽, 소리와 함께 두 사람 사이에 얇은 얼음장이 생겼다. 곧이어 터져 나온 M의 절규가 얼음장을 산산조각 내며 취조실에 메아리쳤다.

"그 여자가 이만 원을 얹어 주기로 해놓고는 만 원밖에 주지 않았어요! 통화할 때 분명히 이만 원이라고 말했는데, 자기는 만 원이라 그랬다고 바락바락 우기는 겁니다. 내가 미쳤습니까! 만 원 더 받자고 세탁기를 내 차로 싣고 가서, 삼 층까지 낑낑대고 올라가서, 땀 뻘뻘 흘리며 설치해주게! 망할 수도꼭지는 물이 새서, 철물점에서 방수테이프까지 사다 감아줬는데. 뭐? 내가 뻔뻔하다고? 세상 그렇게 살지 말라고? 하! 누가 할 소릴. 게다가 돌아왔더니 주차 자리까지 뺏겨 한참을 빙빙 돌았다고요!"

속사포처럼 쏟아낸 M은 어깨를 들썩이며 거칠게 심호흡을 했다. 형사는 어정쩡하게 입을 벌린 채 잠자코 듣기만 했다.

"그때는 잠깐 실랑이만 하다 돌아왔어요. 돈 만 원 때문에 티격태격하는 꼴도 우습고. 그런데 술 한잔 걸치고 집에 들어왔더니······ 생각할수록 울화가 치미는 겁니다. 예, 쪽팔리고 열받았어요. 등신같이 제대로 대꾸도 못한 게. 되레 푼돈에 목숨 거는 좀팽이 취급이나 당한 게. 베란다에 세탁기가 있던 자리를, 타일 위의 그 네모난 흔적을 바라보다가······ 저도 모르게 집을 나섰습니다."

M은 텅 빈 눈동자로 왼편 허공을 쏘아보았다.

"처음부터 죽일 생각으로 찾아간 건 아닙니다. 속 시원하게 욕이나 실컷 해줄까, 받은 돈 집어던지고 세탁기를 다시 뺏어 올까······ 아니, 처음부터 죽일 작정이었겠죠? 품에 망치가 들어 있었으니······ 그래요, 여자가 뒤돌아서자마자 망치를 꺼내 휘둘렀어요. 퍽! 퍽! 고개를 돌리는 바람에 세 번째는 옆머리를 때렸고, 마지막으로 쓰러진 여자의 이마 한가운데를······ 그리고 여자 지갑에서 만 원을 챙겨 나왔습니다. 오, 맙소사, 내가 대체 무슨 짓을 한 거죠?"

M이 뱉어낸 말들이 엉겨 붙으며 취조실의 공기는 끈적하게 가라앉았다. 탁자 위에는 날카롭게 조각난 얼음장들이 흩어져 있었다. 형사가 츕, 입맛을 다셨다.

노크도 없이 문이 열리더니 검은 가죽재킷이 다시 고개를 디밀었다.

"고 형사님."

형사는 끙, 하고 몸을 일으켜 취조실을 나갔다. 문이 소리 없이 닫혔다. M은 두 손으로 머리를 감싸 쥐고 반죽을 하듯 천천히 휘저었다. 목구멍에서 가르랑거리는 신음이 비어져나왔다.

형사는 삼십 분 가까이 지난 후에야 돌아왔다. 그가 문손잡이를 잡고 우두커니 서 있다가 헛기침을 하며 다가와 의자를 빼고 털썩 앉을 때까지, M은 고개를 들지 않았다. 팔짱을 끼고 실눈으로 M을 응시하는 형사의 안색은 다소 상기되어 있었다. 고개가 보일 듯 말 듯 좌우로 까딱거렸다. 형사가 탁자 위에 흩어져 있던 증거사진과 서류를 간추려 파일에 집어넣었다.

"그만 가도 좋습니다."

M은 고개를 들고 멍하니 형사를 건너다보았다. 그의 말뜻을 알아듣지 못하는 표정이었다.

"진범이 잡혔어요."

"진범……이요?"

"그 동네 변태 또라이의 짓이었어요. 강간미수 전과가 있는 놈인데, 이미 다 자백했습니다. 집에서 피 묻은 망치도 나왔고."

형사가 츱, 입맛을 다셨다. M은 맞은편의 대형 거울을 멀거니 바라보았다. 봉두난발의 남자가 어리벙벙한 얼굴로 마주 바라보고 있었다.

"왜…… 그랬답니까?"

"왜는, 변태 또라이니까. 지나가다가 베란다에 여자 속옷 널린 걸 보고 도시가스 파이프를 타고 올라갔대요. 스파이더맨처럼. 빈집인 줄 알았는데 여자가 불쑥 튀어나와 고함을 지르니까……"

형사는 한 손으로 망치 휘두르는 시늉을 했다. M의 입에서 쓴웃음과 흐느낌을 6 대 4로 섞은 듯한 괴상한 소리가 새어나왔다.

"그날, 세탁기를 돌렸군요."

"그런가 보네."

"늘 이런 식이에요. 하아, 정말이지……" M은 힘없이 고개를 저었다. "맥락이란 게 없어."

"뭐, 그런 식이지."

형사는 피아노를 치듯 손가락을 교대로 움직여 탁자를 툭툭, 두드렸다.

"그런데 형씨는 대체 왜 그런 거요?"

"예?"

"왜 범인도 아니면서 거짓 자백을 했느냐고. 하지도 않은 짓을."

M은 고개를 비뚜름히 기울인 채 탁자 위에 놓인 자신의 소설을 노려보았다. 부르튼 입술이 '거짓, 자백, 거짓, 자백' 하고 소리 없이 달싹였다.

"내가 고문을 한 것도 아니고, 응?"

"……"

"까딱하면 수십 년을 감방에서 썩을지도 모르는 판인데."

"……"

"허, 큰일 날 사람이네."

M이 기관지에 낀 거미줄이라도 제거하려는 양 숨을 깊이 들이마셨다가 천천히 내뱉었다. 양어깨가 스르르 가라앉았다.

"머릿속이 잠깐 헝클어졌나 봅니다. 며칠 잠을 제대로 못 자서……"

가전제품 사용설명서를 읽듯 M은 억양 없는 목소리로 말했다. 형사는 눈을 슴벅이며 쳐다보다가 새끼손가락으로 귓구멍을 후볐다.

"아무튼 미안하게 됐소이다. 이해하쇼. 온갖 인간쓰레기들을 상대하는 게 일이라, 조금이라도 미심쩍다 싶으면 일단 조지고 봐야 돼요."

"가도 됩니까?"

"그럼요. 바쁘다면서, 얼른 가서 일 봐요."

M은 주섬주섬 자신의 소설이 인쇄된 이면지를 챙겨 자리에서 일어섰다. 현기증이 나는 듯 잠시 탁자를 짚고 서 있다가 문을 향해 비척비척 걸음을 옮겼다.

"형씨."

등 뒤에서 형사가 불렀다. M은 문손잡이를 잡은 채 뒤를 돌아보았다.

"궁금해서 그러는데, 그거 어디까지가 실제 있었던 일이오?"

M은 입을 꾹 다물고 대답하지 않았다.

"혹시 피살자 윤미나가 정말 2002년의 그 소매치기였소?"

형사의 눈이 호기심으로 반들거렸다. M은 문을 나서며 혼잣말로 중얼거렸다.

"다 뻥이에요."

뉘엿뉘엿 땅거미가 내리고 있었다. 버스정류장을 향해 가던 M은 성당 앞에서 걸음을 멈췄다. 주택가로 들어가는 세 갈래 골목길을 잠시 바라보다가 오른쪽 골목으로 접어들었다. 등 뒤에서 하얀 성모상이 가슴에 두 손을 모으고 기도를 올렸다. M은 주위를 두리번거리며 골목을 계속 꺾어 들어갔다. 양편에 늘어선 낡은 건물들은 모두가 어슷비슷하게 보였다. 담벼락에 주차된 승용차와 전봇대 아래 쌓인 쓰레기봉투와 시멘트를 가르고 나온 잡초까지도. 세탁기를 싣고 온 게 불과 사흘 전이건만 도저히 여자의 집을 찾을 수가 없었다. 누군가 골목을 계속 덧대면서 길을 숨기는 것 같았다. 어둠이 건물 외벽을 타고 흘러내려 발밑에 질척하게 쌓여갔다. M은 길바닥에 가래침을 칵 뱉고 멀리 보이는 성당 십자가를 향해 걸음을 옮겼다.

옆에서 누가 노려보는 낌새에 M은 흠칫 고개를 돌렸다. 얼룩 고양이 한 마리가 등을 볼록하게 세우고 벽돌담 위에 도사리고 있었다. 대각선으로 뻗은 앞다리에 단단히 힘이 들어가 있는 게 느껴졌다. 메달 달린 목걸이를 하고 있는 것으로 보아 길고양이는 아니었다. M은 아기를 어르듯 입으로 쭈쭈, 소리를 내며 슬며시 손을 내밀었다. 고양이가 더욱 납작하게 몸을 웅크리며 수염을 곤두세웠다. 커다랗게 벌어진 두 개의 눈동자가 레이저 포인터처럼 M의 미간에 붙박여 움직이지 않았다.

"젤소미나."

M이 앞으로 한 발짝 내딛는 순간, 고양이는 재빨리 몸을 돌려 담벼락 너머로 사라졌다.

기수상작가 자선작

홀린 영혼

성석제

경북 상주에서 태어나고 연세대 법학과를 졸업했다. 1986년 《문학사상》 시 부문 신인상으로 작품 활동을 시작했고 1994년 소설집 《그곳에는 어처구니들이 산다》를 간행하면서 소설을 쓰기 시작했다. 소설집으로 《내 인생의 마지막 4.5초》《재미나는 인생》《번쩍하는 황홀한 순간》《홀림》《황만근은 이렇게 말했다》《인간적이다》 등이, 장편소설로 《위풍당당》《단 한 번의 연애》 등이 있다.

초등학교 5학년이 되어 나는 난생처음으로 부반장이 되었다. 이 전까지 반장, 부반장은커녕 학급 간부 역할도 해보지 못한 내가 반 아이들의 비밀투표로 선출되는 부반장이 된 데는 담임선생의 영향력이 결정적으로 작용했다. 그는 투표를 하기 전 부반장 후보로 직접 나를 추천하고 노골적으로 내게 투표할 것을 종용했다. 담임이 나를 눈여겨본 이유는 그가 내 아버지의 술친구였기 때문이다.

초등학교에 입학한 이후 4년 동안 반장을 지냈고 5학년이 되어서도 어렵지 않게 반장이 된 정영호는 담임의 비호를 받는 부반장을 대놓고 견제했다. 반장이 있는 한 부반장은 할 일이 거의 없었다. 얼떨떨한 상태로 눈치를 보며 지내던 어느 날, 종례가 끝나고 반장의 구령에 따라 인사를 마친 뒤에 담임이 "오세호, 이리 나와!" 하고 나를 불렀다. 그는 교탁 속에서 하얀 면 보자기로 싼 도시락을 꺼내 내게 주면서 "이거 우리집에 갖다줘라" 하고 말했다. 그게 그가 담임을 맡은 반의 부반장이 할 일인 듯싶었다. 영호는 담임 모르게 내게 한껏 눈을 부라렸다. 나는 담임의 도시락을 책가방에 집어넣고 교실을 빠져나왔다. 담임은 자전거를 타고 교문을 나서고 있었는데 다른 교사들 두엇도 함께였다. 내 아버지의 단골 술집인 기차역 앞 식당에 가서 술을 마실 게 분명했다.

실상 나는 담임의 집이 정확히 어딘지 몰랐다. 학교에서 1킬로미터쯤 떨어진 읍내 북쪽, 새로 지은 집이 많은 신흥주택가에 살고 있다는 정도만 알고 있었다. 나는 읍내에서 4킬로미터쯤 떨어진 농촌에서 태어나 자랐고 신흥주택가는 물론 기와집이 흔하고 오일장이 열리는 가축시장 거리, 상설시장이 있는 중앙시장 거리도 가본 적이 없었다. 초등학교에 입학하면서 집과 학교 사이의 길을 익힌 뒤 4년 내내 그 길만 왔다 갔다 한 셈이었다.

마을 아이들 사이에서는 읍내 중심부에 있는 극장에 갔다가 비슷한 또래의 아이들에게 얻어맞고 주머니까지 털리고 온 이야기가 되풀이되고 있었다. 이야기를 듣다 보면 정말로 실감이 나서 내가 코피로 얼굴을 온통 붉게 칠갑한 채 울면서 저녁 어스름에 돌아오기라도 하는 양 서럽고 가슴이 조이기도 했다. 이야기의 결론은 그 무서운 읍내에 되도록 가지 말고, 가야 한다면 세 명 이상 무리를 지어 갈 것이며, 읍내에서 우리 마을 근처로 놀러오는 아이들이 있다면 반드시 보복을 해야 한다는 것이었다. 하지만 읍내에 사는 아이들은 우리 동네 근처에 올 생각을 하지 않았다.

향교 마을을 지나 읍내 중심부로 들어가는 도로를 따라 중앙시장이 있는 거리로 접어들면서 나는 긴장하기 시작했다. 읍내 중심부에는 시장 상인들이 설립한 초등학교가 있었다. 물론 중앙시장 거리는 그 학교에 다니는 아이들이 장악하고 있었는데 다른 학교 아이들이 통과하는 것을 그냥 보아 넘기는 법이 없다고 했다. 그들에게 바칠 돈이나 물품이 없다면 성의가 없다는 이유로 두들겨맞는 것은 물론이고 들어온 입구까지 발길에 채여 땅바닥을 굴러나오게 된다는 것이었다.

나는 최대한 빠르게 걸어서 시장을 통과하려 했으나 곧바로 사나운 파수견 같은 아이들의 눈에 띄고 말았다. 그들은 이를 드러내고 나를 쫓아오기 시작했다. 나는 죽을힘을 다해 뛰어 달아났다. 다행스럽게도 읍내 아이들은 오래도록 뛰는 걸 좋아하지 않았다. 자기네 영역 밖으로 내가 물러난 것을 확인한 뒤에 저희끼리 만족스러운 웃음을 주고받으며 돌아가버렸다. 나는 가방을 들고 뛰었으면서도 빈손으로 따라온 그들을 따돌렸다는 데 자긍심을 느꼈다. 하지만 그 아이들을 다시 만나면 무사히 빠져나올 자신이 없었다. 결국 중앙과 동쪽, 서쪽에 있는 다른 학교 아이들이 있을 법한 모든 장소를 우회해 읍내 밖으로 드넓게 펼쳐진 들판을 걸어서 가야 했다.

초봄이어서 바람이 찼다. 해가 기울기 시작했다. 흙먼지가 눈에 들어가서 손으로 비벼 닦아내느라 한참을 지체했고 이대로 집에 가고 싶다는 생각에 걸음이 늦춰졌다. 담임이 살고 있을 것으로 짐작되는 신흥주택가에 도착한 때는 어둠이 내리기 시작한 무렵이었다.

내가 태어나 살아온 농촌과 읍내 신흥주택가 골목은 달라도 너무 달랐다. 골목은 시멘트 블록으로 쌓은 담으로 반듯하게 구획되어 있었고 크든 작든 집집마다 대문이 달려 있었다. 대부분 닫혀 있는 그 문을 두드려 담임의 집이 어디인지 물어볼 용기가 나지 않았다. 지나가는 사람들이 거의 없는 대신 저녁을 짓는지 밥 냄새가 골목을 채우고 있었다. 된장찌개 냄새에 목이 메어왔다. 도시락 심부름만 아니었다면 나는 식구들과 따뜻한 방에 둘러앉아 저녁 밥상을 마주하고 있을 것이었다. 도시락 심부름이 이렇게 어려운 일이라는 걸 알았다면 한사코 부반장을 마다했을 것이다. 그렇게 어찌할 줄 모르고 바람 부는 골목에 서 있을 때 자전거를 탄 내 또래의 아이가 나타나 찌릉, 하고 종을 울렸다.

"야, 너 낙남 다니는 놈 아니야? 여기까지 뭐하러 왔냐?"

읍내 아이에게 제대로 걸렸다 싶었다. 도망갈까 생각해봤지만 자전거를 타고 있는 상대라면 몇 걸음 가지도 못해 잡힐 게 뻔했다. 아이는 자전거를 타고도 다리가 땅에 닿을 만큼 키가 컸다. 얼굴은 희었고 상고머리를 했으며 목에 갈색 머플러를 두르고 있었다. 자전거는 아동용이 아닌 어른들이 타는 날렵한 형태의 새것이면서 세련돼 보였다. 자전거가 아니라도 그 아이는 왕자처럼 귀티가 났다. 그러자 반사적으로 내가 더 거지처럼 여겨지는 것이었다. 그런데 어딘지 인상이 낯익었다.

"대답해봐, 이 자식아. 낙남 다니는 놈이 여기까지 왜 왔냐고."

그리고 보니 아이의 높고 갈라지는 목소리 또한 왠지 들어본 것처럼 느껴졌다. 혹 이천 명쯤 되는 낙남의 일원일 수 있었다. 내가 말없이 아이를 쳐다보는 동안 가능성은 점점 현실이 되었다.

"너, 귀머거리야? 벙어리야?"

아이는 엄지와 새끼손가락으로 제 귀와 입을 가리키며 웃었다. 그게 왜 웃을 일인지는 알 수 없었다.

"나도 낙남 다닌다."

아이가 말길을 터주고서야 나는 겨우 입을 뗄 수 있었다.

"몇 학년인데?"

"오학년."

"나도 오학년인데. 너 여기 살아?"

"그래. 이 동네로 이사 온 지 몇 달 됐다. 그게 아니라도 나는 원래 매일 읍내를 한 바퀴 돈다."

나는 봄날의 샘물처럼 희망이 솟아나는 것을 느꼈다. 아이는 그런 나의 변화를 눈치챈 듯 내게 몸을 기울였다. 귀가 발갛고 이뻤다.

"나 도시락 심부름 때문에 담임 집 찾고 있는데 어딘지 몰라. 네가 좀 찾아줄래? 담임 이름이 안병수야."

그때까지 살아오면서 읍내에 사는 아이에게 뭔가를 부탁해보기는 처음이었다. 당연히 거절할 줄 알았다. 그런데 아이가 부드럽게 고개를 끄덕였다. 나는 내가 치를 수 없는 어떤 대가를 요구할까봐 긴장했다. 하지만 아이는 그러지 않았다. "따라와" 하더니 앞장섰다. 아이가 자전거를 천천히 몰긴 했어도 따라가려면 노예처럼 뛰어야 했다. 기다렸다는 듯 담임의 빈 도시락이 덜거덕덜거덕 소리를 냈다. 내 도시락은 수저를 도시락과 따로 담아서 소리가 나지 않았다.

"여기다."

아이가 나를 데려다준 곳은 깔끔한 단층 주택이었다. 마당 한구석에 양은 대야를 얹어서 쓰는 세면대와 수동 펌프가 있었다. 아이가 스스럼없이 대문을 밀고 들어가 현관문을 두드리자 문이 열리며 라디오 소리가 새어나왔다. 흰 형광등 불빛 아래 밥상을 둘러싸고 앉아 있는 식구들이 보였다. 포마이카 상에 차려진 저녁을 보자 설움이 복받치며 눈물이 쏟아졌다.

"우리 집이 아닌데. 안 선생은 다음 골목에 살지."

마른 몸에 흰 얼굴을 한 중년 남자가 말했다. 그는 거기에서 가장 가까운 중학교의 교사였다.

"그런데 너는 김 사장 아들 아니냐? 요 앞 삼거리 이층집에 이사 온?"

남자의 관심은 아이에게 향했다. 아이는 고개를 끄덕거렸다.

"너희 집 건평이 아래 위층 합쳐서 이백 평이나 된다는데 정말이야?"

나는 눈물을 어찌할 수 없어서 당황했고 또한 거기에 계속 있을 이유도 없어서 황급히 그 집에서 물러나왔다. 나와는 아무런 관련이 없는 몇 마디의 대화가 더 오고간 뒤 아이가 따라 나와서 나를 보고는 소리쳤다.

"야, 너 운 거냐?"

아이는 내게서 가방을 받아 자전거 손잡이에 걸었다. 놀리는 기색은 없었다. 나는 눈물을 훔치며 걸었다.

담임의 집에도 밥상이 차려져 있었다. 담임은 이미 집에 돌아와 있었고 옷까지 갈아입고 밥상머리에 앉은 참이었다. 술기운으로 얼굴이 불콰한 그는 나를 보고 짜증스러운 표정을 지었다.

"왜 이렇게 시간이 걸렸어? 집이 어딘지 몰랐다고? 그럼 처음에 물어보지 그랬냐? 다른 애들한테라도. 너 알고 보니 정말 밥통 같은 놈이구나."

나는 담임 앞에서는 울지 않았다. 그냥 도시락을 안주인으로 보이는 여자의 손에 건네주고 공손히 고개 숙여 인사를 하고 돌아섰다.

"야, 니네 담임 정말 나쁜 인간이다. 어떻게 들어와서 앉으라는 이야기도 안 하냐?"

아이는 나에게 모든 책임을 돌린 담임을 비난했다. 내가 고개를 끄덕거리자 손을 내밀고는 자신의 이름을 말했다.
"우리 학교 가서 또 만나거든 친하게 지내고 오늘은 헤어지자."
이주선은 그때부터 평생 잊을 수 없는 이름이 되었다.
"너 그때 왜 거기에 있었던 거야? 정말 재미로 읍내 돌아다니다가 우연하게 나를 만났던 거라고?"
중학교 때 한 반이 되었을 때 그에게 물어본 적이 있었다. 그는 대수롭지 않다는 듯이 어깨를 으쓱하면서 "내가 하루라도 신경을 안 쓰면 읍내가 제대로 돌아가지를 않지. 수신제가 치국평천하를 하느라 한 몸뿐인 본인이 대단히 힘들다"라고 말했다.
처음 만났을 때 왕자처럼 보였다고 하자 그는 옛날 중국 황제의 피가 자신의 몸속에도 흐르고 있다고 했다. 그는 고귀한 혈통 때문에 달라 보인 게 아니라 남다른 아버지 때문에 우리와 구별되었다. 그의 아버지 이상조는 읍내에서 가장 부자였고 가장 비싸고 넓고 호화로운 집에 살았는데 그렇게 되기 전까지는 가난한 사기꾼에 지나지 않았다는 소문의 당사자였다. 내가 신흥주택가에 처음 가기 한두 해 전쯤 그의 아버지는 일제 때 일본인들이 개발하다 버리고 떠난 금광의 광권을 헐값으로 인수했다. 소문에 따르면 그의 아버지는 총알에 금가루를 넣은 산탄총을 들고 광맥이 끊어진 동굴 안에 들어가 총을 쏴댔고, 대도시의 대학교수와 탐사단을 초빙해서 그 금광이 보기 힘든 규모와 순도의 금맥을 품고 있다는 증명서를 받아냈다. 어쨌든 일제 때 잃어버렸던 엄청난 금맥이 재발견되었다는 기사가 지방신문에 실리자 투자자들이 몰려왔다. 그의 아버지는 재일교포를 비롯한 여러 사람들에게 큰돈을 받고 금광을 팔았고 읍내 신흥주택가에서 가장 비싸고 넓고 호화로운 집을 사들였다. 읍내 역사상 최대의 사기라는 이야기도 있었고 그의 운과 남들의 불운이 교차했을 뿐이라는 말도 돌았다.

중학교에서도 주선은 초등학교 시절과 마찬가지로 학교라는 테두리의 제일 바깥에서 딴짓을 하며 겉돌았다. 향교마을 한복판에 자리 잡은 중학교에는 오래도록 유지 노릇을 하며 살아온 집안의 자식들이 더러 있었다. 그들은 모이기만 하면 주선을 사기꾼의 아들, 또는 뿌리 없는 천민의 후예로 멸시했다. 하지만 각자 흩어져 있으면 읍내에서 가장 비싸고 호화롭고 넓은 주선의 집에 대해 어쩔 수 없는 선망을 드러냈다. 주선은 여전히 읍내 순찰을 계속했고, 중학생답지 않은 딴짓으로 어른의 눈으로 보면 별게 아니지만 별게 아니어서 더 저열하고 치열한 중학생끼리의 서열 경쟁에서 멀찌감치 벗어나 있었다. 그는 내게 그랬듯 자신의 조상이 지었다는 한시를 읊고 그 조상이 사귀었던 친구의 호와 이름을 주워섬기는 식의, 다른 아이들은 전혀 관심이 없는 이야기를 늘어놓았다. 그건 나름대로 살아남으려는 몸부림으로 보였다. 주목받지 않고 싶지만 주목받을 수밖에 없는 처지에서 자신이 무해하고 공격적이지 않다는 의미로 실속 없는 공상을 담은 이야기를 하는 것이었다.

내가 중학교에 다니던 내내 학교에서 왕좌를 차지하고 있던 녀석은 읍내 술도가의 외아들 최상규였다. 그에게는 아버지의 재산이라는 배경과 큰 덩치, 큰 주먹, 지도력에 추종자까지 없는 게 없었다. 상규는 주선을 자신의 참모로 삼았다. 졸부나 사기꾼의 아들까지 포용할 수 있는 자신의 능력을 과시하기 위해서였다. 그는 주선이 늘어놓는 이야기에 단 한 번도 귀를 기울인 적이 없었다. 주선이 중학교 때 다른 아이들보다 나를 특별히 여긴 이유는 내가 그의 이야기를 끝까지 들어준 유일한 사람이어서라고 했다. 나는 주선에게서 남다른 대접을 받는다는 생각을 하지는 않았다.

고등학교에 진학하면서 나는 가족을 따라 서울로 가게 되었다. 주선은 지역에서 백 킬로미터쯤 떨어진 도청 소재지의 상업고등학교로 갔고 학교 인근에서 하숙을 했다. 서로 멀리 떨어지게 됨으로써, 또한 서로 너무도 다른 환경에서 살게 됨으로써 나는 주선이 중학교 때 내게 베풀었던 호의를 실감하게 되었다. 헤어진 지 반년 만인 고등학교 1학년 여름방학 때 열린 초등학교 동창회에서 나는 주선에게 다시 묻지 않을 수 없었다.

"네가 중학교 때 나한테 그렇게 잘해준 이유가 뭐야? 나 같은 애는 우리 동기 중에도 천 명이 넘었는데."

그때 그는 키가 나보다 5센티미터쯤 더 컸다. 마른 몸에 얼굴이 희었으며 이목구비가 균형이 잡히고 잘생겨서 여학생들이 좋아할 만했다. 붉고 부드러운 그의 입술과 입술 속 흰 이 사이로 드나들던 날렵한 혀의 움직임을 잊을 수 없다.

"우리는 운명적으로 친구니까. 나는 너를 처음 봤을 때부터 느꼈다."

나 역시 가족을 제외하고 내 눈물을 봐버린 사람은 주선이 처음이었다. 남들에게 들키면 곤란한 나의 비밀을 알고 있다는 것 때문에 나는 그에게 남다른 친연감을 느끼면서도 다른 사람과 같이 있을 때는 그가 부담스러웠다. 그가 차라리 보이지 않는 곳에 혼자 멀리 있었으면 하고 바랐다. 하지만 그는 외모만큼이나 화려한 화술로 언제나 인기를 끌었고 자신을 좋아하는 그룹에서 멀리 떨어지지 않았다.

그는 언제 어떤 자리든 이야기로 좌중을 휘어잡곤 했다. 그건 영호나 상규처럼 한때 그보다 훨씬 강한 힘을 가졌던 존재와 함께 있을 때도 마찬가지였다. 어떤 일이든 그의 입에 오르면 하나의 사실로 정돈되고 특별한 의미를 가지게 되었다.

"우리가 국민학교를 졸업하고 서로 못 만나게 된 지 벌써 사년이나 되었다. 우리가 이런 자리를 만들지 않았다면 영원히 다시 만나지 못한 채 어린 시절의 추억만 끌어안고 우리 앞에 길게 놓인 사춘기를 각자 고독하게 보내게 되었을 것이다. 우리가 우리를 알아주지 않으면 우리는 아무것도 아니다. 우리 다함께 손에 손을 맞잡고 약속하자. 이 자리에서 또다시 만나자고. 그동안 우리 서로를 늘 생각하고 그리워하자고. 약속을 지키는 우리, 이제 영원히 외롭지 않다."

방학 중인 초등학교 교실 한 칸을 빌려 개최한 동창회에서 그가 한 연설에 많은 아이들이 깊은 인상을 받았다. 동창회 이후 그의 이름은 동창회장 영호나 가장 예쁜 여학생보다도 자주 언급되었다. 그런데 문제가 나타났다. 시간이 지나면 빠르게 상해버리는 생선처럼 그가 한 말이 변질되어 그를 비난하거나 공격하는 데 쓰이는 것이었다.

"그 새끼, 여학생들하고 기차 타고 놀러가는 거 봤어. 동기니 약속이니 뭐니 떠들어댄 건 저만 멋있게 보이려고 그런 거야."

"동창회 할 때 저는 돈 한 푼 안 내고 회비 걷어서 남은 돈은 하숙비 냈다고 자랑하더란다."

나는 일 년 뒤에 열린 두 번째 동창회에 나가는 것을 단념한 대신 주선에게 그가 받고 있는 오해에 대해 동창들에게 설명할 필요가 있을 것이라는 내용의 편지를 보냈다. 그게 초등학교 시절부터 그가 내게 베푼 호의에 대한 최소한의 보답이라는 생각이 들어서였다. 주선은 곧 답장을 보내왔다. 그 모든 것은 질투에 눈이 먼 몇몇의 일방적인 중상모략일 뿐이다, 하지만 그렇게 된 데는 빌미를 준 자신의 책임도 있다, 하기 어려운 이야기를 해준 내가 고맙다는 내용이었다. 두번째 동창회가 끝나자 또 다른 악의적인 소문과 그의 편지가 비슷하게 당도했다. 편지에서 그는 동창회에서 세세한 해명을 함으로써 모든 오해가 풀렸다고 했으나 소문은 새로운 추문을 담고 있었다.

"그 새끼 자취방에 드나드는 여학생이 몇인 줄 아냐? 동창회에서 걔들끼리 마주쳐서 머리끄덩이까지 잡고 싸웠다더라."

그에게는 언제나 노가리꾼, 뻥쟁이, 거짓말쟁이라는 단어가 따라붙었다. 그의 이야기를 들은 사람들 가운데 절반은 그에게 호의를 가졌지만 절반은 적이 되었다. 악의는 전염력이 강했다. 호의를 가졌던 사람들 가운데 절반이 다시 적이 되고 절반의 절반이 또 적이 되는 데는 오랜 시간이 걸리지 않았다. 나는 그가 뼛속까지 거짓말로 차 있는 이기주의자라는 험담을 믿을 수 없었다. 주선은 그저 이야기하기를 좋아했다. 기왕 이야기를 할 바에는 남들의 이목을 끌 만하게 가공한다는 게 문제라면 문제였다. 일주일에 한 번 정도 주고받는 편지가 우리 사이에 적절한 거리를 형성했다. 편지는 소문이나 말이 아닌 문장으로 정돈되어 있어서 과격함과 선정성을 누그러뜨리고 자신과 상대를 객관적으로 보게 해주었다.

문장으로 표현되면서 그의 이야기에는 허점이 이따금 드러났다. 그는 당시 모든 청소년들이 선망해 마지않는 꿈의 무대인 음악 전문 다방 DJ박스에서 아르바이트를 하고 있다며 고등학생 신분을 숨기기 위해 대학생인 사촌형의 신분증과 가발을 쓴다고 했다. 그의 사촌형이 가발을 가지게 된 이유에 대해 묻자 그는 답을 하지 않았다.

가발을 쓴 김에 그는 다방 인근의 폭력조직에 몸담게 되었다고도 했다. 물론 직업으로 폭력을 휘두르는 전문적인 집단에서는 고등학생을 받지 않는 게 상례였다. 그는 워낙 싸움 실력이 뛰어난데다 이미 주변에 엄청난 영향력을 가진 DJ여서 상례를 깨뜨리고 특별히 조직에 들어갈 수 있었다. 그게 사실인지 아닌지는 중요하지 않았다. 나 역시 그가 알아도 그만, 몰라도 그만인 서울에서의 화려한 연애담과 모험담을 편지마다 늘어놓고 있었으므로 그의 말이 진실인지 아닌지 따질 계제가 아니었다.

고등학교 3학년 막바지에 그가 쓴 편지가 도착했다. "지상과 현세, 우주에서 유일한 나의 친구여, 놀라지 말게"로 시작하는 편지는 대학 입학시험을 준비하는 학생이라면 놀라지 않을 수 없는 내용을 담고 있었다. 상고에 다니던 그는 일반전형보다 점수가 낮아도 되는 동일계 전형을 통해 경제나 경영 관련 학과로 진학하려는 참이었는데 대입 학력고사의 마지막 과목인 수학 시험에서 부정을 저질렀다는 혐의로 0점을 받았다. 평소에 수학을 좋아한다 했었고 수학이 득점 과목이었으며, 수학을 좋아하고 득점 과목으로 삼는 사람이라면 으레 그렇듯 서울의 국공립대학 중에서도 가장 합격 점수가 높은 학과에 진학하게 되어 있었다.

학력고사 시험장에 들어온 시험감독관은 물론 그런 사실을 전혀 모르고 있었다. 시험장 맨 뒤에서 두번째 자리에 앉은 그가 문제를

다 풀고 답을 옮기는 중에 시험 종료를 알리는 종이 울렸다. 그는 별생각 없이 뒷자리에서 넘어온 답안지와 문제지를 건네받은 채 답안지에 답을 제대로 옮겼는지 대조하고 있다가 감독관으로부터 뒷사람의 답안지를 베끼는 게 아니냐는 지적을 받았다. 그는 즉각 엄중하게 항의했다.

"저를 뭘로 보고 그런 말씀을 하십니까? 저는 평생 한 번도 그런 짓을 한 적이 없습니다. 저는 초중고 합쳐 십이년 내내 모든 수학 시험에서 만점을 받아온 사람입니다."

감독관은 그의 답안지에 붉은 유성펜으로 사선을 두 줄 그어버렸다.

"내가 커닝했다고 하면 너는 커닝한 거다. 억울하면 네가 감독해라."

그것으로 끝이었다.

"어쩌면 운명이 내 인생에 올바른 길을 제시한 것이라는 생각이 든다. 이제야 눈을 제대로 뜨고 어떤 그늘지고 좁은 흙길을 보고 있다. 길 중간에 머리를 들고 있는 호랑이가 보인다. 너와 내가 가는 길이 다를지라도 우리는 곧 만날 것이다. 건재하기를. 사랑한다. 현세와 우주, 지상에서 단 하나뿐인 너의 영원한 벗, 주선."

나는 서울의 평범한 대학에 특차 전형으로 합격한 뒤 고향으로 내려갔다. 읍내 거리에는 대학에 가게 된 아이, 대학과는 상관없는 아이, 재수를 시작하기 전에 일단 놀고 있는 아이, 이도 저도 아닌 아이들이 뒤섞여 이제까지 한 번도 보지 못했던 놀이판을 연출하고 있었다. 그중에서도 가장 압도적인 장관은 주선이 읍내 중심부의 다방에 마련한 DJ박스를 중심으로 펼쳐졌다.

대학 입학 예비고사를 망치고 고향에 돌아온 주선은 곧바로 시내 중심부에 있는 호수다방으로 갔다. 그곳은 흔히 '노털다방'으로 일컬어지는, 우리의 아버지 또래 비슷한 나이든 남자들이 단골고객인 가게로 젊은 사람들은 얼씬도 하지 않았다. 주선은 대도시 초일류 다방의 DJ 출신다운 화려한 언변을 발휘해 다방 여주인을 설득하는 데 성공함으로써 호수다방을 새로운 인생의 출발점으로 삼았다. 우선 다방의 인테리어를 젊은이 취향과 대도시의 최신 유행에 맞게 바꾸었다. 팝송, 상송, 경음악, 가요, 칸초네 음반들을 자신이 일하던 대도시의 다방에서 사들이고 레코드 플레이어와 앰프 같은 음향시설을 마련했다.

다방 전면에 유리로 만들어진 DJ박스가 있고 그 안의 선반에는 수천 장의 음반이 가지런히 꽂혀 있었다. 물에 적신 흰 수건으로 닦은 음반을 플레이어에 얹는 DJ가 주선이었다. 흰 피부와 갈색 곱슬머리, 훤칠한 키에 잘생긴 그는 왕자까지는 아니더라도 귀공자를 연상케 하기에 충분했다. 나는 주선이 수십 통의 편지에서 줄기차게 언급한 초일류 다방 고교생 DJ 따위의 이야기에 일말의 진실이 있음을 인정해야 했다. 나는 그가 과연 DJ로서 제대로 실력을 보여줄지 궁금해하며 구석자리에서 가슴을 졸이면서 지켜보았다.

그는 사투리를 전혀 쓰지 않았다. 매력적인 저음의 목소리가 음악에 따라 빠르게 혹은 느리게 흘러나왔다. 그의 손은 음반이 꽂힌 선반과 플레이어, 앰프의 다이얼, 신청곡 쪽지를 정확하고 효율적으로 왕래했다. 분홍빛 조명 속에서 흰 셔츠에 붉은 넥타이 차림인 그는 내가 봐도 반할 만했다. 그가 쪽지를 들고 사연을 읽기 시작하면 어느 탁자에선가 나지막한 신음과 환호가 들려왔고 주스 같은 뇌물,

또는 손수건과 꽃 같은 선물이 연신 배달되었다. 어느 순간 그는 손을 들어서 내게 오라고 손짓했다. 내가 DJ박스 앞으로 멈칫거리며 다가가자 노란 아기 오줌 같은 빛깔의 탄산음료가 든 잔을 건네주었다. 헤드폰을 목에 걸고 한 손으로 마이크를 막은 채 그는 말했다. 오로지 내게만.

"야, 상규가 그러는데 우리 동기 가운데 너 혼자 서울에 있는 대학에 특차 합격했대매? 서울서 온 대삘이라면 환장하는 기깔난 여자애들이 줄을 섰으니까 가지 말고 나 끝날 때까지 기다려."

손님 대부분은 인근의 공장에 다니거나 시골에서 버스와 기차를 갈아타고 대도시 출신의 초일류 DJ를 보러 온 처녀들이었다. 그녀들의 눈과 귀는 오로지 음악 박스 안에 있는 주선에게 집중되어 있었다. 그런 그를 질투하는 남자아이들이 DJ박스의 음반에 들어 있지 않은, 심야 라디오의 음악 전문 프로그램에서나 가끔 나오는 곡을 신청하기도 했다. 그럴 때 그는 일류 DJ들 간에 필사본으로 전해진다는 세 권짜리 대학 노트에 근거한 설명을 늘어놓음으로써 음악보다는 그의 목소리를 듣는 데 더 큰 기쁨을 느끼는 여자 손님들을 만족시켰다. 필사본이기 때문에 중간에 누가 잘못 베끼거나 오해한 부분이 있으면 그것도 그대로 전수되게 마련으로 특히 프랑스어 발음에 틀린 게 많았다. 그러나 그 잘못된 발음 때문에 그가 일류 DJ의 계보에 들어 있다는 게 진짜처럼 여겨졌다.

주선이 소개해준 여자, 윤미애는 읍내에서 가장 부유한 집안의 고명딸이었으며 그가 고등학교를 다녔던 대도시에 있는 여대에 다니고 있었으나 나이는 우리와 같다고 했다. 주선이 그녀에게 전한 바에 의하면 나는 장차 전 세계의 미술계를 이끌어갈 탁월한 재능을 지닌 예술가였고 아버지는 병으로 쓰러져 눕고 어머니가 삯바느질로 생계를 꾸려가는 가난한 집안의 동생 다섯 딸린 장남이었다. 그는 나와 윤미애를 수정다방—마담이 호수다방처럼 만들어달라고 돈을 싸들고 찾아와서 무릎을 꿇고 사정했고 그 때문에 비밀리에 DJ박스 설치공사를 진행하고 있었다—한 귀퉁이에서 만나게 했고 내 부담으로 쌍화차를 마시고는 마담이 있는 내실로 사라졌다. 자크 프레베르의 시를 프랑스어로 완벽하게 낭송할 줄 알던 윤미애는 그로부터 내가 서울로 돌아갈 때까지 열 번쯤 만나는 동안 발생한 모든 비용을 지불했다.

"가난한 예술가가 무슨 돈이 있어요."

그녀는 계산대에서 돈을 지불하는 것과 마찬가지로 항상 내게 존댓말을 썼다. 헤어지는 그날까지.

"우리 집, 사실은 그렇게 가난하지 않아. 동생도 둘뿐이고. 내가 미술에 특별히 재능이 있어서 특차에 합격한 게 아니고 예비고사 성적이 미술 전공하려는 애들보다 훨씬 잘 나와서야. 기껏해야 평범한 정도의 실력이지. 아주 잘돼봐야 내 앞날은 미술교사 정도가 아닐까."

그녀는 내 말을 믿지 않았다. 주선과 관련되어 내가 만나거나 알게 된 모든 여자가 그랬듯이 주선의 말을 절대적으로 믿었다. 알고 보면 그녀는 자신이 믿고 싶은 것을 믿는 것뿐이었다.

한 해가 지난 뒤 나는 다시 윤미애를 만났다. 내가 예상한 대로 그녀는 나와 헤어진 뒤 주선과 갔다. 생김새 면에서도 도시 뒷골목의 거지 같은 나보다는 귀공자풍의 주선이 그녀의 취향에 맞았을 것이다. 또한 나의 예상대로 그녀는 주선과의 관계를 지속하려 했지만 주선이 다른 여자들과 스캔들을 일으킴으로써 여름방학이 다 가기 전에 헤어지게 되었다.

"무슨 놈의 여름방학? 재수도 안 하는 그 새끼한테는 일 년 열두 달이 전부 방학일 텐데."

그녀는 주선이 나와 같은 대학에 다니지 않느냐고 물었다. 함께 특차에 합격한 게 아니냐고.

"처음 듣는 이야긴데. 그 자식은 예비고사에서 수학을 망쳤다고 했는데……"

나는 말을 멈추었다. 어차피 헤어진 마당에 서로가 좋은 기억을 가지고 있는 게 나을 것 같아서였다. 그게 나와 무슨 상관이 있는 것도 아니었다.

"신문방송학과가 자기 적성에 맞다고 그랬는데요."

그 말이 내 속을 뒤집어놓았다.

"우리 학교에는 신방과가 없어. 공대하고 인문대, 상경대, 음대, 미대만 있지."

그녀의 얼굴이 붉어졌다.

"미술학도라서 세상을 모른다고 해도 그렇지 자기 학교에 무슨 과가 있는 줄도 몰라요?"

"내 모가지를 걸고 말할 수 있어. 우리 학교에 신방과는 정말 없다고."

그로부터 2년 뒤 내가 방위 근무를 하는 사이에 내가 다니던 대학에 신문방송학과를 포함한 사회과학대학이 생겼다. 내가 알기로 고등학교를 졸업하던 해 대학에 입학하지 못했던, 혹은 뜻한 바 있어 대학에 진학하지 않았던 주선은 고향에서는 서울에 있는 대학의 신방과를 다니는 대학생으로 알려져 있다가, 삼수 끝에 상경대에 입학하고는 군에 입대했다. 나중에 주선을 만나 윤미애와의 사이에 오간 말에 대해 묻자 주선은 그녀가 뭔가 잘못 알았을 것이라고 했다. 자신이 그 무렵 고시공부를 하러 절에 간 것을 신문사 입사시험 공부를 하러 간 것으로 오해했다는 것이었다. 그게 어떻게 혼동이 되느냐고 물을 필요는 없었다. 그는 이미 참과 거짓을 자유자재로 뒤섞고 가공해 거대한 벌집처럼 복잡한 허구의 세계를 거의 완성하고 있었기 때문이다. 그가 쓰는 기술에는 시간과 장소의 착종, 오해, 백일몽 같은 게 있었는데 실상 우리 각자의 이해득실과는 상관없었다. 그러므로 우리 사이에는 분쟁도 없었다.

주선이 군대에 갈 무렵 그의 아버지는 몰락했다. 윤미애의 아버지에게 집을 판 것으로도 추락이 멈추지 않았다고 한다. 주선이 입대를 하루 앞둔 날, 나는 군대에서 첫 휴가를 나와 기차역 앞 주택가에 있는 주선의 집에 들렀다. 거기서 러닝셔츠와 짧은 잠옷 바지를 입고 방안에 우두커니 혼자 앉아 있던 그의 아버지를 보았다.

"주선이는 요 앞에 막걸리 파는 술집에 갔다. 군대 가는 아들놈한테 친구들하고 여행이나 다녀오라고 용돈도 푹푹 집어주지 못하고. 내가 애비라고 할 수도 없구나."

멍한 눈을 한 채 앉아 있던 주선의 아버지는 내가 일어서자 벽에 걸려 있던 후줄근한 바지에서 꼬깃꼬깃 접힌 만 원짜리를 꺼내 내게 건넸다.

"군인이 휴가 나와서 이쁜 아가씨도 만나고 객고도 풀어야 할 텐데. 이거 가지고 막걸리나 한잔 사먹어라. 우리 주선이 많이 사랑해주고."

식당에서 만난 주선은 활기차고 명랑했다. 그는 갖가지 연애담으로 좌중을 휘어잡고 있었는데 나는 그의 구두와 점퍼가 아버지 것임을 깨닫고 슬그머니 계산대에 만 원짜리를 내놓았다.
우리 두 사람이 군대에 있는 동안, 고등학교 때보다는 못하지만 그래도 얼마간 우정이 담긴 편지가 오갔고 시간 여유가 있는 내가 면회를 다녀오기도 했다. 전방 군사 도시의 여인숙에서 하룻밤을 자는 동안 그는 그 밤 내내 일등병 계급장이 무색하게 장성급이나 갖추었을 법한 정보와 지식, 경험과 의욕을 자랑하며 남북한 국지전의 가능성, 작전의 개념, 전략의 전개 방향에 대해 늘어놓았다. 그 역시 내게는 아무런 이해득실이 없는, 무해무익한 이야기일 뿐이었다. 밤을 새우다시피 하고 아침에 일어나 군화의 끈을 착착, 소리 나게 당겨서 매고 난 뒤 그는 내게 이렇게 이별을 고했다.
"야, 똥방위 말년. 이따위 식으로 돈도 여자도 없이 무성의하게 면회 올 바에는 다시는 오지 마라. 도대체 몸 바쳐 전방을 지키는 현역을 뭘로 아는 거냐."
후일 돈으로 완전무장을 하고 면회를 다녀온 친구들로부터 들은 바에 따르면 육군 보병이라는 그의 신분은 위장된 것이고 군 통수권자의 특명으로 창설된 특수기관에서 훈련을 받은 뒤 적지를 무시로 출입했으며 주요 화학무기 생산 시설과 미사일 기지를 포착, 폭격을 유도함으로써 전쟁을 막았다고 했다. 정말 그랬다면 내가 이십 대에 전쟁에 휘말려 죽거나 다치지 않은 것은 그의 덕분이라고 할 수 있었다. 하지만 나는 그가 정말로 그런 일을 했는지 믿을 수 없었다. 그 이야기를 전해준 친구 역시 마찬가지였다.
제대와 복학을 거쳐 졸업을 하고 나서 나는 백수가 되었다. 남을 가르치는 것에 대한 공부를 제대로 하지 않았으니 미술교사 자리가 주어질 리 없었고 그림을 열심히 그리지 않았으니 재능을 알아주는 사람이 없었다. 시간이 많았으므로 스스로가 한심하다는 결론을 곱씹을 여유 역시 많았다. 그러느라고 바빠 주선과는 다소 소원해졌다. 제대한 후에는 단 한 번도 편지를 교환하지 않았다. 들리는 소문으로는 고시공부를 하러 절에 갔다고 했다. 고시공부를 하러 갔다고 알고 있는 사람들조차 각각 정보가 달랐다. 사법고시라고 하는 이도 있었고 외무고시, 행정고시라고 하는 친구도 있었으며 그 모든 것을 다 합친 것인 줄 알고 있는 여자도 있었다.

  주선을 다시 만난 건 서른 살이 되어서였다. 운이 좋아 어느 중견기업 홍보실에 디자이너로 취직을 했고 출장을 간 길이었다. 지방 공장 가운데 가장 큰 부산 공장의 디자인 요소를 점검하는 게 출장의 목적이었다. 공장장의 무성의한 설명을 들은 뒤 전체적인 외관을 보기 위해 트럭을 타고 공장 외곽의 항구를 한 바퀴 돌았다. 선체가 벌겋게 녹슨 화물선들이 정박해 있었고 수리 중인 배들을 묶어놓은 팔뚝 굵기의 쇠사슬 또한 녹슬어 있기는 마찬가지였다. 유행에 뒤처지게 덩치만 큰 검정색 국산 승용차가 천천히 화물선 사이를 돌아다니고 있었다. 그 차 역시 화물선처럼 낡아 보였다. 운전을 하던 공장 직원이 오줌을 눠야겠다면서 차를 세웠다. 나도 차에서 내려서 스러져가는 하루와 녹슬어가는 시간의 삭막한 풍경을 감상하고 있었다.

  "야, 이 새끼, 너 세호 아니냐? 오세호!"

  어느새 승용차가 다가왔고 유리창이 내려졌다. 각 진 차체에 둘러진 은색 테두리가 곧 떨어질 듯 낡은 차였다. 안에 앉은 사람은 차와 전혀 어울리지 않게 젊었고 또 그 젊음에 어울리지 않는 검은 빛깔 정장에 붉은 실크 넥타이를 매고 있었다. 가르마를 탄 머리는 기름을 바른 듯 가지런했다. 주선이었다. 날씬하고 균형 잡힌 몸매에 검은 양복 차림이어서 조폭의 행동대장이거나 아니면 유능하고 잘생긴 회사원이라 해도 무난할 것 같았고 젊은 사업가쯤에도 해당될 것 같았다.

"너, 여기서 뭐 하는데? 또 어떤 놈 도시락 심부름 하러 왔구만."

나는 웃었다.

"넌 여기서 뭘 하는데?"

"나? 나는 그냥 순시를 하고 있다고나 할까. 북방외교 문제로 살펴봐야 할 게 있어서 말이야. 너 정말 뭐해?"

"나는 회사일 때문에 왔는데."

내가 담배를 입에 문 채, 오줌을 누고 몸을 떨며 돌아오는 직원을 가리키자 주선은 고개를 끄덕거렸다.

"오늘 부산서 자고 가나?"

나는 응, 하고 대답한 뒤 직원에게 주선을 소개했다. 직원은 잘됐다는 듯 주선에게 냉큼 나를 떠맡겼다. 다음 날 공장에 일찍 오지 않아도 된다는 공장장의 전언과 함께. 트럭이 떠나고 난 뒤 나는 조수석에 쌓여 있는 러시아어 관련 책자를 뒷좌석으로 넘기고 주선의 옆자리에 앉았다.

"요새 무슨 일을 하니?"

"북방사업. 북방외교 하고 있다니까. 자세한 이야기는 나중에."

그러나 주선은 그날 끝내 자세한 이야기를 해주지 않았다. 그는 익숙하게 차를 몰아서 단골이라는 시내 중심가의 국숫집으로 향했고 두어 시간 동안 오로지 고향에 있을 때의 이야기만 했다. 저녁을 먹은 뒤에는 막 붐이 일기 시작한 가라오케 바로 나를 데리고 갔다. 원형 바 안에 여종업원이 있었고 둘러앉은 손님들이 부르고 싶은 노래를 신청하면 반주를 찾아서 틀어주고 마이크를 가져다주었다. 한 손님이 노래할 때 다른 손님들이 잡담을 하는 것은 실례가 되는 분위기여서 긴 이야기를 나눌 수 없었다. 가라오케 바를 나올 때쯤 주선은 내게 물었다.

"너 똘똘이 목욕시켜준 지 얼마나 됐냐?"

생소한 은어였지만 나는 즉각 그 뜻을 알아들었다. 정신이 차리고 보니 인형이 가득한 방안이었다. 내가 누워 있는 침대의 머리맡에 달린 작은 분홍빛 전등 불빛 아래 흰 토끼를 연상케 하는 털 잠옷을 입은 여자가 앞니를 드러낸 채 자고 있었다.

북방외교의 뜻을 어렴풋하게나마 알게 된 건 그로부터 2년이 지난 뒤였다. 한밤중에 갑자기 전화를 걸어온 주선은 내가 살고 있는 집 근처 관광호텔에 왔다면서 러시아 여자가 춤을 추는 그 호텔 나이트클럽에서 만나자고 했다. 나이트클럽에는 손님 예닐곱 무리가 앉아 있었다. 아닌 게 아니라 반짝이는 금속 소재 장신구를 온몸에 두른 러시아 여자 둘이 둥근 단 위에 올라가 조명을 받으며 춤을 추고 있었다. 제대로 배운 춤이 아니라는 게 내 눈에도 표가 났다. 여자들은 춤을 추고 난 뒤 자리를 돌며 손님들에게 술을 따라주든가 받아마시면서 팁을 받는 것에 열을 올렸다. 주선은 나이트클럽 안의 문 달린 별실에서 나를 맞았다. 거기서 그는 또다시 믿을 수 없는 이야기를 늘어놓았다. 그는 한국과 러시아 사이에 국교가 수립되기 전부터 중고 전자제품과 과자, 라면 같은 식품이며 소비재를 수출

하고 그 대금으로 낡은 선박을 받아서 고철로 파는 사업을 벌여왔다고 했다. 어떤 경로를 통해 그런 일을 하게 되었는지는 말하지 않았다. 어쨌든 그는 일반인은 물론 가장 치열한 직업의식을 가졌다는 일본의 상사원조차 가본 적 없는 시베리아 깊은 곳까지 뛰어들어서 목숨을 걸고 거래를 성사시켰다고 했다.

"너는 왜 그렇게 힘들게 사니?"

내 물음에 주선은 전혀 관심을 기울이지 않았다. 시베리아 횡단열차처럼 그의 이야기는 달려나갔다. 국제 유가가 떨어지고 러시아가 불황에 빠지면서 순조롭던 사업에 문제가 생겼다. 수출 대금을 받는 일이 어려워지자 러시아 쪽에서는 불법적인 인력 송출, 곧 인신매매를 제안해왔고 거기에 러시아 마피아가 관여되었다는 것이다. 그들이 고철용으로 수출하는 배의 선창에 수백 정의 AK소총까지 실어 보냈다는 말을 듣고는 할 말이 없었다.

"그래서? 내가 무슨 도움이 될까?"

주선은 자신의 이야기에 토를 달지 않고 들어주는 것만으로도 큰 힘이 되었다고 말했다. 또한 마지막 순간까지 망설이던 불법적인 사업을 깨끗하게 단념하게 되었노라고도 했다. 나는 그게 뭔지 물어봐주는 게 좋을지 잠시 생각하다 종교에라도 귀의한 듯 환한 그의 얼굴을 보고 나서 다른 걸 물었다.

"그럼 이제 넌 뭘 할 거야?"

"공부를 해보고 싶다. 모아놓은 돈도 좀 있고 하니 유학을 갈까 해."

"러시아 마피아 애들이 너를 그냥 놔줄까? 영화 같은 걸 보면 굉장히 잔인하던데. 전 세계에 안 가는 데가 없고."

주선은 러시아 마피아들이 전혀 관심이 없을 분야의 공부를 할 것이라고 했다. 이미 갈 곳을 정해둔 눈치였지만 어디인지는 끝내 내게 말하지 않았다.

3년 뒤 그는 일본 오키나와 어느 대학의 고대교류사 관련 세미나장에 통역자로 나타났다고 했다. 나는 전혀 놀라지 않았다. 그는 탁월한 실력에도 불구하고 치열한 연줄 싸움에 밀려 대학에 들어가지 못했고 결국 다른 분야로 눈길을 돌렸다. 일본에는 국민소득의 1퍼센트 범위 안에서 세계 최빈국들의 경제개발과 공중위생개선을 지원하는 국책사업이 있는데 일본의 공무원들은 그 사업에 참여하는 사람을 '공무원 중의 공무원'으로 부른다고 했다. 그런데 한국 국적을 가진 그가 바로 그 프로그램에 참여해서 세계를 돌고 있다는 것이었다. 캄보디아에 관광을 갔던 친구 가운데 하나가 이야기를 전해주었다. 나는 전혀 놀라지 않았다. 그가 귀국하고 나를 찾아오지 않았어도 섭섭하지 않았다. 아직 러시아 마피아의 위협이 완전히 사라지지 않아서인지, 아니면 다른 계획이 있어서인지는 알 수 없었다.

그 뒤로도 동창들과 개별적으로 접촉하는 경우가 있어서 그의 파란만장한 삶은 여러 가지로 변주되어 전해졌다. IMF 위기가 닥쳤을 때 해외에 있던 주선이 조지 소로스 같은 헤지펀드 운영자들을 초청하는 과정에 관여하며 새로 바뀐 정권의 외교, 경제 분야의 자문역을 하기 시작했다는 소문이 들렸다. 자문위원의 목록은 그뿐만이 아니었다. 마약범죄 척결을 위한 정책수립 자문위원, 남아메리카 원유탐사 자문위원, 해적 소탕을 위한 파병 자문위원, 국제적인 컴퓨터 사기범죄 관련 자문위원도 맡았다. 그는 햇빛 아래 그림자 없는 존재가 없듯이 어떤 분야, 어떤 사람이 각광을 받을 때 그림자처럼 그 세계에 있는 듯했다. 그림자가 그러하듯 그의 행적은 어둠의 세계, 그중에서도 흥미롭고 드라마틱한 분야와 연관이 있었다. 그런 건 그의 이야기를 들어 알고 있는 사람 대부분의 일상과는 별 상관 없는 것이기도 했다. 동창회에 갈 때마다 그 자리에 없는 주선의 이야기를 하도 전해 듣다 보니 지겨워져서, 또 주선에 관한 이야기가 한번 나오면 다른 화젯거리로 옮기는 게 불가능해지는 분위기가 짜증스러워서 나는 몇 년 전부터 동창회에 발길을 끊었다. 그는 점점 나와 아무런 상관도 없는 인물이 되었다. 그의 이야기처럼. 그의 이야기가 진실된 것이든 아니든.

그의 아버지의 부고가 전해졌다. 의외였다. 이십 대 초반에 내가 본 그의 아버지는 곧 허물어져버릴 헛간처럼 보였다. 아직 그 친구의 아버지가 살아 계셨던가. 나는 문자로 부고를 보낸 영호에게 일부러 전화를 걸어서 물었다. 영호는 낙남초교 21회 재경 동창회장으로서 연락을 받아 전해줄 뿐, 자세한 사항은 관심도 없고 모르는 일이라고 대답했다.

"네가 우리보다 훨씬 잘 알 거 아냐. 이주선이가 동창 중에, 아니 고향 친구 중에 제일 친한 놈이 너라는데?"

그의 말에는 노골적인 질시가 들어 있었다. 나를 두고 그렇게 말했다는 주선의 저의가 궁금했다.

주선 아버지의 영안실은 강북의 어느 시립 장례식장이었다. 영호는 영안실의 번호만 말했을 뿐 언제 갈 것인지 묻지 않았다. 물론 같이 가자거나 부조를 전해달라는 말도 하지 않았다. 택시를 타고 가던 중에 신축한 지 오래지 않은 유명 대학 부속병원에 눈이 갔다. 주선은 한때 재계 서열 5위 안에 들었다가 IMF 위기 때 와해된 어떤 재벌 그룹의 회장과 자가용 비행기를 같이 타고 다니며 그의 재기를 도왔다고 했는데, 그 회장은 귀국하자마자 검찰의 기소를 피하기 위해 그 병원의 특실에 장기 입원한 적이 있다. 그 병원 영안실이 아닌, 서민들이 주로 이용하는 시립 장례식장이라니 조금 이상하다는 생각도 들었다.

시립 장례식장 입구에 있는 안내 전광판에는 특실 1호를 잡은 주선의 이름이 큼직하게 씌어 있었다. 유건을 쓰고 담배를 피우는 사람들이 몇몇 보였다. 건물 안에서는 간간이 울음소리와 독경 소리가 들렸을 뿐 내 발소리가 울릴 정도로 조용했다. 특실 1호 앞에는 다른 영안실에 비해 네댓 배는 많은 화환이 세워져 있었고 접수대에는 망자의 친인척이라기보다는 경호전문업체의 직원처럼 느껴지는 남자들 서넛이 부동자세로 서 있었다.

일반실보다 두 배쯤 큰 공간에 주선이 앉아 있었다. 형제도 가족도 친척도 없이 혼자였다. 나는 젊어 보이는 낯선 남자의 흑백사진 앞에서 분향하고 절했다. 맞절을 하고 난 뒤 주선은 내 손을 잡은 채 음식이 차려져 있는 방으로 이끌었다. 거기에도 친인척이라기보다는 상조업체의 직원으로 짐작되는 여자들이 대여섯 명 있었을 뿐 손님 하나 없었다.

주선은 마주 보기 민망할 정도로 늙어 있었다. 얼굴엔 주름이 가득했고 머리카락은 온통 세었다. 셔츠 속에서 솟아오른 목이며 그 주변에도 주름이 경쟁하듯 영토를 넓혀가고 있었다. 영정 속의 남자가 그의 아들이라고 해도 이상할 게 전혀 없었다.

그는 주름진 손으로 내 앞에 있는 잔에 맥주를 따랐다. 내가 그의 잔에 술을 따르려 하자 손을 들어 사양했다. 그가 손짓하자 한 여자가 프랑스산 탄산수가 든 초록색 물병을 가져왔다. 그는 "우리의 남아 있는 청춘을 위해, 건배!" 하고 웃으며 물병을 내 잔에 부딪쳤다.

"애들은? 제수씨는?"

내가 묻자 그는 이마 가득 주름을 만들며 고개를 저었다. 원래 없었다는 것인지, 있는데 오지 않았다는 건지, 그런 질문이 적당치 않다는 뜻인지, 아니면 그 모든 게 부질없다는 건지 알 수 없었다. 할 말이 너무 많기도 하고 없기도 했다.

접객실 문밖에 내다보이는 화환으로 눈길을 돌렸다. 꽃은 똑같이 흰 국화였고 크기도 한집에서 만든 듯 똑같았다. 리본에는 '삼가 고인의 명복을 빕니다'나 '謹弔' 같은 글자와 함께 보낸 사람의 직함과 이름이 있었다. 내가 가장 식별하기 쉬운 위치에 있는 화환은 경제 부총리가 보낸 것이었다. 놓인 순서로 치면 예닐곱번째쯤 되었다. 갑자기 웃음이 나왔다. 주선은 영문을 모르겠다는 얼굴로 나를 바라보았다. 화장실에 다녀오겠노라고 말하고는 밖으로 나왔다.

영안실 안에 들어가지 못한 화환들에는 검사장, 경찰청장, 지방법원장, 대기업 회장, 대학 총장 등 다채로운 명목의 리본이 걸려 있었다. 화환 수가 백 개는 넘을 것 같았다. 다른 영안실 앞에 으레 있는 교회, 국회의원, 대학이나 중·고등학교 동창회 명의의 화환은 없었다. 오로지 초등학교 재경동기회 명의의 화환만 초라하게 말석을 차지하고 있었다. 화장실을 다녀오며 영안실 안에 고개를 들이밀고 제일 앞에 놓인 화환의 리본을 읽었다. 맨 앞에 있는 것이 전직, 아니 IMF 위기를 초래한 전전전직 대통령의 이름이었다. 뒤를 이은 것은 총리와 부총리 들이었는데 역시 전직이었지만 '전'이라는 말은 쓰지 않았다. 현직은 분명히 아닌, 생소한 이름의 대법원장, 장관, 검찰총장이 보낸 화환도 있었다. 갑자기 그 모든 것이 조작되고 연출된 가짜일 수 있다는 생각이 들었다. 그의 아버지의 몰락, 심지어 죽음조차.

"왜 그렇게 주름이 많아졌어? 요새는 수술 같은 걸로 간단하게 없앨 수도 있잖아."

나는 자리에 앉은 뒤에 주선에게 물었다.

"너 지하철 타서 애들한테 자리 양보 못 받아봤지? 나는 삼십 대 후반부터 양보를 받았다. 뭐, 그렇다고 자리에 앉지는 않았지. 요즘에는 아예 노약자석에 앉은 노인들까지 일어나는 거 있지. 고맙다고, 난 아직 젊어서 괜찮다고 하지. 어쩌다 지하철을 타도 재미있는 일이 많아."

주선은 나이들어 보이는 것의 좋은 점을 설명하기 시작했다. 그러고 보니 그의 주름은 환상과 이야기라는 흡혈귀에 자신의 시간을 너무 많이 빨려 생긴 것처럼 보였다.

빈소에는 끊임없이 향이 피어오르도록 상주인지 경호원인지 모를 젊은 사람들이 조절하고 있었다. 굵은 초가 영정 양쪽에서 검은 연기를 뿜으며 타올랐다. 그건 아무도 손대지 않는 것 같았다. 주선은 그동안 밀린 말을 다 하려는 듯 쉴 새 없이 이야기를 늘어놓았다. 무럭무럭 피어오르는 향연과 바람에 일렁이는 촛불을 배경으로 그 역시 무엇인가를 허공에 피워올리고 있었다.

기수상작가 자선작

상황과 비율

김중혁

2000년 《문학과사회》에 중편소설 《펭귄뉴스》를 발표하며 작품 활동을 시작했다. 김유정문학상, 젊은작가상, 올해의젊은예술가상 등을 수상했다. 소설집 《펭귄뉴스》《악기들의 도서관》《1F/B1, 일층, 지하 일층》과 장편소설 《좀비들》《미스터 모노레일》, 산문집 《대책 없이 해피엔딩》(공저) 《뭐라도 되겠지》가 있다.

포르노 시장은 매년 가파른 성장세를 기록했다. 출시되는 포르노의 종류는 갈수록 다양해졌고, 많은 회사들이 포르노 사업에 뛰어들었다. 더 벗길 게 없는 시장이어서 회사들의 전략은 저마다 달랐다. 동물을 이용하는 경우도 있었고, 그룹 섹스를 주로 다루는 회사도 있었고, 대하드라마를 능가하는 대규모 포르노를 기획하는 곳도 있었고, 모피코트나 가죽재킷을 입고 하는 섹스를 간판 프로그램으로 선택하는 회사도 있었다. 그중 동물 섹스나 겨울 옷 섹스를 고집하는 회사에는 배우들이 남아나질 않았다. 동물 섹스를 좋아하지 않는 배우들이 많았고, 겨울 옷 섹스의 경우는 수많은 여배우들이 건강상의 이유로 회사를 떠났다. 뜨거운 조명 아래에서 모피코트를 입고 섹스를 하다보면 땀범벅이 되기 일쑤였고, 현장에서 졸도하는 여배우도 심심찮게 나왔다. 모피코트가 땀으로 망가지는 것도 문제였다. 여배우들의 소속 회사 이동은 잦았고, 활동 시기도 짧았다. 매달 새로운 배우들이 나타났다. 포르노 회사들은 최소 육 개월에 한번 새로운 기획물을 내놓았고, 경쟁은 더욱 치열해졌다.

차양준이 근무하고 있는 〈춘하 프로덕션〉은 경쟁사들에 비해 특별한 기획물이 없었다. 동물을 이용하지도 않았고 강간이나 도촬류의 자극적인 기획도 없었다. 경쟁사들은 〈춘하 프로덕션〉을 두고 리얼리즘 포르노 제작사라고 빈정거렸다. 섹스 장면이 리얼해서가 아니라 젊은 여배우가 중년의 남자를 유혹하거나, 사랑하는 남녀가 그냥 열렬히 사랑하는 장면을 담은, 지극히 현실적인 장면이 많아서였다. 〈춘하 프로덕션〉의 사장 이정식 역시 리얼리즘 포르노 제작사라는 말을 싫어하지 않았다.

미니스커트를 입은 여자가 중년의 남자를 벽으로 밀어붙인다. 남자는 돈이 많아 보인다. 셔츠의 질감은 고급스럽고, 넥타이 패턴도 세련됐다. 가슴에는 약간 털이 있지만 징그러울 정도는 아니다. 배가 조금 나와 있고 가슴팍은 탄탄하다. 여자는 넥타이를 붙들고 남자에게 몸을 밀착시킨다. 남자는 어리둥절해하면서 여자를 밀치는 듯하다가 순순히 받아들인다. 여자의 무릎이 남자를 더듬는다. 남자는 더이상 참지 못하고 여자를 안고서 침대로 향한다. 그리고 화장실, 욕실, 창가 등 여러 장소에서 여러 번의 응, 응, 응, 응, 이 반복된다. 중년의 남자가 그토록 여러 번 섹스를 할 수 있다는 사실 말고는 리얼하다면 리얼한 영상일 수도 있겠다, 고 이정식 사장은 생각했다. 어떤 식으로든 차별화가 필요했다.

"오늘 무슨 촬영이지?" 아침 회의가 끝나면 이정식 사장은 차양준을 따로 불렀다.

"〈기술남녀〉 2일차 촬영이랑 〈우롱차〉 첫 촬영입니다."

"상황이 몇 개씩이야?"

"〈기술남녀〉는 총 스물두 개고요, 〈우롱차〉는 열여섯 개입니다."

"〈우롱차〉는 왜 그렇게 적어?"

"감독이 몇 개 줄였답니다. 현장 가서 확인해보고 스무 개까지 맞춰놓겠습니다."

"감독 누군데?"

"오형수요."

"걔는 일단 냅둬. 히트작 감독인데 대우를 해줘야지. 지켜보다가 영 아니다 싶으면 나한테 보고해."

"스무 개 아래면 위험합니다."

"나중에 보고 째든가 까든가 하자. 그것보다 〈기술남녀〉 감독이 초짜니까 잘 잡아주고. 난 너만 믿는다. 알지?"

"네."

"송미는 아직 못 찾았어?"

"수배해뒀으니까 곧 나타날 겁니다. 출시에 차질 없게 하겠습니다."

차양준은 전날 본 경쟁사들의 영상을 상황으로 쪼개고 폴더별로 정리해 둔 다음 촬영장으로 향했다. 그의 컴퓨터에는 각각 다른 상황이 적힌 오십여개의 폴더가 있었다. 사무실, 길거리, 옥상, 야외 등의 장소가 적힌 폴더도 있었고, 술 취한 상황, 장례식 상황. 갇힌 상황 등의 상황이 적힌 폴더도 있었다. 폴더 속의 영상을 비교해보면 같은 상황이더라도 얼마나 다르게 촬영할 수 있는지 깨닫게 된다. 어떤 상황에서든 가장 자극적인 순간을 상상하고 선택하는 것, 그게 차양준의 일이다.

메트로호텔 24층에 도착했을 때엔 이미 촬영이 진행되고 있었다.

널찍한 호텔방에는 남녀 배우와 감독, 촬영, 조명, 스크립터 등 총 여섯 명이 분주하게 움직이고 있었다. 남배우는 옷을 다 벗은 채 성기를 덜렁거리면서 맨손체조를 하고 있었다. 여배우는 옷을 다 입고 의자에 앉아 있었다.

"자, 다음 장면 들어가자."

감독이 소리를 질렀다.

"고층에서 도시의 풍경을 쫘악, 훑으면서, 하는 거야, 알지? 마주 보고 애무하다가 카메라가 빠지면 네가 뒤로 돌아서. 간절하게 간절하게 원해요, 뒤로 해주세요, 이런 느낌. 뭔지 알지?"

감독은 손에 쥔 종이뭉치를 여배우에게로 향했다. 종이뭉치에는 상황을 정리해둔 콘티가 있었지만 감독은 그걸 보지 않았다. 여배우는 고개를 끄덕였다. 남배우는 체조 때문에 얼굴이 발갛게 변했다.

액션이라는 소리가 들리자 여배우의 표정이 돌변했다. 눈이 반쯤 감겼고, 입은 반쯤 열렸다. 여배우는 5분 동안 정성스럽게 입과 입술로 남배우의 성기를 빳빳하게 만들었다. 어디선가 침 넘어가는 소리가 들렸다. 남자 스태프의 목구멍을 넘어가던 침 소리인지, 여배우가 낸 소리인지 알 수 없었다. 남배우는 여배우를 일으켜 세운 다음 어깨를 움켜쥐고 키스를 시도했지만, 여배우는 곧바로 돌아섰다. 감독이 원했던 간절한 눈빛을 남배우에게 보냈다. 남배우가 여배우의 치마를 걷어올렸고, 팬티를 내렸다.

"잠깐만요."

차양준이 소리를 지르며 끼어들었다.

"뭐요?"

감독이 짜증을 냈다.

"이 씬은 왜 상황이 없죠?"

"무슨 상황요?"

"곧바로 애무하고 삽입하잖습니까."

"뭔 소리야. 애무하고 삽입하는 데 얼마나 시간이 많이 걸렸는데."

"그건 상황이 아니잖습니까."

"애무하고 섹스하는 게 상황이 아니면 뭐가 상황이야."

"상황 콘티에다 적어드렸을 텐데요."

"야, 누가 콘티 보고 찍어. 호텔 대여료 내려면 한 컷이라도 더 찍어야 할 거 아냐."

"호텔 대여료는 회사에서 내는 겁니다. 그런 것까지 신경 쓰지 않으셔도 됩니다."

"빨리빨리 안 찍으면…, 여기서 배우들 홀딱 벗겨놓고 예술 하라고?"

"예술 하라는 게 아닙니다. 상황을 찍으시라는 겁니다."

"그게 예술 하라는 거지."

"상황과 전희와 섹스의 비율은 1:1:2여야 합니다. 그건 들으셨죠?"

"이게 통계청 포르노냐? 그걸 어떻게 맞춰."

"그걸 맞추는 게 감독님이 할 일 아닙니까?"

"이봐, 양준 씨. 감독이 스톱워치 들고 계산기 두드리면서 영화 찍는 줄 알아? 생각해야 할 게 무지하게 많은 종합예술인이라고."

"그럼 생각하시는 김에 상황의 비율을 먼저 생각해주십시오."

"에이, 씨발, 정말 말이 안 통하는 새끼네. 야, 전부 철수해. 촬영장 접어."

감독이 의자에서 일어나며 소리를 질렀다. 스태프들은 차양준과 감독을 번갈아가며 보았다. 창가에 서서 막 섹스를 하려던 두 배우 역시 말없이 차양준과 감독을 보았다. 침 넘어가는 소리가 다 들렸다. 남배우의 성기는 힘없이 축 늘어져서 화살표처럼 바닥을 가리키고 있었다.

"감독님 의자만 접으시면 됩니다. 스태프들은 계속 일하실 겁니다."

차양준이 조용한 목소리로 말했다. 감독은 쥐고 있던 종이뭉치를 우그러뜨렸다. 발바닥이 움찔댔다. 방향을 정하지 못하고 있었다. 지금 자리에 남아야 할지, 출입구 쪽으로 향해야 할지 갈등하고 있었다. 발은 출입구 쪽으로 향하고 싶어하는데, 머리가 그걸 막고 있었다. 〈춘하 프로덕션〉에서 경력을 쌓으면 다른 쪽에서 일하기가 수월해진다는 걸 알고 있었다.

"양준 씨 말처럼 그게 쉬운 게 아니야. 1 대 1 대 2라고 해도, 이게 찍다보면 달라진단 말이에요. 1 대 2 대 2가 될 수도 있고, 1 대 1 대 0.5가 될 수도 있어. 배우들도 그래. 한 10분 동안 지치지도 않고 막 쑤셔대는 놈들도 있고, 3분 만에 축 처지는 새끼도 있어요. 아, 물론 그런 놈들은 배우로서의 자격이 없지. 우리가 무슨 예술단편영화 찍는 것도 아닌데 3분 만에 끝내면 뭘 어쩌자는 거야, 안 그래요? 무슨 얘긴지 다 아는데, 이게 다 사람의 일이라서 그렇단 말이야. 일단 그렇게 찍어보기는 하겠지만 1대 1대 2를 정확하게 맞추려면…"

차양준의 전화기 벨소리 때문에 감독이 얘기를 멈췄다. 감독은 자리에 앉아서 우그러뜨렸던 종이뭉치를 펼쳤다.

"네, 주소만 알려주시면 제가 가보겠습니다. ……, 아뇨, 주소만 문자메시지로 보내주세요. 힘으로 할 일이 아니니까 제가 가는 게 낫습니다."

차양준은 전화를 끊고 의자에 앉은 감독을 내려다보았다. 감독의 눈앞은 뿌옇게 흐렸다. 실핏줄이 터져서 흰자는 빨갛게 변했고, 눈의 어디선가 이물질이 끊임없이 솟구쳐나왔다. 감독은 계속 눈을 깜빡였다. 감독은 무슨 말인가를 더 하려고 했지만 입을 뗄 수 없었다.

"감독님, 잘 부탁드립니다."

차양준은 호텔 밖으로 나왔다. 감독이 차양준을 따라 문앞까지 나왔지만 차양준은 아는 척하지 않았다. 더 있어봐야 좋을 게 없다는 걸 알고 있었다. 우선 송미를 찾고 〈우룽차〉 촬영 현장에 들른 다음 돌아올 생각이었다. 오후 촬영이 끝나갈 때쯤 먹을 걸 사들고 돌아오면 분위기가 나아질 것이었다.

엘리베이터 문이 열리고 차양준이 1층에 도착했을 때 문자메시지가 도착했다. 주소만 적힌 간략한 메시지였다. 힘들게 찾아냈고 어렵게 발견했다는 식의 군더더기는 없었다. 띄어쓰기와 맞춤법은 정확했고, 주소 가운데 들어있는 하이폰은 숫자와 딱 붙어 있어서 빈틈이 없었다. 주소를 알리는 문자만으로도 명쾌하다는 인상을 주었다. '일 하나는 기가 막히게 잘하는군' 차양준이 중얼거렸다. 자동차 내비게이션에 주소를 입력하고 시동을 걸었다. 차양준은 주소와 건물의 이름을 입력하면서 그 명칭들을 오래 전에 들어본 적이 있는 것 같다는 생각이 들었다.

차양준은 출발하기 전에 〈우룽차〉를 찍고 있는 촬영B팀의 조명과 음향 담당 김선민에게 문자메시지를 보냈다. '촬영 진행률, 상황 몇 개?'라는 짧은 메시지였다. 답장을 기다리지 않고 출발하려는데 '현재 상황 0개. 감독님은 차 마시고 계세요. ㅋㅋㅋ'라는 답장이 곧바로 왔다. 차양준은 통화 버튼을 눌렀다.

"무슨 소리예요, 차 마시고 있다는 게?"
"말 그대로인데요. 차 한 잔 마시고 시작하신대요."
"아직 하나도 안 찍고요?"
"네."
"배우들은요?"
"배우들하고 같이요."
"미안하지만 촬영 시작하면 저한테 문자 좀 보내주실래요?"
"네, 그럴게요."

김선민은 차양준과 오랫동안 함께 일해온 사이였다. 스파이라고 할 수는 없지만 차양준이 파악할 수 없는 회사일을 자주 알려주곤 했다. 차양준은 3년 전 포르노 계에 떠들썩하게 데뷔했다. 그가 기획한 〈상황 시리즈 : 우리가 꿈꾸는 짜릿한 500섹스〉는 돌풍을 일으키며 그해 최고의 판매고를 기록했다. 어지간한 음반 판매량보다 높았고, 불법복사본까지 합한다면 포르노 역사상 최다 판매라는 의견도 있었다. 그 해 화장지의 매출이 높아진 것도 모두 〈상황 시리즈〉 때문이 아니겠냐는 분석도 있었다. 버스를 기다리다가, 피서지에서 보트를 놓친 후에, 회사의 휴식 시간 옥상에서 담배를 피다가, 카페에서 커피 주문을 기다리다가…, 차양준은 모든 상황을 섹스와 연결시켰다. 차양준이 기획하는 섹스는 간결했고, 불필요한 애무나 불필요한 자극이 없었다. 사람들은 의외의 상황에서 벌어지는 섹스에 흥분했다.

차양준은 포르노 계의 스타 기획자가 됐다. 상황은 곧 돈이었다.

그는 데뷔 2년 만에 거액의 연봉을 받고 〈춘하 프로덕션〉으로 직장을 옮겼다. 대표 이정식은 차양준에게 '상황감독'이라는 새로운 업무를 맡겼고, 업무의 내용으로만 본다면 회사의 2인자나 다름없었다. 그를 시기하는 사람이 많았고, 더이상 새로운 기획을 할 수 없을 것이라고 추측하는 사람이 많았다. 차양준 역시 그런 의견들을 알고 있었다.

차양준은 이전 회사에 다닐 때 프리랜서로 활동중이던 김선민을 알게 됐고, 김선민이 취직을 원할 때 〈춘하 프로덕션〉에 자리를 마련해주었다. 차양준은 생색을 내지 않았고, 대신 자주 문자를 보냈다. 감독들의 생각이나 성향을 알려줄 누군가가 필요했다.

내비게이션 화면에 목적지가 2킬로미터 남았다는 표시가 떴다. 포르노 영화가 나오던 화면을 끄고 주위를 둘러보았다. 처음 와보는 동네였다. 언덕길로 올라갈수록 길이 좁아졌고, 주변의 풍광을 잘 볼 수 있게 하려고 그러는 것처럼, 집들이 낮아졌다. 차양준은 지나치며 목적지를 확인하고 유료주차장에 차를 세웠다. 그가 태어나기도 전에 지었을 듯한 낡은 3층 건물이었다.

건물에 들어섰을 때 여러 종류의 냄새가 차양준의 코로 밀려들었다. 곰팡이 냄새와 락스 냄새가 강했고 어디선가 희미하게 포르말린 냄새도 나는 것 같았다. 차양준은 얼굴을 찡그리면서 덜 마른 바닥에 발을 내딛었다. 방금 청소를 끝낸 모양이었다.

차양준은 2층으로 오르다가 청소를 하는 늙은 여자와 마주쳤다. "안녕하세요." 늙은 여자가 차양준을 쳐다보지도 않고 인사를 했다. 무덤덤한 한마디와 함께 늙은 여자가 양동이와 물걸레를 쥔 채 꾸부정한 자세로 계단을 내려오고 있었다. 차양준은 옆으로 비키면서 늙은 여자가 지나가도록 해주었다. 늙은 여자가 고개를 까딱하면서 지나갈 때, 차양준의 눈으로 늙은 여자의 늙은 젖가슴이 보였다. 추욱 늘어져서 볼품 없는 젖가슴이었다. 차양준은 괜히 한숨이 났다. 보기만 해도 한숨이 나는 그런 젖가슴이었다. 늙은 여자의 젖가슴은 그가 자주 보는 배우들의 젖가슴과는 판이하게 다른 젖가슴이었다. 그런 가슴을 보는 게 너무나 오랜만이어서, 자신이 미래의 어느 순간으로 와 있는 것 같다는 착각이 들 정도였다. 젊은 젖가슴이 모두 늙은 젖가슴으로 변모한 미래의 어느 건물. 차양준은 늙은 여자의 뒷모습을 잠깐 지켜보다 3층으로 올라갔다. 송미가 있다는 집은 복도가 시작되는 곳에 있었다. 복도의 한쪽으로 나즈막한 뒷산이 펼쳐져 있었다. 차양준은 벨을 누르지 않고 문을 두드렸다.

차양준은 문에 귀를 댔다. 누군가 문으로 걸어오는 소리가 들렸다. 누군가는 다가올 뿐 문을 열지 않았다. 차양준은 반대편 문에다 귀를 대고 있을 사람이 송미이길 바라면서 다시 문을 두드렸다. 차양준은 희미한 담배 냄새를 맡았다. 송미가 담배를 피웠던가, 잠시 생각했지만 생각이 나질 않았다.

"송미 씨, 계시죠? 저, 춘하 프로덕션의 차양준 감독입니다."

문에다 바짝 귀를 대고 있는 당신이 누구인지 알고 있다는 듯한 작은 목소리였다. 침묵의 시간이 흘렀다. 큰길 쪽에서 아이들이 뛰어 노는 소리가 들렸다. 개 짖는 소리와 누군가 자동차 시동을 켜는 소리도 들렸다.

"혼자 왔어요?"

"네, 혼자입니다."

"왜 왔어요?"

"잠깐 이야기 좀 하려고요."

"할 얘기 없는데요."

"제가 할 이야기를 만들어드릴 겁니다."

"어떻게요."

"열어보시면 알 겁니다."

머뭇거리는 몇 초가 지나더니 문이 열렸다. 송미는 문을 조금만 열고 걸쇠는 풀지 않았다. 문틈으로 송미의 얼굴이 나타났다. 낡은 티셔츠 하나만 걸친 편안한 모습이었다. 문틈으로, 늘어진 티셔츠 사이로 젖가슴의 굴곡이 드러났다. 차양준은 좀전에 보았던 늙은 여자의 젖가슴을 떠올렸다. 송미의 가슴이 훨씬 부풀어 있었고, 골이 깊었다. 송미는 며칠 사이에 많이 말라 있었다. 눈두덩이 움푹하게 패였고, 턱도 더 뾰족해진 느낌이었다.

"얘기해보세요."

송미의 목소리가 문틈으로 빠져나왔다. 차양준은 송미의 얼굴을 제대로 볼 수 없어 답답했지만 굳이 안으로 들어가야겠다는 생각은 하지 않았다.

"왜 그만두시려는 겁니까?"

"할 이야기 없다니까요."

"하나만 답해주십시오. 그래야 송미 씨가 할 이야기를 만들어줄 수 있으니까요. 왜 그만두시려는 겁니까."

"다 지겨워졌어요. 됐어요?"

"그건 답이 아니라 화를 내는 것 같은데요."

"화내는 게 제 답이에요. 됐어요?" 송미는 담담한 목소리로 말했다.

"화면에 등장하는 자신의 모습을 보는 게 지겨워진 겁니까, 아니면 매번 다른 남배우들과 끊임없이 섹스를 하는 자신이 지겨워진 겁니까, 아니면 촬영하는 과정에 뭔가 지겨운 요소가 있는 겁니까. 만약 개선할 게 있다면 고쳐나가겠습니다. 덜 지겹게 할 수 있다는 거죠."

"상황감독이시라더니 이런 상황도 컨트롤 하시나보죠?"

송미가 문틈 가까이로 얼굴을 내밀며 말했다. 조금도 움직이지 않고 꼿꼿하게 서서 말하고 있는 차양준의 모습에 송미가 긴장을 풀었다.

"영화 속 상황이든 현실의 상황이든 다를 게 없습니다. 모든 상황엔 일리가 있습니다. 그리고 모든 상황엔 의미가 있습니다. 지금 송미 씨와 제가 얘기하는 대화에도 어떤 의미가 있겠죠."

"제가 보기엔 아무런 의미 없는 대화 같은데요."

"아무런 의미 없는 대화란 없습니다."

"그럼 지금 이건 어떤 의미가 있는 상황인데요?"

"협상 중인 상황이죠. 저와 사장님은 송미 씨의 복귀를 원하고 있습니다. 찍던 영화를 마저 촬영하길 바랍니다. 저는 사장님의 대리인 역할을 하고 있는 겁니다. 이제 송미 씨의 요구사항을 이야기해주십시오."

"좋아요, 그럼. 제 요구사항을 말씀드릴게요. 오형수 감독을 선택하든지 저를 선택하든지 둘 중 한 명을 고르세요." 송미가 문틈에서 멀어지며 낮은 목소리로 말했다.

"이유는요?"

"이유가 왜 필요해요. 오형수 감독을 선택할 게 뻔한데…. 만약 오형수 감독을 버리고 저를 선택할 마음이 조금이라도 있다면, 그때 제 이유를 말씀드릴게요."

"잘못된 순서입니다. 이유를 알아야 선택의 방향이 결정되는 겁니다."

"아뇨. 제 순서는 달라요. 이유를 말했는데 선택도 받지 못하면 둘 다 잃게 되는 거니까요."

"패를 먼저 보이지 않겠다는 거군요."

"어때요? 상황감독으로서는 괴로운 상황이죠?"

"아뇨. 괴롭고 힘든 상황이란 건 없습니다. 모든 상황에는 일리가 있으니까요. 송미 씨의 뜻은 잘 알겠습니다. 이번에는 제 생각을 말씀드리겠습니다. 일단 촬영은 마무리를 해야 한다고 생각합니다. 이유가 어떻든, 송미 씨와 오형수 감독 중 누굴 선택하든 일단 촬영은 끝내야 합니다."

"그걸 하기 싫다는 거잖아요."

"찍던 작품을 오형수 감독이 연출하고 있었죠? 지금 〈우롱차〉 촬영이 시작됐으니 오 감독은 시간이 없을 겁니다. 다른 감독으로 연출을 바꾸겠습니다. 하루만 찍으면 되니까요. 뭐가 지겹든 얼마나 지겹든 하루만 견디고 촬영해주십시오. 부탁드리겠습니다."

"촬영을 마무리하면 제가 얻을 수 있는 게 뭔데요?"

"믿음을 얻을 수 있겠죠. 저희의 선택에 조금 도움을 주시는 겁니다. 지금까지 〈춘하 프로덕션〉에서 송미 씨가 출연한 영화는 모두 열 아홉 편이고, 그 중 원톱으로 찍은 건 열 편입니다. 열 편 중 특별한 상황 없이 찍은 일곱 편의 판매보다 상황별로 챕터를 나눈 세 편의 인기가 높습니다. 〈사무실에서 호텔까지〉는 스트리밍 서비스 1

위를 차지하기도 했습니다. 풀타임 시청률은 20퍼센트입니다. 10명 중에서 2명은 한 번도 스킵하지 않고 끝까지 시청했다는 겁니다. 이례적인 일이죠. 최고의 배우도 20퍼센트를 넘기기 힘드니까요. 작품별 평균 리와인드는 8회이고, 평균 스킵은 15회입니다. 평균 일시정지는 4회이고, 평균재시청률은 1.5회입니다. 작년에는 진심으로 흥분하는 것 같은 배우 2위에 올랐고, 물총쏘기 성적은 별로 좋지 않습니다. 송미 씨와 관련된 검색어 중 가장 높은 순위는 '가슴'과 '발목'이고…."

"그만하세요."

"송미 씨에 대한 〈춘하 프로덕션〉의 믿음을 설명 중입니다. 송미 씨 팬의 평균 연령은 28.5세이고, 악플의 비율은 13퍼센트입니다. 여배우들의 평균 악플 비율이 25퍼센트인 걸 생각하면 놀라운 수치입니다. 마지막으로 제가 가장 중요하게 생각하는 건데요. 정지화면 캡쳐의 비율입니다. 얼굴과 상체, 상체와 하체, 전신 캡쳐의 경우를 통계로 내는데, 송미 씨의 경우는 4 대 2 대 2입니다. 전신보다 얼굴의 비율이 높게 나오기란 쉽지 않은 일입니다. 많은 사람들이 송미 씨의 웃는 표정을 좋아한다는 얘깁니다."

"이런 데서 듣기엔 민망한 얘기네요. 생각해볼게요."

송미는 문을 닫았다. 잠금장치를 돌리는 소리가 들렸다. 차양준은 문틈으로 자신의 명함을 밀어넣었다.

"문틈으로 명함을 넣었습니다. 오늘 중으로 연락주십시오."

송미는 28살의 포르노 배우였다. 포르노 배우를 하기엔 나이가 많았지만 고정팬들이 많았다. 가장 높은 검색어가 '젖가슴'이라는 데서 짐작할 수 있듯 송미의 가슴은 인기가 많았다. 수술받지 않은 젖가슴 중에는 최고라는 평가였다. 편평한 가슴을 선호하는 남자들도, 커다란 가슴을 선호하는 남자들도 모두 송미의 가슴만은 인정했다. 차양준의 말처럼 송미의 웃는 얼굴을 좋아하는 사람도 많았다.

차양준이 돌아가고 난 후 송미는 티셔츠를 벗었다. 트레이닝 바지와 팬티를 마저 벗었다. 거실의 거울을 통해 알몸이 보였다. 물을 끓여 컵에 따르고 믹스 커피를 부었다. 달고 맹맹한 믹스 커피가 몸 속으로 들어가자 술이 깨는 것 같았다. 송미는 커피를 다 마시고 나서 문틈에 끼어 있던 명함을 꺼냈다. 〈춘하 프로덕션〉 상황감독 차양준이라는 이름 아래에 전화번호와 전자우편 주소가 적혀 있었다. 송미는 명함을 신발장 위에 올려두었다. 전화를 걸게 될지 알 수 없었지만 명함을 버리지 않았다. 송미는 차양준의 이야기가 재미있었다. 자신에 대한 이야기와 정보를 그런 식으로 듣기는 처음이었다. 이야기를 들려주던 목소리도 마음에 들었다. 낮고 굵직하지만 기름기는 거의 없는 목소리였다. 촬영현장에서 몇 번 마주친 적이 있긴 했지만 이렇게 둘이서만 얘기하긴 처음이었다. 차양준이 가고 없는데도 목소리가 계속 송미의 귓가를 맴돌았다.

송미는 주방으로 가서 하던 일을 계속 했다. 주방의 서랍에는 노란 비닐봉지가 차곡차곡 포개져 있었고, 송미는 비닐봉지를 하나씩 꺼낸 다음 바람을 넣고 부풀렸다. 비닐봉지에 바람이 적당히 차면 입구를 단단히 묶고 바닥에 던져두었다. 거실바닥에는 바람이 들어간 노란 비닐봉지 수십 개가 뒹굴고 있었다. 30분쯤 지나자 노란 비닐봉지가 바닥에 그득해졌다. 크지 않은 거실이었다. 송미는 베란다로 가서 블라인드 사이로 밖을 내다보았다. 세계는 느릿느릿 움직이고 있었다. 사람들은 정해진 길로 다녔고, 뒤를 돌아보지 않았다. 3층 높이에서 보는 것만으로도 세상이 멀어 보였다. 송미는 벌거벗은 채로 노란 비닐봉지를 툭툭 차면서 거실을 이리저리 걸어다녔다.

송미는 외할머니가 잘 기억나지 않았다. 3년 전 전화를 받고 외할머니가 혼자 살던 이 집에 인사를 하러 온 적이 있었지만 키가 작고 빨간색 목도리를 하고 있었다는 것 말고는 떠오르는 게 없었다. 상상 속에서 목도리만 둥둥 떠다녔다. 뿌옇게 서리가 낀 창문을 사이에 두고 만난 것 같았다. 과일바구니를 내려놓고 절을 하고, 잠깐 앉아서 이야기를 듣다 간 게 전부였다. 외할머니의 얼굴과 이야기는 기억나지 않지만 과일바구니를 들고 언덕을 오르던 기억은 선명했다. 엉성하게 얹어둔 귤 하나가 떨어져서 아래로 굴러갔다. 송미는 잠깐 쉬면서 그 귤을 계속 보았다. 귤은 빠른 속도로 굴러갔고 송미도 그 귤을 따라 굴러떨어지는 것 같은 기분이 들었다. 마음 같아선 만신창이가 되었을 그 귤을 찾아오고 싶었지만 다시 돌아갈 길이 까마득했다. 외할머니가 죽었다는 소식을 전해 들었을 때 송미는 그 언덕과 귤을 떠올렸다.

외할머니의 장례식을 지켜본 사람은 송미뿐이었다. 송미는 화장장의 대기실에서 언뜻 새어나오는 불꽃을 보았다. 외할머니를 재로 만드는 불꽃이었지만 아무런 감정이 들지 않았다. 장례식을 마치고 돌아와서 송미는 혼자 술을 마셨다. 슈퍼마켓에서 맥주 여섯 병과 소주 한 병, 아몬드캔, 진공포장된 과자 세 봉지를 사왔다. 송미는 과자를 좋아하지 않았지만 진공포장된 과자는 좋아했다. 과자 때문이 아니라 봉지 때문에 좋아했다. 진공포장된 과자를 두 손으로 펑, 터뜨리는 순간 송미는 오르가즘으로 가는 표지판을 보는 것 같았다. 밀폐돼 있던 무언가를 두 손으로 구출한다는 감각과 '펑' 하고 사람을 놀래키는 소리와 자신을 둘러싸고 있던 공기가 뒤틀리는 왜곡이 손과 발을 저릿하게 만들었고, 저릿한 감각은 음문까지 전해졌다. 짧은 순간 누군가 자신의 음문으로 들어왔다 나가는 게 느껴졌다. 송미는 몸을 살짝 떨었다. 과자봉지를 터뜨릴 때뿐 아니라 풍선이 터질 때도, 비닐봉지가 터질 때도, 온몸이 찌릿했다. 영화를 찍으면서 수많은 남자들이 자신의 음문을 드나들었지만 이런 쾌감을 느낀 적은 없었다. 거짓 신음을 지르는 것보다 풍선을 터뜨리는 쪽이 훨씬 좋았다. 술을 마시다가 심심하면 과자봉지를 터뜨렸다. 과자는 거의 먹지 않았다. 송미는 병따개를 찾다가 서랍에 차곡차곡 쌓여 있는 비닐봉지를 보았다. 송미가 들고 온 비닐봉지와 같은 것이었다. 슈퍼마켓의 이름과 전화번호와 판매품목이 적힌 노란색 비닐봉지였다. 서랍에는 그런 비닐봉지들이 수십 수백 개 쌓여 있었다. 하루종일 자위를 하고도 남을 양이었다.

차양준은 떠나지 않고 문에다 귀를 대고 있었다. 어떤 일이 벌어질지 알 수 없었으므로 자리를 뜰 수 없었다. 휴대전화기는 진동으로 바꾸어두었다. 건물 안에서는 별다른 소리가 들리지 않았다. 달그락거리는 소리가 들렸지만 안에서 들리는 소리가 아니라 멀리서 들리는 소리 같기도 했다. 먼 곳에서 여전히 아이들이 웃고 있었다. 차양준은 한 시간만 기다려보기로 했다. 한 시간 안에 결정하지 못한다면 시간이 길어질 확률이 컸다. 30분쯤 기다렸을 때 계단으로 누군가 올라오고 있었다. 차양준은 문에서 떨어져 난간에 기댄 채 먼 산을 보았다. 휴대전화기를 꺼내서 귀에다 대고 통화하는 척했다.

"안녕하세요." 늙은 여자가 무심한 목소리로 다시 인사를 했다.

이번에도 차양준을 보지 않았다. 시선은 복도의 끝에다 고정한 채 차양준을 지나치면서 인사를 했다. 늙은 여자는 양동이와 밀대를 들고 복도 끝으로 가더니 몸을 돌렸다. 양동이에다 밀대를 넣어 몇 번 휘젓고는 복도를 닦기 시작했다. 늘어진 티셔츠 사이로 늘어진 가슴이 멀리서도 보였다. 차양준은 눈을 돌리지 않고 늘어진 젖가슴을 유심히 보았다. 가슴이 좌우로 흔들리고 있었다. 밀대의 움직임에 따라 젖가슴이 시계추처럼 좌우로 움직였다. 늙은 여자가 복도의 반쯤 왔을 때 휴대전화기에 진동이 울렸다. 김선민이었다. 차양준은 계단 쪽으로 가서 전화를 받았다.

"촬영 시작하는데요, 이제."

"아, 그래요? 다행이네요. 수고하세요."

"그런데요, 오형수 감독이 이야기를 다 바꾼대요."

"이야기를? 어떻게요?"

"대본은 무시하고 자기의 감으로 찍을 거니까 믿고 따라오면 된대요."

"그러니까, 어떻게 바꿨어요?"

"어떻게 바꿀지는 얘기 안해주셨고, …, 아, 저 가봐야겠어요."

차양준은 통화 종료된 전화기를 바라보았다. 송미를 기다리기보다는 〈우롱차〉 촬영현장으로 가야 할 상황이었다. 차양준은 문에다 귀를 한 번 더 대보고는 서둘러 계단을 내려갔다. 2층을 지날 때 어디선가 '펑' 하는 소리가 들리는 것 같아 잠깐 걸음을 멈췄지만 작은 소리에 신경 쓸 겨를이 없었다.

서른 개의 비닐봉지를 연달아 터뜨려본 것은 송미에게도 처음 있는 일이었다. 스무 개가 지났을 때는 정신이 아득해졌고, 발가락 끝까지 찌릿했다. 스무 개에서 서른 개까지는 어떻게 터뜨렸는지도 기억나지 않았다. 거실을 돌아다니면서 두 손으로 비닐봉지를 터뜨릴 때마다 누군가 날카로운 꼬챙이로 음문을 쑤셔대는 듯한 기분이 들었다. 비닐봉지가 터질 때마다 송미는 두 손으로 박수를 칠 수밖에 없었다. 비닐봉지가 펑, 하고 터지면 비닐봉지를 움켜쥐던 송미의 두 손이 짝, 박수를 쳤다. 펑, 짝, 펑, 짝, 펑, 짝, 펑, 짝, 비닐봉지 속의 공기가 파편을 뿌리며 터져나오자 거실이 흔들리고 송미도 흔들렸다. 송미는 서른 개의 비닐봉지를 모두 터뜨리고 거실에 드러누웠다. 아랫도리가 얼얼했다. 손으로 음문을 만져보았다. 거긴 이미 축축하게 젖어 있었다. 천장의 형광등이 작은 소리로 울고 있었다.

 송미는 누워서 깜빡 잠이 들었다가 깨어났다. 애액이 말라붙어서 몸은 찜찜했지만 정신은 바싹 마른 빨래처럼 빳빳했다. 형광등은 계속 작은 소리로 울고 있었다. 외할머니도 가끔 이렇게 비닐봉지로 자위를 하지는 않았을까? 송미는 바로 고개를 저었다. 이런 게 유전일 리 없었다. 손녀가 마음껏 자위할 수 있도록 노란 비닐봉지를 정성스럽게 모았을 리도 없었다. 송미는 외할머니가 누워서 바라보았을 천장을 물끄러미 바라보았다. 커다란 꽃무늬 벽지였다. 꽃무늬가 천장에 붙어 있으니 이상했다. 하늘에서 꽃이라도 떨어질 것 같은 풍경이었다. 둥그런 스프링클러가 송미를 내려다보고 있었다.

 송미는 벌떡 일어나서 신발장 위의 명함을 집었다. 뽑아두었던 전화코드를 연결하고 번호를 눌렀다.

 "차양준입니다."

 "저, 송미예요."

 "네, 송미 씨. 말씀하십시오."

"영화 찍을 때 옆에 같이 있어줄 수 있어요?"

"그럼요. 그게 제가 할 일입니다."

"언제부터 찍을 수 있어요?"

"오늘은 세팅이 힘들 테니까 내일 아침에 찍을 수 있도록 하겠습니다. 그리고 제 기억으로는 아마 낮 장면이 남았을 겁니다. …, 믿어주셔서 감사합니다."

"일단은 마무리만 할 거예요. 완전 복귀는 아닌 거 아시죠?"

"네, 알겠습니다. 천천히 결정하십시오."

"그래요."

송미는 이야기를 더 하고 싶었지만 할 말이 없었다. 차양준의 전화 목소리를 더 듣고 싶었다. 그 목소리를 듣는 것만으로도 안심이 됐다. 아무 일도 없을 거라고, 다 잘될 거라고, 말해 주는 듯한 목소리였다.

"일정 확인 되면 이 번호로 전화드릴까요?"

"아뇨. 핸드폰 켜둘게요. 핸드폰으로 전화하세요."

"네, 알겠습니다. 끊겠습니다."

차양준은 곧바로 제작팀에 전화를 걸어 〈복종의 카푸치노〉 마지막 촬영 준비를 부탁했다. 반나절 정도만 더 촬영하면 마무리할 수 있는 영화였다. 누가 감독을 맡든 상관없었다. 이정식 사장에게는 송미가 내일 촬영을 재개하기로 했다는 사실만 간단히 보고했다.

〈복종의 카푸치노〉는 오형수 감독의 '음료 3부작' 중 두 번째 작품인데, 차양준은 그 시리즈를 별로 좋아하지 않았다. 첫 번째 작품 〈콜라 샷〉은 머니 샷—남자가 여자의 질 이외의 곳에 사정하는 것을 말한다—을 테마로 한 작품인데 '얼굴마사지'를 비롯한 수많은 곳에 사정하는 장면을 콜라가 터져나오는 화면과 편집한 것이었다. 콜라 회사로부터 지원까지 받아서 만든 작품이었고, 관객들의 평가도 좋았다. 콜라 회사에서도 마음에 들어했다. 차양준은 머니 샷 자체를 별로 좋아하지 않았고, 오형수 감독의 편집 스타일도 좋아하지 않았다. 남자가 절정의 순간에 도달했을 때 여자의 얼굴에다 사정을 하는 장면은, 화면 자체로는 그럴 듯할지 모르겠지만 차양준에게는 전혀 설득력이 없었다. 절정의 순간에 침착하게 남자의 정액을 받아먹을 수 있는 여자가 몇 명이나 될까. 그건 여자에게 절정이 오지 않았다는 뜻이다.

여자의 얼굴에 정액이 뒤범벅된 화면을, 차양준은 좋아하지 않았다. 〈복종의 카푸치노〉의 모든 촬영을 지켜본 것은 아니지만, 이번 작품도 차양준이 좋아할 내용은 아니었다. 오형수 감독은 상황보다 이미지를 중요하게 생각했고, 이야기보다 편집에 더 많은 공을 들였다. 카페에서 차를 마시던 두 사람이 갑자기 섹스하게 된다거나, 여배우가 뒤로 물러서다가 커피 기계를 건드리는 바람에 에스프레소 머신의 스팀이 '치이이익' 터져나온다거나 아포가토를 온몸에 바르고 그걸 핥아먹는 장면 같은 걸 차양준은 좋아할 수 없었다. 오형수를 무시할 수는 없었다. 많은 여배우가 그를 싫어했지만, 그는 남자들이 어떤 화면을 보고 싶어하는지 아는 사람이었다. 흥행감독이었고, 멍한 표정으로 화면을 들여다보면서 발기한 성기를 어루만지는 외로운 남자들의 영웅이었다. 차양준은 오형수만의 세계와 그 세계 속에서의 완성도를 인정했다.

차양준이 촬영현장에 도착했을 때 모든 스태프들이 숨죽이고 섹스 장면을 촬영하고 있었다. 남배우는 여배우의 벌거벗은 몸 위에다 차를 따르고 있었다. 얼굴과 가슴에 붓고 배꼽에도 차를 부었다. 여배우의 배꼽에 고인 차를 남배우가 핥았다. 차양준은 촬영에 몰두하고 있는 오형수의 표정을 훔쳐보았다. 오형수는 만족한 듯한 표정으로 웃고 있었다. 남배우가 여배우를 탁자에 눕히고 본격적인 섹스에 들어갔다. 촬영은 길었다. 20분에 걸쳐 섹스 장면을 찍었다. 마지막 사정 장면에서 오형수의 특기가 나왔다. 남배우가 콘돔을 빼더니 찻주전자에다 사정을 했다. 말갛고 끈적끈적한 정액이 찻주전자로 떨어졌고, 남배우가 찻잔에다 정액과 차가 뒤섞인 액체를 따랐다.

"자, 얼굴 클로즈업 하고, …, 원샷으로 쭉 마셔. 그래, 그렇지, 얼굴 찡그리지 말고, 맛있게, … 그래, 잘 마시네. 컷!"

섹스 촬영이 끝나고 휴식시간이 되자 오형수가 차양준에게 아는 체를 했다. 오형수는 두 팔을 번쩍 들고 멀리서부터 포옹하려는 자세를 취하곤 차양준에게 걸어왔다.

"우와, 이게 누구신가. 상감마마 납시었네."

오형수는 차양준에게 상감이라는 별명을 썼다. 상황감독을 줄인 그 단어를 차양준은 좋아하지 않았다. 자신을 비꼬는 표현이라는 걸 알고 있었다. 차양준은 형식적으로 오형수를 잠깐 안았다.

"촬영은 잘 되고 있죠?"

"하는 일이 늘 그렇지 뭐. 벗고 찍고 찍고 벗고…. 그래도 이번엔 감이 좋아. 배우들도 괜찮고. 갠 아직 못 찾았지?"

"송미 씨요? 방금 연락됐습니다."

"아, 그래? 잘 됐네. 그럼 다시 찍어야지."

"우롱차 찍으셔야죠."

김중혁|상황과 비율 257

"에이, 먼저 찍던 거 마무리를 해야 마음이 편하지."

"다른 감독 붙이겠습니다. 몇 장면만 찍으면 되니까요."

"그게 지금 무슨 소리야?"

오형수의 목소리가 갑자기 낮아졌다.

"무슨 소리냐뇨?"

차양준도 일부러 목소리를 낮추었다.

"지금 카푸치노를 다른 사람한테 맡기겠다고 한 거야?"

"그랬습니다."

"그거 내가 공들인 작품이라는 거 알지?"

"압니다."

"그런데 어떻게 그런 소리를 해?"

"어쩔 수 없는 상황입니다."

"무슨 그따위 상황이 다 있어. 감독이 자기 작품 찍겠다는데."

"감독님께서는 우롱차에 집중해주십시오. 감독님이 카푸치노로 가시면 우롱차 스케줄이 다 뒤죽박죽됩니다. 장소 섭외나 장비 스케줄도 다 조정해야 하고요. 두 작품 모두 살리려면 그 방법뿐입니다."

"협박하는 거야?"

"협박이라뇨?"

"내 말대로 안 하면 우롱차는 못 찍게 될 테니 그리 아슈, 그러는 거잖아."

"그런 말이 아닙니다."

"살구색만 찍는 감독이라고, 무시하는 거야? 내가 춘하 프로덕션에 벌어다 준 돈이 얼만데…, 차양준 씨, 방금 그 말이 회사 공식 입장이야?"

"비공식 입장입니다. 그럼 지금부터는 공식 입장을 말씀드리겠습니다. 아까 보니까 회사 가이드라인을 또 무시하셨던데요?"

"내가 뭘 무시해?"

"상황 회의 때 다 동의하셨잖아요. 만들어드린 상황 콘티는 어떻게 하신 겁니까?"

오형수가 한숨을 쉬더니 혀로 아랫입술을 핥았다. 차양준에게서 시선을 떼지 않았다.

"이봐, 차양준 씨. 겨우 상황 몇 개 뺀 거야. 이번 껀 롱테이크로 가야 할 게 많단 말이야. 내가 상황 몇 개 빼는 건 미리 얘기했잖아."

"상황을 빼는 것도 문제지만 장면 비율이 맞지 않잖습니까."

"무슨 비율? 4 대 3? 16 대 9? 1 대 1? 1 대 100? 어떤 비율로 찍으란 건지 모르겠네."

오형수가 능청스럽게 대답했다.

"장난치는 게 아닙니다. 계속 장면 비율을 무시하시면 제가 편집권을 가져갈 수도 있습니다."

"편집권? 야 이 새끼야. 네가 뭔데 편집권을 가져가? 이 새끼가 미쳤나. 너 사장 빽 믿고 이러는 거야? 이정식이가 널 믿겠어, 날 믿겠어? 내가 이정식을 알아도 10년은 더 알았어. 내 말 한마디면 편집권이고 지랄이고, 너를 편집시키고 가위질로 확 잘라버릴 수 있다고."

"그건 마음대로 하십시오. 장면 비율에 대한 건 회사의 원칙입니다. 그걸 지키지 않으시면 촬영을 더 하실 수 없을 겁니다."

차양준은 다리에 부목을 대듯 말 한 마디 한 마디에다 단단한 나무를 받치면서 말했다. 차양준의 목소리는 부러지지 않고 곧게 나아가 오형수의 얼굴을 겨누었다. 오형수도 물러서지 않았다. 찻집에 있던 스태프들은 말없이 두 사람을 보기만 했다. 벌거벗은 두 배우는 얇은 담요를 뒤집어쓴 채 목만 내놓고 대화를 들었다.

"너 이 새끼, 어떻게 되는지 두고보기나 해."

오형수가 벌떡 일어서서 밖으로 나가며 담배를 꺼내물었다. 차양준은 괴로워하지도 웃지도 않았다. 오형수가 밖으로 나가자 스태프들 사이에서 한숨이 새어나왔다. 차양준은 가져온 도넛과 빵과 음료수를 꺼냈다. 스태프들이 작은 환호성을 지르며 먹을 것 주위로 몰려들었다.

다음날 도심의 외곽에 있는 작은 카페에서 〈복종의 카푸치노〉 마지막 촬영이 진행됐다. 차양준은 이제 막 데뷔작을 찍은 젊은 감독을 직접 섭외했다. 젊은 감독은 오형수가 진행하던 프로젝트를 마무리한다는 게 마음에 걸렸지만, 우선 돈이 급했고 춘하 프로덕션의 고정물을 맡을 수 있는 좋은 기회였으므로 위험을 무릅썼다. 젊은 감독은 전화를 받고 난 후 〈복종의 카푸치노〉 촬영분을 빌려가 밤새 보았다. 편집하지 않은 촬영분은 8시간이 넘었다. 대부분 송미와 남배우들의 섹스 장면이었다. 젊은 감독은 송미가 카페 종업원이 되어 나누는 섹스에 유독 흥분했다. 영업이 끝나고 카페의 사장과 종업원이 섹스를 나누는 장면이었는데, 젊은 감독은 그 장면을 보다 새벽 3시에 결국 자위를 했다. 카메라 감독은 섹스 촬영이 끝났는데도 카메라를 끄지 않고 계속 송미를 찍었다. DVD의 '비하인드 더 씬'을 위해서였다. 섹스가 끝난 후 자신의 역할을 버리고 실제 모습으로 돌아오는 장면을 팬들은 좋아했다. 젊은 감독이 화장실로 가서 정액이 묻은 휴지를 버리고 왔을 때 모니터에는 정액이 잔뜩 묻은 송미의 얼굴이 클로즈업되고 있었다. 송미는 넋이 나간 사람처럼 보였다. 숨을 몰아쉬면서 가끔씩 몸을 떨었다.

'어이, 수고했어. 자, 정리하고 다음 장면 들어가자고.'

어딘가에서 오형수의 목소리가 들려왔다. 송미의 눈에 눈물이 글썽이고 있었다. 송미는 휴지로 얼굴에 묻은 정액을 대충 닦아냈다. 화면에 반짝이는 것이 눈물인지 정액인지 정확하게 알 수 없었다. 송미는 눈물이 고인 채 일어나서 화면을 향해 활짝 웃었다. 젊은 감독은 환하게 웃고 있는 송미의 얼굴을 일시정지했다. 화면이 송미의 얼굴로 가득 찼다. 젊은 감독은 송미와 섹스를 나눈 것 같은 생각이 들어서, 어쩐지 미안했다.

차양준은 일찍부터 촬영장에 나가 있었다. 이것저것 지시를 내리고 숨겨진 폭발물이라도 찾는 것처럼 촬영장을 꼼꼼하게 살폈다. 젊은 감독과 스태프가 도착했고, 마지막으로 송미가 도착했다. 송미의 얼굴은 피곤해 보였다. 스태프 한 명이 송미의 얼굴에다 간단한 화장을 하는 동안 차양준은 감독과 이야기를 나누었다. 차양준은 장면과 상황에 대해 얘기했고, 젊은 감독은 이전 촬영분과의 연결과 편집과 마지막 씬에 대해 얘기했다. 젊은 감독은 마지막 장면에 대해 차양준에게 자세히 설명했다.

"섹스 끝나면 송미 씨가 바에 앉아서 커피를 한잔 마시는 거예요. 고단한 일과를 끝낸 것처럼요. 그리고 클로즈업, 하고 송미 씨가 환하게 웃으면서 끝내는 겁니다."

차양준은 괜찮은 결말이라고 생각했다. 〈복종의 카푸치노〉라는 제목과는 어울리지 않지만 얼굴에다 정액을 묻힌 채 끝나는 것보다는 훨씬 낫다고 생각했다.

스태프들은 마지막으로 카메라 앵글과 조명을 점검하느라 분주했다. 차양준은 카페의 입구에 서 있었다. 아무도 들어오지 못하게 하려는 듯. 송미가 웃으면서 차양준에게 다가왔다.

"여기 계속 있을 거예요?"

"네. 걱정마세요. 촬영이 끝날 때까지 계속 옆에 있겠습니다."

"아뇨. 그말이 아니라 문에서 계속 이러고 있을 거냐고요. 저기 가서 편하게 앉아 있어요."

"괜찮습니다."

"어제 오형수 감독이 전화했던데요."

"오 감독이요? 왜요?"

"야, 송미, 네가 그런 거지? 감독 바꿔달라고 네가 말한 거지? 그러면서 막 협박하던데요."

"협박요?"

"앞으로 자기가 아는 사람 영화에는 절대 출연하지 못할 거니까 그렇게 알라고요."

"송미 씨, 제가 얘기한 게 아닙니다. 오 감독이 넘겨 짚은 겁니다. 송미 씨와 오 감독 둘 중 하나를 선택하라고 한 건 아무에게도 얘기 안 했습니다."

"얘기해도 괜찮아요. 자기만 잘난 줄 아는 인간인데, 그런 얘기라도 좀 들어야죠."

"그래서 오 감독에게 뭐라고 하셨어요?"

"그렇게 알겠으니까 앞으로 연락하지 말라고 하고, 끊어버렸어요."

"잘하셨습니다. 오늘 회사에 돌아가서 사장님에게 공식적으로 얘기를 할게요. 오형수 감독과 송미 씨 둘 중 하나를 선택해야 한다고."

"이유, 안 궁금해요?"

"송미 씨가 둘 중 한 명을 선택하라고 한 이유요? 궁금하죠."

"모아둔 돈으로 이런 카페나 하나 차릴까봐요. 여기 멋지죠?"

송미가 카페를 둘러봤다. 여섯 개의 테이블이 놓인 작은 카페였다. 벽에는 어설픈 실력으로 그린 풍경화가 걸려 있었고, 진열장에는 커피 도구와 함께 작은 인형과 장난감이 놓여있었다. 섹스 장면을 찍기엔 지나치게 아기자기한 카페였다.

"고마워요."

송미가 카페를 둘러보면서 말했다.

"네? 뭐가요?"

차양준이 송미를 돌아보며 물었다.

"어제 해준 얘기들요. 차양준 씨 가고 나서 한참 웃었어요. 세상엔 별 이상한 통계들도 다 있구나, 그러면서요. 차양준 씨 얘기 듣고나니까 마음이 좀 가벼워졌어요."

"이상한 통계가 아닙니다. 중요한 데이터죠. 개인은 이유를 알 수 없는 행동을 하지만, 개인들이 모이면 어떤 방식으로든 흔적을 남기니까요."

"그런데 그거 진짜예요? 진심으로 흥분하는 것 같은 배우 2위에 올랐다는 거?"

"네, 포르노 포탈 사이트에서 투표했는데, 2위였어요."

"하하하하, 그거 진짜 웃겨요."

"뭐가 웃겨요?"

"웃기잖아요. 그런 걸 투표하고 있다는 게."

"세상에는 다양한 사람들이 살고 있습니다. 그래서 데이터가 필요한 거죠."

"다들 외로운 거예요, 그렇죠?"

"외로운지는 모르겠지만 그렇게 다들 서로의 위치를 확인하는 거겠죠."

"외로운 걸 거예요."

송미는 차양준을 보면서 웃었다. 송미는 차양준과 이야기를 하면 할수록 그의 목소리에 매력을 느꼈다. 그가 말하는 모든 걸 믿을 수도 있겠다는 생각이 들었다.

"섹스할 때 무슨 생각하는 줄 알아요?"

송미가 물었다.

"모르겠습니다."

"무슨 생각할지 생각 안해봤죠?"

"네. 안해봤습니다."

"친구한테 물어본 적이 있었어요. 섹스 장면 촬영할 때 어떤 생각을 하는지 너무 궁금해서요. 그 친구는 쇼핑 생각을 한대요. 집에 있는 옷들을 떠올려보고, 자신에게 필요한 옷이 어떤 건지 생각한대요. 그 옷이랑 어울릴 구두를 생각하고, 백화점을 떠올린대요. 그러면 정말 놀랄 정도로 시간이 빨리 가고 카메라를 보면서 계속 웃을 수 있대요."

"송미 씨는요?"

"궁금해요?"

"네."

"저는 탁구공 생각을 해요."

"탁구공요?"

"네. 어렸을 때 살던 동네가 언덕이었는데요, 그 위에서 탁구공 하나를 굴리는 거예요. 탁구공이 통, 통, 통, 튀면서 아래로 굴러가요. 전봇대에 부딪쳤다가 튕겨나오고 가파른 곳에서 빨리 굴러갔다가, 벽에 한번 튕기고는 다시 천천히 내려갔다가 사람들 사이로 용케 빠져나갔다가 아이들에게 밟힐 뻔하다가 계속 굴러내려가는 거예요. 언덕을 내려갈수록 가벼운 탁구공의 속도가 점점 빨라지고, 언제 누군가에게 밟혀서 터져버릴지 모른다는 불안감이 커지거든요. 그러면 자꾸 몸이 조금씩 뜨거워져요."

"그럼 실제로 흥분하는 건 아니네요? 남자 배우가 만지는 건 상관없어요?"

"상관이야 있겠죠. 그래도 탁구공 때문에 더 많이 흥분돼요. 절정에 이르면 탁구공이 저절로 '퍽' 터져버리면서 온몸이 찌릿찌릿해요. 어떤 건지 알겠어요?"

"잘 모르겠습니다."

"하하, 맞아요. 잘 모르는 게 당연하죠."

젊은 감독이 송미를 불렀다. 준비가 모두 끝나고 마지막 촬영이 시작됐다. 송미가 카페의 테이블에 올라가 있고, 남배우가 송미의 뒤에 서서 섹스를 하는 장면이었다. 섹스가 시작되었고, 촬영장이 조용해졌다. 남배우의 성기가 격렬하게 움직이는 동안 촬영장에는 아무런 소리도 들리지 않았다. 살과 살이 맞부딪치는 소리만 들렸다. 차양준의 시야 속에 송미가 나타났다. 송미가 잠깐 얼굴을 찡그렸다. 짝, 짝, 짝, 짝, 짝, 누군가 박수를 치는 것처럼 남배우의 허벅지와 송미의 엉덩이가 계속 맞부딪치며 소리를 냈다. 박수 치는 소리 사이로 송미의 신음소리가 들렸다. 짝, 하, 짝, 하, 짝, 하, 짝, 하, 규칙적인 리듬이었다.

　탁구공.

　차양준은 혼자 중얼거렸다. 송미는 지금쯤 언덕 아래로 굴러가는 탁구공을 생각하고 있을 것이다. 하얀 공이 데굴데굴 굴러가는 모습, 통통 튀며 위태롭게 튀어가는 모습을 생각하고 있을 것이다. 언덕에 서 있던 사람들 사이로 계속 굴러가는 탁구공을, 큰길에 닿자마자 누군가의 발에 밟히거나 자동차 바퀴에 깔려서 터져버릴 탁구공을 생각하고 있을 것이다. 탁구공은 차양준만 알고 있는 비밀이었다.

　차양준은 카페의 입구에 서서 계속 촬영 장면을 지켜보았다. 송미의 몸이 가렸다가 보였다가 했다. 송미의 몸과 얼굴을 보려고 일부러 서 있는 위치를 바꾸지는 않았다. 조명기와 마이크 사이로 송미의 얼굴이 나타났다. 송미는 눈을 감고 있었다. 고통스러워 보이기도 했고 웃고 있는 것처럼 보이기도 했다. 송미가 눈을 떠서 차양준을 보았다. 두 사람의 눈이 마주쳤다. 송미는 입을 반쯤 벌리고 신음을 내뱉으면서 차양준을 보고 있었다. 차양준은 고개를 돌려야 할지 계속 보고 있어야 할지 알 수 없었다. 송미가 차양준을 보면서 환하게 웃었다. 그순간 차양준은 자신의 머릿속 한 부분이 하얗게 변하는 걸 느꼈다. 흐릿하고 커다랗던 하얀색은 조금씩 작아지더니 단단하게 응고되었다. 차양준은 송미의 탁구공이 자신의 머릿속으로 들어온 것이라고 생각했다. 탁구공은 격렬하고 빠르게 움직였다. 똑, 딱, 똑, 딱, 규칙적으로 움직이다가 머리에서 뒷덜미를 타고 내려와 차양준의 심장 속으로 들어갔다. 차양준은 자신의 가슴에 손을 대보았다. 금방이라도 튀어나와 다른 곳으로 옮겨갈 것처럼 탁구공이 손바닥을 두드리고 있었다. 차양준은 손바닥으로 가슴을 지그시 눌렀다.

기수상작가 자선작

아… 르무… 리… 오

박민규

1968년 울산에서 태어났다. 2003년 《문학동네》 신인작가상을 받으며 등단했다. 한겨레문학상, 신동엽창작상, 이효석문학상, 황순원문학상, 이상문학상 등 수상했다. 소설집 《카스테라》 《더블》, 장편소설 《지구영웅전설》 《삼미 슈퍼스타즈의 마지막 팬클럽》 《핑퐁》 《죽은 왕녀를 위한 파반느》 등이 있다.

간단한 이야기를 하나 할까 한다.
1954년 6월
측정할 수 없는 먼 곳에서 이곳으로 오게 된
누군가에 관한 얘기이다.

휴전 협정이 체결되고 채 1년이 지나지 않아서였다. 이른 장마가 지나가고 또 이른 더위가 모기와 함께 기승을 부리던 때였다. 그 불빛은 커다란 나사선 같은 궤적을 그리며 떨어졌는데 이를 목격한 이는 아무도 없었다. 산 아래 20여 호가 모여 사는 마을이 있었으나 사람은 거의 없었다. 전쟁이 끝난 직후였다. 팔다리가 성한 이들은 품을 팔러 떠나고 늙은 애비며 어미들이 죽지 못해 살고 있었다. 가까스로 균형을 잡은 불빛이 사라진 곳은 골짜기 근처의 숲이었다. 그 골짜기에 대해서라면, 어느 누구도 그쪽을 쳐다보거나 입에 담는 일이 아예 없었다.

그 존재의 의식이 돌아온 것은 한밤중이었다.

다섯 개의 눈(眼) 중 하나의 눈을 가까스로 치켜떴고, 서서히 나머지 눈들이 경련을 일으키며 깜박거렸다. 그의 이름은 발음할 수 없는 것인데, 굳이 적자면 아… 르무… 리… 오…라 할 만한 것이었다. 그의 뮤그(탐사선)는 파손되었고 이토르(구명 장치)의 에너지막마저 소진, 그는 낯선 행성의 대기에 오랜 시간 노출되어 있었다. 그러나 그는 살아 있었다. 여전히 아… 르무… 리… 오…로서 존재했으며 다만 묽은 액체가 섞인 기침(이를테면)이 이따금씩 터져 나왔다. 이는 지구의 대기에 섞인 미량의 라돈(Rn) 때문이었는데, 그로서는 원인을 알 수 없는 이상 현상이었다. 아… 르무… 리… 오…는 기억을 더듬었다. 그는 티비루(모선)로 귀환하던 중이었고, 예기치 못한 드라보로(공간 왜곡)에 휘말렸는데 그가 탐사하던 하우르 무르데스라알 구역에선 단 한 번도 보고되지 않은 현상이었다. 빛이 소멸된 계기판을 바라보며 그는 모든 것이 끝났음을 알 수 있었다. 돌아갈 수 없다는 것, 하여 혼자라는 사실은 그가 알고 있는 모든 것과의 결별을 의미했다. 이곳이 어딘지도, 행성의 좌표조차도 알 수 없었다(모르는 편이 나았을 것이다). 다만 견딜 만한 대기와 중력(자신을 생존케 한), 즉 무상으로 주어진 이 유사한 우주의 조건에 그저 감사할 따름이었다. 그는 네 개의 눈을 감았다. 그리고 단 하나의 눈만으로 수증기가 가득한 지구의 밤하늘을 바라보았다. 아무것도 보이지 않았다. 안개 자욱한 밤이었다.

크게 다르지 않은 중력이긴 해도 그의 장기와 뼈들이 안정을 찾기

까진 꽤 오랜 시간이 필요했다. 자신의 행성에 비해 과도하게 높은 수소의 비율도 그의 호흡을 가쁘게 했다. 교감할 수 없는 세균들, 그리고 어둠이 그를 에워싸고 있었다. 우거진 숲에서 들리는 희미한 소리들도 두려움을 주기는 마찬가지였다. 우선 이곳을 벗어나야겠다는 생각에 그는 가까스로 자신의 뮤그에서 빠져나왔다. 파손된 기체의 군데군데가 도리어 그를 위협할 만큼 예리하고 날카로웠다. 그는 교감을 원했다. 아무것도 알 수 없다는 무지의 공포가 그를 에워싼 안개보다 자욱했기 때문이었다. 그는 걷고, 또 걸었다. 누군가 나타날까 두려운 마음이면서, 누구도 보이지 않는 적막한 길에서 또 공포를 느껴야 했다. 기침은 멎지 않았다.

얼마를 걸었을까. 비로소 교감이 가능한 상대를 발견했는데 그것은 늙은, 커다란 떡갈나무였다. 아… 르무… 리… 오…는 걸음을 멈추었다. 다가오지 말라는, 어서 여기서 나가라는 나무의 생각을 읽었기 때문이다. 자신은 자신의 의지로 이곳에 온 것이 아니라고, 그는 조심스레 나무에게 의사를 전달했다. 나무는 격렬한 반응을 보였는데 교감하기 힘든 풀이며 어린 나무… 더불어 숲 전체가 그 반응에 공조함을 알 수 있었다. 숲은 생생히 전쟁을 기억하고 있었으나 아… 르무… 리… 오…에게 그 전부가 읽힌 것은 아니었다. 다만 막연히, 아… 르무… 리… 오…는 숲이 지닌 불안과 폭력에의 두려움을 느껴야 했다. 더는 교감이 쉽지 않았다. 이보르투쿠(폭력)는 그가 이론으로만 알고 있는 생소한 관념이어서 더욱 그랬다.

그럼 어디로 가길 원하나? 나무의 언어로 그가 물었다.
저 아래로. 늙은 나무가 답했다.

거긴 무엇이 있나?
그들.

숲이 원하는 대로 아… 르무… 리… 오…는 아래로 내려갔다. 어둠은 여전히 걷히지 않았으나 이미 이른, 새벽이라 해도 좋을 시간이었다. 나가려 한다, 저 아래로. 교감이 가능한 나무들을 만날 때마다 그는 숲을 안심시키려 그들이 원하는 답을 몇 번이고 들려주었다. 물론 자신의 안전을 위한 말이기도 했는데 이는 본능에서 나온 판단이었다. 산을 내려온 그는 휴식을 취해야 했다. 기침을 할 때마다 흘러나온 체액이 어깨까지 끈적하게 묻어 있었다. 가까이에 상동(桑洞), 또 내 너머에 방촌(方村)이란 부락이 있었으나 그의 눈에는 아무것도 보이지 않았다. 둘러선 산과 구릉에 갇힌 안개가 상동의 들녘에서 둥지를 틀고 있었다. 다섯 개의 눈에 맺힌 물기를 닦으며 아… 르무… 리… 오…는 보이지 않는 그 세계를, 그럼에도 바라보려 노력하였다.

그는 걸었다. 구루(땅)조차 보이지 않는 안개 속이었으나 그는 걷고 또 걸었다. 구루의 느낌이 산길과는 달랐는데 인간의 발길이 다져 놓은 땅이기 때문이었다. 동이 틀 무렵인데도 시야는 어두웠다. 안개는 마땅히 그가 봤어야 할 논과 밭, 또 다 자란 호박잎의 맥처럼 이어진 두렁들을 가려 놓았다. 너머의 먼, 아주 먼 발치에선 한 인간이 걷고 있었다. 상동에서 자라 곧 상동에 뼈를 묻을 심성보란 이름의 노인이었다. 평생을 지나다닌 논두렁 위를 노인은 걷고 있었다. 망종(芒種)을 넘기고도 열흘, 모를 낼 엄두조차 내지 못한 논이었다. 속은 타고 새벽잠은 없고, 하여 속절없이 뒷짐을 지고 걷는 길이었다. 하지(夏至)가 지나면 곧 여름이었다. 늦게 얻은 장남의 전사 통지서처럼 배달되어 온, 막막한 여름이었다.

마주 걷던 두 존재가 서로의 기척을 느낀 것은 다 부질없구먼, 하는 생각으로 노인이 가래를 뱉고 나서였다. 어슴푸레한 안개 속에 누군가 있다는 사실을 노인은 알았고, 맞은편의 존재도 마찬가지였다. 지척이었다. '그들'이라 답하던 떡갈나무의 말을 떠올리며 아… 르무… 리… 오…는 두려움에 얼어붙었다. 그가 만난 최초의 '그들'은 몸이 컸으며, 이론으로만 알고 있는 이보르투쿠의 주체일 거란 생각도 들었다. 노인도 잠시 걸음을 멈췄는데 그 순간 아… 르무… 리… 오…는 전력을 다해 교감을 시도했다.

뉘여? 하고 노인이 물었다. 지나가는 말처럼 물은 것인데 지나칠 수 없는 두려움이 목소리에 배어 있었다. 이 시간에 나와 있을 사람이 드물거니와 우선 마을에 남은 인간의 수가 두 손으로 꼽을 정도였다. 노인은 전쟁을 떠올렸고 사뭇, 몸을 떨었다. 교감은 이뤄지지 않았으나 아… 르무… 리… 오…는 상대의 생각을 읽으려 집중했다. 그리고 떠오른, 지금 이 순간 그가 듣기 원하는 문장 하나를 '그들'의 언어를 사용해 답해 주었다.

용대여유~

으이, 그려? 하고 노인은 안도의 한숨을 쉬었다. 용대라면 대추골

이수복의 막내로, 김제까지 내려가 머슴을 살다 온 건실한 청년이었다. 뒷짐을 쥔 손에 힘을 풀며 노인은 가던 길을 재촉했다. 한 걸음 한 걸음 '그들'이 멀어질 때까지 여전히 아… 르무… 리… 오…는 긴장을 풀지 못했다. 일 구하러 서울 갈 거란 얘길 들었는디... 아즉 안 간겨? 안개 속에서 툭, 또 노인이 말을 던졌다. 전력을 다해 아… 르무… 리… 오…도 노인의 무의식이 바라는 문장을 역시나 툭, 안개를 향해 던져 주었다. 곧 갈 거구먼유~

더는 말없이 노인이 사라지고 아… 르무… 리… 오…는 그 자리에 주저앉았다. 급격한 피곤이 몰려들었다. 그는 한참이나 묽은 액체를 토했고, 가까스로 일어나 주변을 둘러보았다. 그는 혼자였고, 그의 우주는 더 이상 존재하지 않았다. 한 치 앞도 보이지 않는 행성의 풍경을 바라보며 이제 어떤 목적을 가져야 하나, 또 그것이 무슨 의미를 지니는가에 대해 아… 르무… 리… 오…는 질문해 보았다. 교감이 아닌, 교류에 모든 걸 의지한 이 행성에서 그 질문은 오로지 스스로를 향한 것이었다. 그는 걸었다. 스스로의 질문을 스스로만이 받은 것도, 아무런 목적 없이 자신을 움직인 것도 그의 삶에서 처음 일어난 일이었다. 정신이 궁핍해지자 현기증이 밀려들었다. 허기가 함께였다. 그것은 이론이 아닌, 아… 르무… 리… 오…자신에 내재된 이보르투쿠였다.

동이 터 오고 있었다.

그곳은 작은 언덕이었는데 그는 비로소 어떤 구조물을 발견할 수 있었다. 인간이 보았다면 누구라도 빈집이라 여길 만한 쓰러져 가는 초가(草家)였다. 아… 르무… 리… 오…의 생각도 마찬가지였다. 그 구조물의 가장 구석진 공간에 그는 숨어들었고, 맥없이 쓰러졌다. 그는 의식을 잃었다.

봉숙아.

우리 애기야, 하는 소릴 들었으나 그것이 어떤 뜻인지 아… 르무… 리… 오…는 알 수 없었다. 겨우, 가까스로 의식이 돌아왔는데 생소한 생명체가 눈앞에 앉아 있었다. 다른 누군가가 봤다면 귀신이라 여길지 모를 백발의 노파였다. 그녀의 이름은 김월매였다. 전쟁 때 아들 내외와 손녀를 잃고 실성한 채 살아온 가련한 노파였다. 아이구 내 새끼, 내 새끼가 살아 있었네 라며 그녀는 눈물을 글썽였다. 아… 르무… 리… 오…는 누워 있었다. 쇠잔한 그의 몸엔 이불이 덮여 있었는데 보가 다 터지고 좀내가 심한 것이었다. 그는 다시 눈을 감았고, 죽음을 꿈꾸기라도 하듯 깊은 잠에 빠져들었다. 봉숙아, 봉숙아라고 할멈이 외쳤으나 사실 아… 르무… 리… 오…와 그녀의 손녀는 전혀 비슷하지도 않은 것이었다.

노파가 그를 발견한 것은 이틀 전의 일이었다. 실성한 이에게 무슨 요량이 있겠냐만, 짐작건대 풀죽이라도 남아 있나 부엌을 들러본 터였다. 다른 누군가가 봤다면 도깨비라 여겼을 존재가 있었는데 이게 누구여, 누구란 말이여~ 그녀는 오열했다. 봉숙아! 봉숙아아아~ 돌아온 손녀를 방에다 뉘고 그녀는 이불을 덮어 주었다. 이마의(이를테면) 땀도 닦아 주었다. 어깨에 말라붙은 딱지를 뜯어 주고, 남은 풀죽을 한술씩 떠 손녀의 입에 넣어 주었다. 자신은 죽을 입에도 대지 않았다. 연명이나 하라고, 이웃 중 누군가가 놓고 간 죽이었다.

손녀를 뉘어 두고 그녀는 집을 나가 온 동네를 배회했다. 우리 봉숙이가 왔구먼 늘어놓는 자랑에, 또 쇠고깃국을 먹여야 하니 고깃 좀 달라는 말에 이웃들은 혀를 찼다. 미치려면 곱게 미쳐야지, 타박을 놓는 이도 있었다. 으이그… 귀신은 뭐하나 몰러, 소린 해도 정신을 차리란 말은 그 누구도 하지 않았다. 누가 봐도 정신을 차려선 안 될 이에게, 차마 해선 안 될 악담이기 때문이었다. 사람이 안 사는 빈집에 가서도 그녀는 혼자 마당을 돌며 소릴 질렀다. 어떤 집에선 툇마루에 걸터앉아, 또 길에서 마주친 보령댁을 붙잡고 허야 웃으며 허사를 늘어놓았다. 보령댁은 웃지도 울지도 않았다. 폭격으로 죽은 이가 노파의 아들과 며느리, 손녀만은 아니었기 때문이다.

정신이 멀쩡히 돌아온 듯 노파는 날마다 죽을 쑤었다. 죽이라 해봐야 풀뿌리를 삶은 것인데 보령댁이 나눠 준 밀가루가 있어 아예 곡기가 없다고는 말할 수 없었다. 끈기도 없는 그 죽이, 그러나 그의 생명에 끈기를 이어 주었다. 의식이 돌아오고 또 잠이 들기를 반복할 때마다 아… 르무… 리… 오…는 노파의 얼굴을 볼 수 있었다. 내 새끼 하며 쓰다듬는 바삭한 그 손이, 또 보가 다 터진 그 이불이 그에겐 더없이 따뜻하게 느껴졌다.

기슈?

누군가 외딴 집을 찾은 것은 무렵의 일이었다. 그는 읍내를 다녀오던 이수복이라는 자로 이태 전에 환갑을 넘긴 반백의 영감이었다. 아이고 이게 누구여, 마당에 내려선 김월매가 부산을 떨었으나 그를 알아봐서 아는 것은 결코 아니었다. 근데 워쩐 일이랴? 묻지도 않고 그녀는 뜬구름 잡는 소릴 늘어놓았다. 시집올 때 가져온 양단을 누군가 훔쳐 간 일, 12년 전 물난리 때 떠내려가던 소에 관한 얘기였다. 이수복은 대꾸도 안 했는데 그의 입가엔 진한 탁주 냄새가 배어 있었다. 때가 찌든 툇마루에 그는 푸대 하나를 내려놓았고, 묵묵히 손수레채를 옮겨쥔 후에야 한숨을 쉬며 중얼거렸다. 그려두 말여~ 살아야지 워쩌겄수~ 푸대에는 여러 알의 감자와 쌀 한 말, 그리고 두 마리의 말린 생선이 들어 있었다.

고맙다는 말도 못 듣고 이수복은 언덕을 내려왔는데 볕이 뜨거운 날이어서 술기운이 더욱 승했다. 흥얼흥얼 노래를 부르며, 그는 골짜기로 끌려가던 둘째를 김월매의 아들이 몰래 빼 준 그날 밤을 떠올렸다. 우리 봉숙이가 왔구먼, 노파의 고함이 뒤통수를 때렸으나 그는 돌아볼 생각도 하지 않았다. 손수레엔 쌀과 부식들이 실려 있었다. 화랑 담배를 열 갑 사고도 남은 돈이 있었고, 산속에는 아직 팔아먹을 고철이 한참이나 남아 있었다. 볕도 좋고 바람도 좋고 다 좋은 날이건만 이상스레 눈가에 물기가 맺히었다. 고철을 비워 가벼워진 수레도 한몫 거든지라 그는 쉬이, 물에 떠내려가는 소처럼 쉬이, 그 길을 흘러가는 기분이었다.

누가 다녀갔는지, 또 어떤 일들이 있었는지 알지 못한 채 아… 르무… 리… 오…는 서서히 기력을 회복해 갔다. 다섯 그릇의 죽을 먹고 난 후엔 마당을 빗질하는 바람 소리를 듣게 되었고, 다섯 그릇의 죽을 더 섭취한 후엔 온전히 눈을 뜬 채 간단한 거동을 할 수 있었다. 할매, 하고 노파가 바라는 말을 들려도 주었고 조심스레 문을 열어 처마 너머의 세상을 살펴도 보았다. 그가 행성의 대기일 거라 믿었던 안개는 사라지고 하지를 넘긴 눈부신 하늘이 그의 눈앞에 펼쳐져 있었다. 이 정도의 빛이라면, 하고 아… 르무… 리… 오…는 다섯 개의 눈을 빠르게 깜박였다. 어떤 목적을 가져야 하나, 스스로만이 받았던 질문의 답을 그는 비로소 찾은 느낌이었다.

일어나 걷기 시작한 손녀에게 김월매는 색동저고리를 입혀 주었다. 빛이 바래고 여기저기 좀이 슬었으나 얼추 키가 비슷해 그런대로 입을 만한 옷이었다. 노파는 바느질을 시작했다. 비질을 하고 마루를 닦고, 또 때가 되면 생선을 찢어 손녀의 끼니를 마련해 주었다. 편안할 리 없는 그 외딴 집이, 그러나 아… 르무… 리… 오…는 안전하다고 생각했다. 그즈음 마을에 내려온 노루 한 마리를 사람들이 때려잡았는데, 굳이 그런 예를 들지 않더라도 그의 판단은 옳은 것이었다. 저녁이 되면 손녀를 뉘고 노파는 이런저런 얘기들을 들려주었다. 실성한 머릿속에서도 흐트러지지 않은, 판에 박힌 옛날 얘기였다. 의미를 읽어 낼 도리는 없었지만, 어쩐지 그 얘기들이 아… 르무… 리… 오…는 싫지 않았다. 특히 그가 좋아한 것은 자장가였다.

자장자장 우리 아기 잘도 잔다 우리 아기

노래를 듣노라면, 하우르 무르데스라알 구역에서도 보이지 않던 자신의 행성이 머릿속에 떠오르는 것이었다. 그는 개체로서 자신의 전체를 그리워하고 있었다. 운이 따른다면, 또 이 정도의 빛이 있다면 뮤그의 티주그(자체 복원 회로)가 이미 작동을 하고 있을지 모른다는 생각도 들었다. 사실 그에겐 많은 시간이 주어져 있지 않았다. 기관지를 통과한 라돈이 서서히 그의 체액을 응고시키고 있었기 때문인데 그는 끝내 그 사실을 깨닫지 못하였다. 밭은기침을 하며, 또 색동저고리를 입고 앉아 아… 르무… 리… 오…는 묵묵히 자신의 회복을 기다렸다. 자장자장, 자장자장 달이 뜨고 바람이 불 때면 자신의 유일한 매체인 뮤그가 떠올랐다.

예의 산길을 그가 다시 오른 것은 그로부터 열흘이 지나서였다. 그는 저녁을 기다렸고, 노파가 완전히 잠든 후에야 조심스레 그 집을 빠져나왔다. 교감을 경험했던 나무들을 지표 삼아 그는 산길을 오르고 또 올랐다. 그는 처음으로 달을 보았고, 그보다 먼 거리의 무수한 행성들을 볼 수 있었다. 지구에서 본 가장 낯익은 풍경이었고, 이곳이 다름 아닌 전체의 일부란 사실을 입증하는 장면이었다. 빠르게 지나가는 여러 개의 불빛도 보았는데, 그것이 지구의 것인지 아닌지는 알 수 없었다. 왜 왔는가?라고 늙은 떡갈나무가 물었다. 갈 것이다라고 그는 숲을 안심시켰는데 그 방향이 어딘지는 아직 말할 수 없는 것이었다.

저 멀리 희미한 불빛이 어른거렸다. 아… 르무… 리… 오…의 호흡이 심하게 가빠졌는데 그것은 곧 부풀어 오른 그의 희망을 나타내는 것이었다. 불빛은 티주그가 무난히 작동되었음을 알리는 증거였고, 복원의 정도에 따라 교신이 가능할 수도 있다는 희미한 암시였다. 한 걸음 한 걸음 그는 불빛을 향해 다가갔다. 빽빽이 자란 잡초들이 그의 진로를 막았으나 그는 곧 누군가의 걸음이 스민 작은 숲길을 찾을 수 있었다. 바스락, 수풀을 헤치고 그는 저만치서 어른거리는 불빛을 볼 수 있었다. 기대했던 뮤그의 빛이 아닌, 인간이 꽂아놓은 횃불이었다.

기침을 죽이면서 아… 르무… 리… 오…는 다섯 개의 눈 전부를 격렬하게 깜박였다. 횃불이 타오르는 근처에 누군가 앉아 있었는데 그는 이수복이었다. 가져온 탁주를 들이켜며 그는 잠시 하던 일을 쉬고 있었다. 입가에 문 담배에서 수북한 연기가 피어올랐고, 연기 때문인지 혹은 폐병 때문인지 걸걸한 기침을 몇 번이고 내뱉었다. 웃통이 드러난 노쇠한 등짝은 아직도 흥건한 땀으로 젖어 있었다. 그는 아무 말이 없었으나, 실은 치솟는 욕지거리를 탁주에 말아 속으로 넘기는 중이었다. 겨… 미국 놈들은 뭔 놈의 쇠때기를 이리 튼튼히 맹글었나 몰러~

추락한 쌕쌕이를 발견한 것은 보름 전인가 그랬는데 참으로 조상님께서 도왔다고 이수복은 생각했다. 전쟁 때 멸족한 사촌의 선친, 즉 숙부의 묘 때문에 올라선 산길이었다. 움푹 들어간 구릉 쪽에 뭔가 요상한 것이 보여 내려갔는데 그로선 알 수 없는 이상한 물체가 거기 있었다. 시방 이거이… 미군 쌕쌕이로구먼, 수복은 생각했다. 어지간한 품일보다 고철을 파는 것이 돈이 되던 시기였다. 실제의 세이버(F86)보다 뮤그는 작았으나 이수복에게 그것은 하늘이 내린 노다지였다. 누가 볼 새라 그는 수풀로 쌕쌕이를 덮어 놓았고, 소문이라도 날까 해가 져서야 이목을 피해 산을 올랐다. 부서진 파편들을 우선 모아 팔았는데 제법 돈을 쳐주는 것이었다. 아예 쓸 만한 공구까지 마련한 터여서 이번엔 작정을 하고 산을 오른 것이었다. 꽁초를 짓이기며 그는 절로 서울에 간 막내를 떠올렸다. 용대가 한양(같이) 힘을 쓴다면 수월히 끝날 터인디, 생각에서였다. 한 시간을 용을 썼으나 쌕쌕이엔 날도 정도 들어가지 않았다. 논산 철로 작업을 했다는 장 씨에게서 얻은 해머도 어림없기는 마찬가지였다. 어디 이음매라도 없나 아무리 둘러봐도 뭔 놈의 쇠때기를 이리 통으로 맹글었나 한숨만 나올 뿐이었다. 실상 이수복의 앞에 놓인 쌕쌕이는 그가 가진 철물로는 자를 수 없는 것이었다. 니가 미제는 미젠가벼~ 뮤그를 걷어차며 그는 다시 곡괭이를 집어 들었다.

쨍

쨍

떨어진 곳에서 듣기에 그것은 흡사 자장자장과 비슷한 소리였는데, 곡조와 성질이 그와는 아주 다른 것이었다. 어둠 속에서 아… 르무… 리… 오…는 그 광경을 지켜보았고, 섣불리 표현할 수 없는 복잡한 감정을 느껴야 했다. 그는 습격자의 정체를 알지 못했고, 그의 목적도 알 수 없었다. 다만 여태껏 그가 느끼지 못한 흥분이 밀려왔는데, 그것이 이론으로만 알고 있는 아르투쿠(분노)란 사실조차 알 수 없었다. 그리고 그는, 눈앞의 인간이 쌀이며 감자, 생선을 주고

간 존재라는 사실도 알지 못했다. 쨍쨍 소리가 횃불을 흔드는지

아니면 골짜기를 지나온 바람이 저 불을 흔드는지도 알 수 없는 일이었다. 말하건대 모든 것이 불분명한 밤이었다. 이수복의 이마에서 혈관들이 돋기 시작했고, 훅훅 몰아쉬는 숨소리가 쇠를 때리는 소리와 함께 울려 퍼졌다. 곡괭이를 던지고 이수복은 해머를 집어 들었다. 그의 의식은 너무도 단순한 것이어서 오히려 아… 르무… 리… 오…는 그의 목적을 읽기가 힘들었다. 으그, 침을 뱉으며 그는 해머를 휘둘렀고 튕겨 나는 반동에 늙은 몸을 휘청였다. 미… 미제면 다여? 그는 또다시 뮤그를 걷어찼다. 이마의 혈관이 다시 돋고 손목과 여윈 팔뚝에서 힘줄이 부풀었다. 그는 톱질을 시작했다. 눈앞의 쇠를 자른다기보다는 스스로의 이성을 자르는 허망한 톱질이었다. 씨벌, 하고 그는 이가 나간 톱으로 뮤그를 후려쳤다. 시간이 흐를수록 이걸 팔아, 먹고 살겠다는 생각조차 사라진 지 오래였다. 그는 때리고 또 때렸다. 삽을 들고, 또다시 곡괭이를 들어 내려치고 휘둘렀다. 미치기라도 한 듯 그는 낫을 다 집어 들었는데 몰두한 그의 눈에서 충혈이 일어났다. 그가 이를 악물었으므로 그를 바라보는 아… 르무… 리… 오…는 눈을 악물어야 했다. 이를 악문 자에게서도, 또 눈을 악문 자에게서도

눈물과, 눈물 같은 것이 흘러나왔다.

숲이 얘기한 '그들'의 이보르투쿠를 아… 르무… 리… 오…는 소리를 통해 느낄 수 있었다. 낫이라도 휘둘러야 하는 인간의 고통과,

낮에라도 잘려야 하는 물질의 고통이 공명하는 소리였다. 해결되지 않는 고통의 소리에 귀를 닫고, 그는 잠시 하늘을 올려보았다. '전체'의 에너지인 시간이 말없이 흐르고 있었다. 이것이 어떤 질서인지에 대해 그가 물음을 던지려는 순간, 그가 아는 질서를 무너뜨리는 일이 일어났다. 그것은 찰나였고, 결과를 보기 전에는 결코 납득이 가지 않는 일이었다. 헉헉 숨을 몰아쉬며 이수복은 서 있었다. 손아귀엔 여전히 낫이 들려 있었고 늙은 등짝은 땀과 그을음으로 얼룩져 있었다. 그리고 그 앞에, 절단된 기체의 일부가 떨어져 뒹굴고 있었다. 아… 르무… 리… 오…는 뒷걸음질을 치기 시작했다. 이수복은 아무 생각이 없었는데

다만 약간의 시간이 흐른 후에
그래도 땅 파먹는 일보다야 한결 나은겨라고 중얼거렸다.

할매, 하고 아… 르무… 리… 오…는 말했다. 그려~ 하고 김월매가 대답했는데 음력 팔월을 넘긴 어느 날 밤이었다. 얼추 얼레달이 뜬 날이었으니 방 안은 아주 밝다고도 어둡다고도 할 수 없는 것이었다. 유난히도 잠이 오지 않는 밤이었고 숨쉬기가 힘든 밤이었다. 왜 그려? 김월매가 다시 물었다. 어떤 이유가 있어 물음을 던진 것은 아니었다. 아주 밝지도 어둡지도 않은 방 안처럼 아… 르무… 리… 오…의 감정도 그런 것이었는데, 그것이 외로움(孤)이란 사실을 그는 알지 못했다.

숲에서 돌아온 후로 그가 입을 연 것은 그때가 처음이었다. 그는

숨거나 도망치지 않았고, 더는 숲에 두고 온 자신의 뮤그를 떠올리지도 않았다. 문밖을 나서는 일도 거의 없었다. 언제까지 빠꿈살이(소꿉놀이)만 할겨? 빠꿈살이를 한 적도 없는 손녀에게 노파는 바느질을 가르쳤는데, 느닷없이 이제 곧 시집을 보내야지 하는 자신만의 요량이었다. 원한다면 또 묵묵히 아… 르무… 리… 오…는 노파의 부탁을 들어주었다. 여섯 개의 손가락으로 열 개의 손가락이 하는 일을 따라는 했으나, 끊임없는 중얼거림을 따라 하지는 않았다. 목적을 잃은 것도 식량이 떨어져 허기가 진 것도 이유는 이유였으나, 지구의 대기가 그를 굳게 한 것이 가장 큰 이유였다.

대보름이 열흘은 더 남았을 청명한 밤이었다. 한순간 아… 르무… 리… 오…는 죽음을 직감했고 다시 할매, 하며 노파의 품에 파고들었다. 그는 말하고 싶었고, 무언가 묻고 싶었다. 그저 본능으로 외로움을 덜려 한 것이었으니 소리를 낸다 해서 뜻이 있는 것도 아니었다. 엄니는 왜 안 오는겨? 하고 그는 말했다. 순간 노파의 의식 언저리를 떠도는 한마디 말이었는데 김월매는 답이 없었다. 왜 아무도… 아무도 안 오는겨? 이곳의 '그들'이 교류를 하듯 아… 르무… 리… 오…는 다시 물었다. 뒷집 사람들은 또 어디로 간겨? 지푸라기처럼 이어진 노파의 생각을 그는 계속 꺼내고 당겼는데 김월매는 어느 것 하나 속 시원히 매듭을 짓지 않았다. 다만 손녀를 보듬으며 그녀는 두 눈을 깜박였다. 밝지도 어둡지도 않은 방 안이어서 그것은 그다지 눈에 띄는 동작이 아니었다.

다들 어디로 간겨?

그녀는 손녀를 쳐다보지 못했는데, 얼레달이 풀어 놓은 달빛 한 가닥이 연(鳶)실처럼 팽팽하게 그녀의 동공을 묶어 뒀기 때문일 것이다. 겨(뭔 소리여)? 하고 나무라듯 말은 했으나 사금파리를 바른 듯한 달빛이 더 팽팽히 그녀의 눈을 잡아당겼다. 초저녁 단잠의 꿈속도 아니었고, 쉽사리 판에 박힐 만큼의 옛날 얘기도 아니었다. 자장자장을 불렀어도 좋을 법한 일이건만 다만 그, 보이지 않는 연실에 베기라도 한듯 실성한 그녀의 눈가가 파르르 떨리었다. 담 넘어 뒷집엔 총각이 하나 살았자녀~ 하고, 그녀의 늙은 입에서 끊어진 연 같은 얘기들이 술술 풀려나오기 시작했다.

그려, 구성진 노래를 어찌나 잘했는지
겨울 다 가고 봄바람 불 찍에 저~ 서울 있자녀.
아싸리 새벽밥 해 먹고 머슴을 간겨.
저기 길 건너 첫 집엔 젊은 과부가 살았자녀.
저리 수절을 한다 아깝다 혔더니
참말 좋은 새서방 만나서 만주엘 갔자녀.
그것도 그 춥던 간밤에 떠난겨.

또 저기 서주일이, 이상복이, 강희락이, 희락이 배다른 동생
경락이가 있자녀. 꾸지(못) 옆에 살던 이기대도 있고
또 뭐냐 니 아부지 친구 수택이, 같이 피난 가자고 혔던
최대원이, 세 마지기도 안 되는 논 형제간에 반천(절반)씩 나눠 짓던 명구, 명수
다들 어찌나 돈을 벌어 사할린인가.

또 미국으로 말이여… 니 엄니랑 아부지랑 다들 같이 나가서
어찌나 성공했는지 아 배룸빡(벽)을 돈으로 쌓고 산다자녀.
곧 다들 올 것이구먼. 아암, 그렇고말고.
대보름에는 다들 온다고
저기 전보(電報)가 한 됫박은 쌓였자녀.

그날 밤 동구 밖 너머엔 바람만 불었는데 어리야디야 어리얼싸 하는 그 소리를 아… 르무… 리… 오…는 듣지 못했다. 기침이 멎고 귀가 멀고 하던 그 순간에도 다른 이상이 몸에 왔다는 걸 느끼지 못했으며, 다만 허기와 고통… 즉 노파에게서 옮은 이[蝨]로 인한 약간의 고통을 느낄 따름이었다. 그것은 가렵고 피부가 살짝 짓무르는 통증이었는데, 또 서서히 그마저도 느껴지지 않는 순간 그의 육신은 완전히 응고되었다. 아무런 느낌도 남아 있지 않은 상태로 그의 의식은 뼈에 머물렀고, 그의 종족에게 그것은 일반적인 죽음의 과정이었다.

손녀의 죽음을 김월매가 안 것은 다음 날 아침이었는데, 실성한 노파는 끝내 그 사실을 모른 척하며 하루를 소일했다. 먹여도 보고 흔들어도 보고 업어도 보더니 느닷없이 서랍을 열어 오래전 잃어버린 양단을 찾는다며 부산을 떨어 댔다. 그녀는 밖으로 뛰쳐나갔다. 저기 도둑놈을 잡으라고, 저기 도둑놈을 못 봤냐며 한달음에 동구를 벗어났고 다행히 방촌에서 돌아오던 보령댁의 손에 끌려 집으로 돌아왔다. 있지도 않은 도둑… 잡지도 못할 그 도둑이, 그러나 다녀간 듯 초가는 평소보다 횅해 보였다.

그리고 두문불출 그녀는 나오지 않았는데 그렇다고 누구 하나 그녀를 찾은 것도 아니었다. 고철을 내다 판 이수복이 역시나 수레를 끌고 아래를 지났으나 약주를 삼가고 온 길이었다. 마음이 잠시 우뚝 하고 멈췄으나 그의 수레가 멈춰 선 것은 아니었다. 술기운이 아니고선 먹을 걸 나누기가 실은 쉽지 않은 시절이었다. 어제와 달리 하늘빛도 우중충해서, 볕이 둘렀던 양단마저 누군가 쉬이 걷어 가버린 느낌이었다.

이틀이 지나서야 김월매는 손녀를 묻었는데 마당에서 스무 걸음이 채 안 되는 양지바른 언덕이었다. 곡기가 끊긴 몸이어서 그랬는지 그녀는 울거나 떠들지 않았고, 다만 흙 묻은 발로 방에 들어가서는 두 번 다시 나올 생각을 하지 않았다. 그녀가 방을 나온 것은 또 보름이 지나서였는데, 그래도 상여를 타고 또 서낭당을 돌아 마을 어귀의 작은 야산에 그럭저럭 묻히었다. 참말로 운이 좋은겨~ 뒷짐을 진 채 심성보가 말한 것은 대보름 때 돌아온 이들이 있어 장례라도 치렀다는 뜻이었다. 어지간하면, 하고 보령댁도 행렬을 따르고 싶었으나 방촌에 품을 팔던 와중이라 다만 재를 넘으며 잠시 상여를 보았을 뿐이었다. 까마득 멀리서 보기에 그것은 하얀 새처럼도 보였고, 또 어찌 보면 우물쭈물 물에 떠내려가는 소처럼도 보이는 것이었다. 말했듯이

대보름엔 사람들이 돌아왔는데, 그날 밤 김월매가 말한 이들은 누구 하나 돌아오지 않았다. 뒷집의 총각도, 길 건너 첫 집의 과부도, 서주일이, 이상복이, 강희락이, 희락이의 배다른 동생 경락이, 꾸

지 옆에 살던 이기대도, 수택이도, 최대원이도, 명구, 명수는 물론이고 김월매의 아들과 며느리도 돌아오지 않았는데, 대보름에 왔던 이들이 모두 상여를 탈 때까지도 그들은 돌아오지 않았다. 또 그들이 다는 아니었다.

어인 일로 그해 대보름에 용대는 오지 않았는데 수복이 쌕쌕이를 완전히 팔아 치운 다음 해에도, 폐병에 술병이 도진 그다음 해에도 고향을 찾지 않았다. 어떤 소식도 오지 않았고 건너 건너 소식을 아는 이도 아무도 없었다. 끝내 용대의 행방을 찾지 못했으므로, 언젠가 안개 낀 새벽 심성보가 마주친 용대의 목소리가 그의 마지막 행방이 되고 말았다. 어딘가 살고 있겠지, 또 어디선가 뒈졌을 거구먼 하다가도

이수복은 눈을 감기 전, 사사오입(四捨五入)이여… 명은 단명인디 운이 대통이라 반올림혀서 살아 있구먼. 잘 살고 있시니까 걱정 내뿌려(버려) 하던 읍내 무당의 말을 위안 삼아 황천을 건너갔다. 상동에서 가장 오래 산 이는 보령댁이므로 훗날 골짜기 쪽의 떡갈나무가 벼락에 쪼개진 그다음 해에도 그녀는 살아 있었다. 그녀는 풍을 앓다 세 명의 자식이 보는 앞에서 숨을 거두었는데, 아이고 엄니~ 자식들이 운다 한들 그녀가 간 곳을 알기란 쉽지 않은 일이었다. 그해엔 큰 수재(水災)가 있어, 또 마을에선 세 마리의 소가 급살에 떠내려갔다.

누구도 몰랐던 아… 르무… 리… 오…의 무덤도 그때 사라졌는데, 썩은 천 조각 하나를 제외하곤 그냥 한 무더기 흙이 떠내려간 일에

불과한 것이었다. 띄엄띄엄 바느질된 이런 문양이 수놓인 천이었고, 그것은 그가 기억하는 자신의 우주였다. 땅에 묻힌 후에도 한동안 아… 르무… 리… 오…의 의식은 자신의 뼈에 남아 있었는데, 그는 그 상태로 많은 질문을 스스로에게 던지고 또 답을 구했다. 그중 하나는 과연 이 삶에 어떤 보상(補償)이 있는 것인가?라는 것이었는데, 끝내 답을 얻지 못한 채 그의 존재는 뼛속에서 소멸하였다. 그 뼈는 참으로 간단히 이곳의 흙에 스미었고, 해서 어떤 일이 일어났다고도 볼 수 없는

   더없이 간단한 이야기로 남기는 했다.

수상소감

심사평

작가론 김나영

수상소감

〈이틀〉은 봄에 쓴 소설이다. 목련이 필 때 써서 목련이 질 때 마쳤다. 집 근처에 커다란 목련나무가 있는데 봄이 되면 나는 종종 나무를 보러 가곤 했다. 조금만 더 힘을 내자. 아직 꽃봉오리가 맺히지 않은 나무를 보며 그렇게 중얼거리기도 했다. 그러다 마침내 목련이 피기 시작하면 꼭 큰 목소리로 칭찬을 해주었다. 잘했어, 올해도 수고했어, 하고. 목이 아플 때까지 나무를 쳐다보다 보면 뭔가 근사한 생각을 해야 할 것만 같았다. 아름다운 한 문장. 날카로운 한 문장. 하지만 목련을 보고 있자니 그저 이런 생각만 들었다. 크구나. 환하구나. 작가치고는 참 빈약한 어휘력이었지만 다른 말은 생각나지 않았다. 하늘은 파랗고, 나무는 컸고, 꽃은 환했다. 처음에는 그것 말고는 다른 문장을 생각해낼 수 없는 내 자신이 괴로웠다. 그런데, 이상한 일이었다. 목련나무를 보며 참 크구나, 하고 중얼거리다보니 나를 둘러싼 공간이 단단해지는 느낌이 들었다. 그래서 나는 목련나무를 보며 크구나, 하고 감탄하는 주인공에 대해 쓰고 싶어졌다. 이 소설은 천천히 썼다. 잘 써지지 않는 날은 쓰기를 멈추고 그냥 동네를 돌아다녔다. 단순하고 심심하게 쓰고 싶었다. 솔직히 인정하자면, 그것 말고는 내가 할 수 있는 게 없는 것 같았다. 이 빈약한 소설이 상을 받게 되어 한편으로는 기쁘고 한편으로는 부끄럽다. 이효석 선생님의 문장을 생각하면 더더욱 그렇다. 이효석 선생님의 빛나는 작품들은 이십 대 후반에서 삼십 대 초반에 쓰였다. 그 시기의 나는 한 줄 한 줄 써내려가는 것이 그저 버거웠다. 이제 나는 이효석 선생님이 살았던 세월을 넘어섰다. 그래도 여전히 버겁지만 두렵지는 않다. 한 줄 한 줄 천천히 써내려가는 이 노동이 좋다. 쓴다는 것이 즐겁다. 오래오래 쓰겠다.

심사평

　심사는 예심과 본심, 두 차례로 나뉘어 진행되었다. 예심에서는 김형중, 백지연, 손정수, 신수정 네 사람이 작년 가을부터 올 여름에 걸쳐 1년 동안 발표된 단편 가운데 각자 3작품씩 추천하여 10편을 추렸다. 그 결과 〈겨울의 눈빛〉(박솔뫼), 〈고양이의 보은〉(손보미), 〈굿바이〉(윤이형), 〈봄밤〉(권여선), 〈이틀〉(윤성희), 〈쿠문〉(김성중), 〈티마이오스〉(박형서), 〈하구〉(김연수), 〈한파특보〉(김이설), 〈현장부재증명〉(최제훈) 등의 작품이 본심 대상작으로 정해졌다.
　본심은 10편의 작품을 7명의 심사위원들이 읽고 8월 7일에 만나서 진행했다. 우선 심사 대상으로 선정된 작품들이 보여주는 현재의 소설 흐름에 대한 의견들이 개진되었다. 대상작들은 크게 두 부류로 구분되는 느낌이었는데, 한편에 이 시대의 개인의 삶과 사회의 현실을 전통적인 방식으로 실감 있게 그려내는 소설들이 있었다면, 다른 한편에는 그 삶과 현실이 SF나 추리소설, 혹은 모더니즘 소설의 형식과 결합된 새로운 경향을 대표하는 소설들이 있었다. 그 이후 개별 작품의 특징과 문제점에 대한 논의가 꽤 오랜 시간 이루어졌다.

논의의 과정에서 윤성희의 〈이틀〉과 권여선의 〈봄밤〉에 심사위원들의 관심이 집중되었고, 두 편의 장단점에 대한 의견과 비판, 반론이 오고 갔다.

〈봄밤〉이 상당히 강렬한 인상을 남기는 매혹적인 작품이라는 데 심사위원들은 일치된 반응을 보였다. 죽음을 앞둔, 두 상처받고 병든 연인의 애틋한 사랑 이야기는 삶의 세부를 묘사하는 작가 특유의 필치에 실려 근래 보기 힘든 실감과 감동을 선사하고 있다. 수환과 영경의 관계가 오늘날 남녀 관계의 새로운 구도를 보여주고 있다는 점 또한 이 소설이 갖춘 현실성의 한 측면이라고 할 수 있다. 반면 감정의 강렬함이 지나쳐 부분적으로 신파적인 과장이 보이며, 시간의 선후를 뒤섞는 구성이 오히려 자연스러운 독서의 흐름을 방해한다는 지적이 있었고, 김수영의 시 〈봄밤〉에 의존하는 장치가 이 소설의 완결성에 부정적인 영향을 미치는 것 같다는 의견도 있었다.

〈이틀〉은 주로 젊고 경쾌한 감각으로 주변부 인물들의 삶을 따뜻한 유머의 문장에 담아냈던 작가의 시선에 성숙한 깊이가 더해져 윤성희 소설의 새로운 국면을 예감하게 하는 작품이다. 우연한 사건으로 평생에 걸친 생의 무게에서 잠시 벗어나게 된 한 인물의 눈에 이전이라면 그냥 지나쳤을 현실의 새로운 풍경이 들어온다. 그 평범하고도 가벼운 일상이 인물의 과거와 현재를 차분하게 되돌아보도록 만드는 과정이 우리들 자신의 모습을 들여다보는 듯 자연스럽다. 그리하여 이제 쇠락할 일만 남았다고 느껴졌던 삶에 어느새 고요한 희망이 고여 있는 것을 확인하는 이 소설의 마지막 장면에 이르면 읽는 사람의 마음에도 자신도 모르는 사이 감동이 가득 차올라 있는 것을 발견하게 된다.

저울은 '봄밤'의 애잔한 감정의 강렬함과 '이틀'의 쓸쓸한 생을 위로하는 따뜻한 웃음 사이에서 잠시 오르내렸는데, 심사위원들의 추가 결국 '이틀'에 더 쌓이면서 마침내 그쪽으로 기울었다. 짧은 하루도, 지루한 사흘도 아닌, '이틀'의 딱 맞춤한 균형의 미학을 독자들도 마음껏 즐기시기를 바란다.

심사위원
오정희(소설가)
이남호(문학평론가·고려대 국어교육학과 교수)
윤대녕(소설가)
신수정(문학평론가·명지대 문예창작학과 교수)
백지연(문학평론가)
김형중(문학평론가·조선대 국어국문학과 교수)
손정수(문학평론가·계명대 문예창작학과 교수)

작가론 · 김나영(문학평론가)

시간의 길이와 소설의 깊이

〈이틀〉의 주인공인 그는 어림잡아도 환갑을 훌쩍 넘긴 나이에, 병으로 아내를 잃고 하나뿐인 딸로부터도 홀로 남겨진, 한 회사의 상무이다. 이 단편소설은 그의 이틀간의 행적을 쫓는다. 이 이틀이란 그의 갑작스럽고도 이례적인 결근의 기간이다. 아침에 일어난 그는 문득 비서에게 연락하여 하루만 쉬겠다고 통보한다. 그의 이 통보가 뜬금없이 느껴지는 것은 그의 비서에게나 소설을 읽는 우리에게나 마찬가지이다. 그의 상태가 출근을 못 할 정도로 심한 감기 몸살에 걸린 것이 아니며, 그가 생전 감기라는 것에 걸려본 적이 없다는 것을 그의 회사 사람들이 모두 알 정도라는 것을 이 소설은 굳이 알려주고 있기 때문이다. 그는 꾀병을 부리는 것인가. 그러나 손쉽게 진단해버릴 수 없는 그 심신의 상태보다 더 주목해 봐야 할 것은 오랜 시간 동안 출퇴근으로 점철되었을 그의 일상에서 그리 긴급한 사정에 인하지 않은 이 이틀간의 결근, 혹은 결근의 이틀이다.

"감기가 아니라면, 그냥 꾀병 한번 부리고 싶은 거라고 생각해줘. 봄이잖아." 나는 말했다. 오늘 아침에 일어나 보니 몸이 바닥으로 가라앉는 것만 같다고, 등에서 찬바람이 나오는 것만 같다고, 만약 이런 기분을 사람들이 감기라고 부른다면 아마도 내가 그것에 걸린 것만 같다고…… 이렇게 길게 설명하고 싶지 않았다. 김 비서가 네, 그럼요, 봄이에요, 하고 대답했다.

자연히 이 소설은 표제를 따라 '평생을 규칙적으로 살아갔을 법한 한 남자가 이처럼 어느 날 문득 이전의 삶의 방식에 무기력해진 이유는 무엇일까'와 같은 질문을 해소하는 방식으로 읽히기 쉽다. 더불어 그의 무기력증이 실제로 난생 처음으로 걸린 감기 때문이라 한다면 '그는 어째서 갑자기 감기에 걸렸을까' 하는 난해한 질문이 유발되기도 한다. 여지없이 이 소설은 감기 바이러스의 명확한 원인이나 해결책이 그러하듯, 우리에 삶 곳곳에 깃들어 있는 줄 알지만 부러 외면하기도 했던 모종의 '알 수 없음'에 애써 초점을 맞춰 읽어 봐야 할 것 같다.

아내와 친구를 잃고도 어김없이 출근을 하며 변함없이 일상을 지속하던 그가 어느 날 문득 그 삶의 규칙을 스스로 어겨버렸다면, 우리에게 주어진 것은 그 '어느 날 문득'이라는 공허한 근거뿐이다. 그의 '이틀'을 이해하는 데 유일하다고 할 만한 그 근거 아닌 근거를 활용하기 위해서 우리에게 필요한 것은 무엇보다도 '유별스럽지는 않지만 그에게는 너무도 비일상적인 그 시간'에 동참해 보려는 마음이다. 그 마음은 일상에서 우연히 마주하게 되는 타인의 물음에 피하지 않고 답하는 정도의 사소한 관심이기도 할 것이다. 낯선 이와의 대화는 누구에게나 일상적이라는 이름으로 그의 일상을 파고드는 낯선 시간이다. 그 사소하고도 낯선 시간에 마음을 기울여 보는 것, 그 마음의 길 끝에 무언가가 기다리고 있지 않더라도 우선 "화살표"를 따라 걸어가 보는 일 자체로도 충분하다는 것이 〈이틀〉의 '나'가 이틀 간 보여준 행보의 의미인지도 모른다.

그의 이야기를 좀 더 구체적으로 살펴보자. 그는 건강에 무리가 될 정도로 열심히 일을 해야만 하는 시기를 벌써 지나 온, 그저 직책을 채우기 위한 출퇴근을 반복할 수도 있을 만한 회사의 중견이다. 병에 걸려 먼저 세상을 떠난 아내와 "얼음보다 더 차가운 사람"이라는 비난을 남기고 자신을 떠난 딸은 이제와 고독한 그의 처지를 부각한다. 하물며 젊은 시절의 의기를 투합하여 지금의 회사를 함께 세우고 꾸려온 친구가 돌연한 죽음을 맞았으니, 그는 어디에서도 속 깊이 의지할 존재 없이 외로움을 절절히 느낄 것이다. 그럼에도 그는 오랜 동료로서 가장 가까이에 있는 듯한 비서에게도 자신의 상태를 진솔하게 드러내거나 도움을 요청하지 않으며, 애써 태연한 척 일상적인 자신을 가장한다. 그런 그의 모습은 몸체에 비해 큰 모터 소리로 제 존재감을 과시하지만 그럴수록 홀로 남겨진 집의 공허한 넓이만을 부각하게 되는 소형 냉장고와 흡사해 보인다. 그 집으로 이사를 오자마자 아내가 가장 먼저 들인 것은 커다란 양문형 냉장고였고, 그것은 이제 고장이 나 플러그가 뽑힌 채로 있다. 텅 빈 몸으로 자리만 차지하고 있는 그것보다, 맥주 말고는 넣을 것도 딱히 없지만 그마저도 제 속을 다 채우지 못하는 소형 냉장고가 그의 집에서는 더 어색해 보이는 존재이다. 멀쩡히 제 기능을 다 하고 있지만 어쩐지 낯설어 보이는 소형 냉장고는, 감기처럼 사소한 사유로 인해 개인적인 휴가 한 번 내지 않은 채로 자신의 소임만을 직시하느라 상대적으로 가족을 비롯한 가까운 주위에 무심했을 그의 일상을 형상하는 대리물인지도 모른다. 그 자체로는 아무런 문제가 없을지라도 문제없이 돌아가는 그의 존재감이란 곧 그 주변의 문제들, 즉 '아무도 없다'는 관계의 완전한 상실에 대한 환기이기도 하다.

단단하고 차갑고 왜소한, 소형 냉장고 같은 그를 둘러싼 이러저러한 사정들도 그러하거니와, 생전 감기에 걸리지 않던 건강한 체질이었던 그의 심신까지도 이제는 그의 의지나 의도와는 무관한 방향으로 열린다. 어쩌면 친구와 둘이서 하나의 회사를 세우고 꾸렸을 그의 젊은 시절은 감기에 걸리고도 모르고 지나치게 될 정도로 정신없이 바쁘고 희생적이었을지도 모른다. 감기를 몰랐던 그의 몸이 감기 기운에 노출될 정도로 노쇠해졌든, 그의 심정이 피로를 무릅쓰고도 출근을 하는 일에서 멀어졌든 자신만은 걸리지 않는 것이라 믿어 온 그것을 의식하며 "아마도 내가 그것에 걸린 것만 같다고" 자가 진단하는 그의 태도는 꽤 쓸쓸해 보인다. 그의 미심쩍고도 단호한 진단은 그 흔한 감기조차도 누려보지 못한 그의 시간들을 불러내고 이제와 홀로 된 그의 안팎을 휘감아 그를 사회적으로나 물리적으로나 허약하고 고립된 상태로 고정시키는 듯한 일종의 선고처럼 보이기 때문이다. 지금껏 어떻게든 지켜 온 자신을 어느 정도는 체념하는 자의 모습은 얼마나 쓸쓸한 것인가. 하물며 그 고립된 상황에 대한 자기 판단, 아프고 외롭다는 자각조차 굳이 구구절절 "설명하고 싶지 않"아서 눙치듯 얼버무리고 마는 태도는 스스로를 고립된 처지로 몰고 가는 일이 거의 습관이 된 그의 일상을 짐작하게 한다.

윤성희의 소설을 읽을 때마다 강렬하게 갖게 되는 느낌 중 하나는 '일상'이라는 단어에 깃든 무거움이다. 이 무거움은 고체화된 상태의 사물이 지니는 물리적인 무게에 관한 것이기도 하지만, 누군가가 일상이라는 명사로 고정시켜 말해버리면서 그 언어의 주머니 속에 억지로 구겨넣은 것들이 제멋대로 유동하는 상태를 지시하는 버거움이기도 하다. 비교적 윤성희의 소설들은 일상의 담백한 장면들을 재료로 삼는 편이지만, 요리되어 내어진 그 이야기들은 그리 담백하고 간단한 것만은 아니었다. 가령 어김없이 출근을 하던 남자가 이틀 간 결근을 했다는 단순한 사연은 어느 날 갑자기, 예고도 기미도 없이, 그 자신도 명확한 이유를 알지 못한 채로라는 소스를 덧입고 다른 시간으로 익어간다. 그리하여 그 돌연한 일, 무목적적인 결근이 없었다면 이전과 이후에 지속되었고 지속될 그의 생활을 일상이라고 부를 수 없을 것이라는 역설로 제공되는 일상의 무게와 깊이를 맛보게 한다.

그런 점에서 〈이틀〉은 일상에 관한 짧은 이야기라고 할 수 있을 듯하다. 그에게 이틀이라는 무명의 시간, 언제여도 무방하지만 아무 때나가 될 수 없는 그때는 소리 없이 무너져 드러난 생활의 단면일 뿐만 아니라 그 반대로도 보인다. 아내를 잃고도, 하나뿐인 딸이 자신을 떠나고, 오랜 친구가 갑자기 죽어도 그의 삶이 지속될 수 있었던 것은 그런 충격적인 사건들이 사건이 있던 날과 그 이전 날들과 그 훗날들을 단절하기는커녕 도리어 더 단단하게 연결해 주는 고리의 역할을 했기 때문일 것이다. 별스럽지 않은 어제와 오늘과 내일의 연속은 느슨해지려는 찰나마다에서 그 연쇄를 단속하고 거듭 지속하도록 하는 어떤 '이틀'들이 있기에 가능하다. 그런 점에서 '이틀'은 일상이 무너진 자리가 아니라 오히려 더 견고한 일상의 한 부분이라고 하겠다. 혹은 그 이틀은 누구에게나 일상이라는 거대한 사슬의 여지없음을 증명하는 여지이기도 할 것이다.

이 일상을, 그의 처지를 다른 쪽에서 좀 더 들여다보자. 하나뿐인 딸을 그리워하지만 선뜻 연락하지도 못하는 이 남자를 보라. 아비의 냉정함을 질책하며 떠난 딸의 눈에 그는 아내를 잃고도 아무렇지 않게 일상을 지속하는, 오히려 더욱 고집스럽게 제 삶의 방식에 집착하는 냉혈한이었을지도 모른다. 이 짧은 이야기가 주는 정보는 지극히 적기 때문에라도 우리는 이 속에서 가능한 한 많은 이야기들을 상상해보게 되는데, 그 상상 속에 떠오르는 것이 일흔이 넘은 아비를 홀로 두고 떠나 연락조차 없는 딸의 얼굴이다. 이 감춰진 딸의 얼굴로부터 피어오르는 짐작들이 있다. 아비는 젊은 시절의 심신을 직장에 바쳤을 것이고, 때문에 딸의 일상은 대부분을 어미와 단둘이 채웠을지도 모른다. 그런 어미의 죽음을 겪고 이루 말할 수 없을 충격에 빠졌을 딸을 두고도 아비는 그저 가족 바깥의 일에 몰두했을지도 모른다. 딸의 상실감은 아비가 스스로도 의식하지 못한 채로 고집하던 일상의 지속으로 인해 일종의 무력감으로, 무심함이라는 폭력을 견뎌야만 했을 심정의 고통으로 변모하며 성장했을지도 모른다. 그렇게 어미를 잃고 혼자 남은 자식에게 관심을 기울이기보다 변함없이 자신의 삶을 지속하는 데 열중하는 아비의 모습은 딸에게 어떤 폭압적인 삶의 면면들을 제공했을지도 모른다.

이렇게 이 소설에 주어지지 않은, 알려고 하는 만큼 모르게 되는 딸의 입장을 상상해보는 일은 그의 처지를 이해하는 일이기도 할 것이다. 그는 어째서 딸을 붙잡지 못했을까. 하나밖에 없는 피붙이로부터 안정된 부양은커녕 그에게 다정한 안부 인사조차 마음대로 전하지 못하지만, 그러한 자신의 처지를 유난하게 여기지도 않는 그의 무심한 태도는 내심이 어떻든 간에 개인의 쓸쓸함을 부각시킬 뿐이다. 딸이 느꼈을 아비의 무심함 역시 자신의 처지에도 무심한 그의 일관된 태도에서 비롯되었을 것이다. 한때는 그 무심함이 가족을 부양하고 친구와의 동업을 성장시키는, 그가 속한 관계에의 동력이 되었겠지만, 이제와 그 일상의 작동 방식은 이처럼 그의 고립을 좀 더 강화할 뿐이다. 그럼에도 그는 그러한 삶의 태도를, 일상을 지속하는 방식을 마치 유일한 면역 체계를 작동시키는 일인 듯이 철저히 고수한다. 찬장을 열어 인스턴트 죽을 데워먹고 몇 번에 나누어 여러 개의 알약을 삼키는 그의 모습은 아무런 감정도 노출하지 않는 듯한 단조로운 장면으로 그려지지만, 실상 그만큼 완벽히 혼자인 채로도 지속하려는 생의 의지가 강렬하게 드러나는 장면이 없다. 혹여나 대낮부터 술 냄새가 날까 봐 반주도 자제하지만 어쩔 수 없이 음식물을 옷에 묻히고 다니는 것처럼, 그 또한 언젠가부터 완벽한 자기 관리나 통제가 어려운 몸이 되었을 것이다. 그럼에도 그는 그 고유한 삶의 태도 내지는 일상의 사슬 바깥으로 빠져나올 수 없고, 따라서 그의 처지는 점점 더 지금의 상태를 견고하게 유지하는 방식으로 굳어진다. 이처럼 일상은 관성처럼 지속되는 것이고 우리는 문득 그것을 자각하지만 그뿐, 그곳에서 벗어날 수 없다.

 이 소설과 연관하여 떠오르는 윤성희의 또 다른 단편소설(《공기 없는 밤》)이 있다. 정확히는 소설이라는 완결된 이야기의 형식보다 "영화 오래 보기 대회 최고령 참가자 김영희 씨"라는 인물이 먼저 생각나는데, 그 이유는 우선 윤성희의 소설들이 대개 특별한 사건이나 배경을 취하기보다는 인물의 성격 구상에 더 집중하는 데 있을 것이다. 이루 말할 수 없을 세월의 곡절들을 두루 겪고 이제와 지극히 단조로운 하루를 보내는 자의 모습을 절묘하게 그리는 것은 윤성희 소설의 특장이다. 둘러보면 대개 별 문제없이 지속되는 삶들이지만 그 '별일 없이 사는 모습'마다에 있을, 태연함이 가장하고 은폐하는 고충들을, 자신도 모르고 지속하는 문제의 근원을 윤성희의 소설은 짚어낸다.

〈공기 없는 밤〉의 주인공은 일흔이 넘은 노인인데, 그는 영화를 오래 보는 대회에 출전하여 영화관의 한 자리를 차지하고 앉아 주최 측의 의도대로 상영되는 영화들을 무심히 본다. 소설은 그의 세월이 영화와 영화, 영화 속 장면과 장면 사이에 끼어드는 것을 그린다. 특별한 순서나 규칙 없이 스크린 위에 펼쳐지는 영상과 대사의 와중에 그의 삶이 뒤섞이듯, 이 소설의 장면과 소설을 읽는 자의 사연이 서로 스민다. 이 소설의 마지막에서 영희 씨는 "자신이 만약 감독이라면 어떤 영화를 만들지 상상"을 해본다. 그의 상상은 자신이 첫 데이트를 했던 장면으로부터 시작하여 자기와 이름이 같은 남녀 두 주인공이 노년에 서로를 알아보지 못하고 스쳐지나가는 장면으로 이어지는 영화가 된다. 이렇게 그가 자신과 또 다른 자신의 불가능한 조우("영희와 영희의 마지막 장면")를 그려보며 눈을 감는 장면으로 소설은 끝을 맺고, 그의 영화(또는 '영화 오래 보기 대회'라는 낯선 일상)도 막을 내린다.

이 소설에서 영희 씨가 상상하는 자신의 영화 속 어떤 장면들은 윤성희의 다른 단편들의 장면이기도 하다. 이로써 소설은 허구와 실제가 엄밀한 구별이 무용하고 무의미한 상태로서 뒤섞인 것이며, 그 때의 허구와 실제란 단순히 작가 개인의 상상이 빚어낸 이야기와 개인 바깥의 사실적 정보로만 구분할 수 없다는 것을 보여준다. 소설의 독자는 누구나 그것이 픽션이라는 '사실'을 인지하고 있지만 그

픽션을 따라 읽으며 공감하는 순간, 혹은 자신의 눈과 마음을 소설의 한 장면에 끼워 넣어 나름의 이야기로 편집하는 때에, 영화를 오래 보는 대회나 그 대회에 참가한 사람이나 그 대회에서 보여주는 여러 편의 영화나 그 각각의 영화 속 수많은 인물들은 픽션과 논픽션이라는 가상의 경계를 넘어 내 일상의 한 자리를 구성한다. 〈공기 없는 밤〉은 그러한 소설의 생성과 작동 방식을 한 개인의 삶과 몸을 통하여 절묘하게 보여준다. 소설(영화)은 주체와 객체의 분리를 전제하는 공간이지만, 그 전제로부터 어떤 분리를 극복하는 시간을 마련하는 이벤트(영화 오래 보기 대회)이기도 하다.

어두운 상영관의 한 자리를 차지하고 잠을 참으며 두 눈 앞에 펼쳐지는 여러 인생에 몰입하는 영희 씨의 모습은 〈이틀〉의 결근한 그가 동네 길을 거닐며 새삼스러운 체험들 틈틈이 자신의 생을 반추하는 모습과 겹쳐진다. 별 다를 것 없는 하루와 하루를 이어가던 그에게 이틀이라는 특별하고도 평범한 시간은 〈공기 없는 밤〉의 영희 씨가 극장에 앉아 연속되는 다른 영화들을 보며 수많은 낯선 상황에 무심히 참여하면서도 궁극에는 자신의 일상을 하나의 공간인 듯 체험하는 이벤트와도 같아 보인다. 그런데 다시 생각해보면 이 소설이 빛나는 것은 그와 같은 인물의 처지나 그 처지에 급작스럽게 닥쳐오는 특별한 일들에 있지 않다. 세부적으로 묘사된 그의 삶은 실상 소설적인 캐릭터만이 겪을 만한 특이한 사건이라 하기에는 지극히 평범하다. 평범하다는 말은 이 인물과 사건이 그려내는 배경이 소설과 현실의 조건을 별다른 구별 없이 아우르고 있다는 느낌에 근거할 것이다. 다시 말해 그는 바로 나의 아버지처럼 보이기도 하고, 그가 처한 배경뿐만 아니라 은근하고 소심한 고집과 같은 그의 성격이 그런 인상을 좌우하며, 그의 체험들은 소설 이전에도 있었고 이후에도 있을 것처럼 일상적인 기미를 품고 있다. 매운 고추기름을 넣어 순두부찌개를 끓이는 식당에서 양념장을 끼얹어 먹을 수 있는 맵지 않은 순두부를 요구하다가 종업원의 짜증을 유발하고 금세 주눅이 드는 그의 모습은 현실 속에서도 흔히 볼 수 있는 인물상이지 않은가. 이 소설이 빛나는 지점은 그런 평범한 인물이 또 다른 평범한 인물을 만나 그 평범하게 반하게 되는 낯선 자각에 있다. 그리하여 빛나는 소설은 아무렇지도 않은 장면과 문장마다에서 우리를 멈춰 세우고 괜스레 제 각각의 상상을 하게 한다.

이 소설의 말미에서 길을 걷던 그는 트럭 밑에 죽은 듯이 누워 있는 할머니를 발견하고 그냥 지나치지 못한다. 가족에게조차 무심함으로 일관하던 그가 누군가에게 관심을 기울이면서 비로소 그의 평생을 지속하던 삶의 방식에 난 균열이 드러나고, 그 드러남은 곧 그의 일상이 온전히 그의 시간으로 부상하게 한다. 즉 관성처럼 그를 움직이게 한 무심함이 그에게 일상의 방식이었다는 근거는 낯선 이들에 대한 유심한 관찰과 그로부터 뻗어나가는 자기만의 상상에 있다. 동네를 거닐다가 거대한 목련나무를 발견하고 그것을 오래 들여다보거나, 오래된 빌라 앞에서 만난 학생과 할머니에게 먼저 말을 걸고, 유치원 버스에서 내리는 아이들의 옷차림에 주목하며 다른 사유의 길로 잠시 이탈하는 모습은 그의 삶에 있어서는 제법 낯선 태도가 아닐까. 이틀 간 그가 보여준 이 평범하고도 낯선 행보는 보도연석에 주저앉아 트럭 아래에 누워 있는 할머니를 지켜보는 일에서 정점을 찍는다. 그의 유심한 시선은 실상 무심함으로 지속되었던 그의 일상을 반증하는 동시에, 앞으로 그 일상을 좀 더 강인하게 유지

할 모색의 일환으로 보인다. 별 문제 없어 보이지만 심적으로는 가족과 사회로부터 지독한 외로움을 앓고 있던 그는 자신보다 더 오랜 세월동안 더 깊은 외로움을 감내했을 할머니의 별스럽지 않은 말과 행동을 통해서, 즉 자기 삶의 태도와 흡사한 그 무심하고도 낯선 평범함을 빌려서 다시 일상으로 돌아가 그것을 지속할 힘을 회복한 듯하다.

"내일은 출근해. 땡땡이는 딱 하루면 좋아." 나는 이틀째 땡땡이를 치는 거라고, 내일도 또 땡땡이를 치고 싶을까 봐 실은 무섭다고 말했다. "양말 만드는 게 뭐 무서워. 가서 만들면 되지." 할머니가 내 잔에 소주를 채웠다. "어르신 말이 맞네요." 할머니와 나는 지는 해를 보면서 마지막으로 건배했다. 노을을 보면서 근사한 생각을 하고 싶었는데 해가 지는구나라는 평범한 말만 머릿속에 맴돌았다.

하루도 아니고 이틀이기에 그의 이 행보들은 "땡땡이" 같은 단순한 일탈이 되지 못한다. 앞서 거듭 언급했듯이 이 이틀은 그의 일상을 더욱 "평범"한 일상이도록 만들어 주는 시간일 것이다. 그러므로 저와 같은 그의 불안은 '일을 하러 가기 싫다'는 식으로 일상에서 이탈하려는 단순한 욕구의 발현이 아니다. 오히려 이 불안은 어제 다음에 오늘이 왔듯, 오늘의 해가 지면 내일의 해가 떠오르고 그렇게 자연히 지속될 일상의 무심함, 혹은 자신도 모르게 취하게 될 일과의 기계적인 반복을 자각하는 데에서 비롯되었을 것이다.

"어디서부터 잘못되었을까?" 이것은 윤성희의 여러 단편에서 반복해서 등장하는 질문이자, 그의 작가의식을 가장 직접적으로 드러내는 듯한 문장이다. '영화 오래 보기 대회'에 참가했던 영희 씨 의식의 흐름이, 혹은 그의 이틀이라는 평범하고도 은밀한 시간의 사슬이 보여주듯이 우리는 각자의 일상에 저 질문을 던지며 우리의 두 눈 앞에 펼쳐지는 익숙하고도 낯선 장면들을 계속해서 노려볼 수밖에 없다. 비단 재미도 의미도 없는 장면이라 할지라도, 한 장면은 우리의 눈과 마음을 통해 거기 잇대어지는 또 다른 장면으로써만 수긍할 수 있고, 어느 장면이든 그것 자체만으로 온전한 것은 없다는 일종의 삶의 진실은 저 질문을 계속해서 여닫는 일을 통해서만 엿볼 수 있을 것이다. 그 점에서 〈이틀〉은 윤성희의 이전 소설과 이후 소설을 잇대어 주는 빛나는 한 고리가 된다고 하겠다. 무심결인 듯 저 질문을 반복해서 읊조리는 인물이 등장하고, 우연히 일어난 일이 무심히 또 한 번 거듭되는 상황이 초래되면 우리는 이 '이틀'을 떠올리게 될 것이다. 이 이틀은 일상을 일상이게 할뿐더러, 그처럼 일상이라는 알 수 없는 것의 얼굴을 엿보게 함으로써 어떤 소설을 곧 우리의 이야기이게 한다. 그로써 〈이틀〉과 윤성희 소설에 깃들어 있는 수많은 이틀은 우리에게 이렇게 달리 묻기도 한다. 하루의 사실과 허위가 이틀이 되면 진실이 되지 않느냐고.